乙女ゲームのヒロインで
—otome game no heroine de saikyo survival—
最強サバイバルII
Harunohi Biyori
春の日びより
illust.ひたきゆう
TOブックス

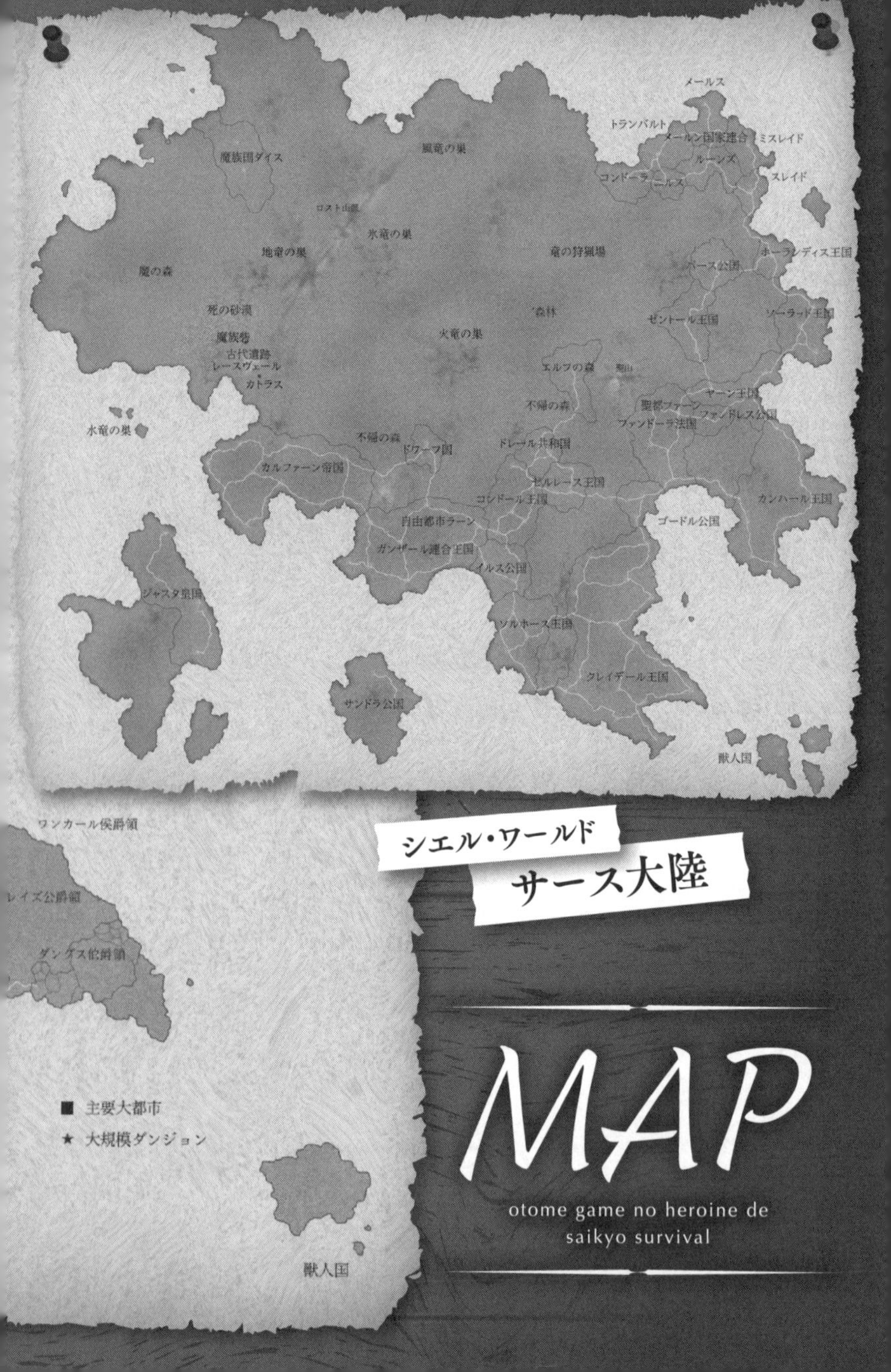
シエル・ワールド
サース大陸
MAP
otome game no heroine de saikyo survival
メールス
トランバルト
メールン国家連合
ミスレイド
ルーンズ
コンドーラ
ニールス
スレイド
魔族国ダイス
風竜の巣
ロスト山脈
氷竜の巣
地竜の巣
竜の狩猟場
ハース公国
ホーランディス王国
魔の森
死の砂漠
森林
ゼントール王国
ソーラッド王国
魔族巻
古代遺跡
レースヴェール
カトラス
火竜の巣
エルフの森
聖山
ヤーン王国
不帰の森
聖都ファーン
ファンドレス公国
ファンドーラ法国
水竜の巣
不帰の森
ドワーフ国
ドレール共和国
カルファーン帝国
ゼルレース王国
コンドール王国
カンハール王国
自由都市ラーン
ゴードル公国
ガンザール連合王国
イルス公国
ジャスタ皇国
ソルホース王国
クレイデール王国
サンドラ公国
獣人国
ワンカール侯爵領
レイズ公爵領
ダングス伯爵領
■ 主要大都市
★ 大規模ダンジョン
獣人国

大森林
街道
コンドール王国
魔物生息域
セイレス男爵領
ホーラス男爵領
セドラス伯爵領
バッシュ伯爵領
ヘーデル伯爵領
メランド伯爵領
旧ダンドール公国領
セントレア伯爵領
イルス公国
コンド鉱山
トーラス伯爵領
ボルド伯爵領
ダンドール辺境伯領
ケンドラス侯爵領
魔物生息域
旧国境
ダンス侯爵領
フーデール公爵領
カルヴァーン伯爵領
街道
サンドーラ伯爵領
グリムス伯爵領
ヘールトン公爵領
スタンレイ伯爵領
リスト侯爵領
ソルホース王国
緩衝地帯
オーズ侯爵領
クレイデール王国
王都
ドヌル伯爵領
魔術学園
コーレス侯爵領
魔物生息域
レスター伯爵領
ラウストン公爵領
旧国境
ヘーゼス伯
ルナール伯爵領
街道
リーセル侯爵領
ソラッド伯爵領
リース伯爵領
旧メルローズ公国領
ロンデール伯爵領
メルローズ辺境伯領
ハンクース侯爵領
サングラール伯爵領
N
W
E
S

otome game no heroine de saikyo survival

第一部

放浪編

殺戮の灰かぶり姫 II

第三章 灰かぶりの暗殺者

イラスト　ひたきゆう
デザイン　AFTERGLOW

contents

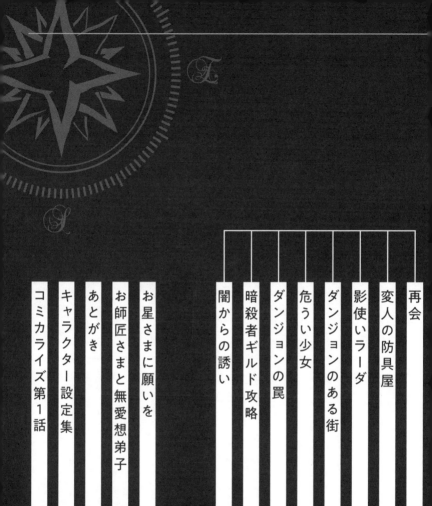

アリア（本名:アーリシア・メルローズ）

本作の主人公。乙女ゲーム『銀の翼に恋をする』の本来のヒロイン。
転生者に殺されかけた事で「知識」を得た。生き抜くためであれば、殺しも厭わない。

エレーナ

クレイデール王国の第一王女。
乙女ゲームの悪役令嬢だが、アリアにとっては同志のような存在。誇り高く、友情に熱い。

クララ

ダンドール辺境伯直系の姫であり転生者。乙女ゲームの悪役令嬢の一人。
アリアを警戒している。

characters

characters

フェルド

お人好しな凄腕冒険者。
幼いアリアに最初に戦闘スキルを教えた人物。

ヴィーロ

冒険者。凄腕斥候。
アリアを気に入り、暗部騎士のセラに引き合わせた。

セラ

メルローズ辺境伯直属、暗部の上級騎士（戦闘侍女）。
アリアを戦闘メイドとして鍛えた。

グレイブ

狂信的に国家の安寧を願う、元暗部組織の上級執事。
現在、行方不明中。

【サバイバル】survival
厳しい環境や条件の下で生き残ること。

【乙女ゲーム】date-sim
恋愛シミュレーションゲーム。

第一部

放浪編

殺戮の灰かぶり姫

II

第三章　灰かぶりの暗殺者

プロローグ

（……憂鬱《ゆううつ》……）

広い窓から光が注ぎ、装飾がされた高い天井の通路を侍女に案内されながら、少女は一人心中で溜《た》め息《いき》を吐く。王女エレーナの静養が終わってから数ヶ月が経ち、今度は王都に向かったダンドール辺境伯令嬢クララが登城することになった。

エレーナの静養は多少の不手際があり、あわやダンドールの責任問題となりかけたが、王家も婚姻前の王女が誘拐《ゆうかい》されかけた事実を公《おおやけ》にしたくなかったこともあり、それを未然に防いだ事実と、王家側との政治的調整により不問とされた。

それでも、この件と関係があるとは言えないが、クララとエレーナの間には目に見えない亀裂《きれつ》のような〝溝《みぞ》〟が生まれてしまった。

以前は本当の姉妹のように仲の良かった二人だったが、クララは前世の記憶と共に、この世界が乙女ゲーム『銀の翼に恋をする』の基となった世界であると知った。そして自分がゲームに登場する『悪役令嬢』であり、同じ悪役令嬢であるエレーナを警戒したことで、聡《さと》いエレーナのほうから距離を置かれる結果となった。

それでも一番の原因は、ゲームの『主人公《ヒロイン》』と同じ桃色の髪をしたメイドのことだろう。

彼女がヒロインであるとは限らない。でもあまりにも似ていたせいで、ヒロインを忌避《きひ》するクララは拒否反応を起こしてしまった。それが影響しているのか分からないが、彼女はダンドールからさらに辺境にあるセイレス男爵領へ送られ、その地を騒がしていた『怪人』の手にかかり行方不明となった。

可哀想だとは思ったが、クララは彼女が消えてくれて内心安堵《あんど》していた。それゆえに気が緩んでいたのだろう。後日エレーナと会う機会があり、お気に入りのメイドが亡くなった〝お悔やみ〟を話の流れで口にしてしまうと、突然エレーナが烈火《れっか》の如《ごと》く怒りだした。

『アリアが、わたくしとの約束を反故《ほご》にするなんて、あり得ませんわっ！』

それ以来エレーナからは無視されるようになり、母からキツく叱責《しっせき》されたクララは、王女との関係修復をするようにと言い付けられた。

だが、今回クララが王城へ赴《おもむ》いたのはそのためではない。王太子の婚約者候補から、正式な三名の婚約者に選ばれたクララは、婚約者同士の顔合わせをするために王都までやってきたのだ。

だが、その顔合わせが、なぜ〝憂鬱〟なのか？


「辺境伯ご息女、クララ・ダンドール様が到着なされました」

ここまでクララを案内した執事の声で重厚な扉が開かれ、王城にある迎賓室の一つに足を踏み入れると、どうやらここに着いたのはクララが最後のようで、他の二人の婚約者はすでに到着して各々でくつろいでいた。

一番近くのテーブルでお茶を飲んでくつろいでいた淡い銀髪の少女が、クララに気づいておっとりとした微笑みで会釈する。彼女とは貴族間の祝いの席などで何度か話したこともあり、人となりは知っている。

フーデール公爵家令嬢パトリシア・フーデール。フーデール公爵の第二夫人を母に持つ少女で、歳はクララや王太子より二つ上だが、第一夫人の子で年回りのよい娘がいなかった公爵家が最後に彼女をねじ込んできたらしい。

婚約者となる三名の令嬢は、王太子が魔術学園を卒業するときまで優劣のない三名体制を維持したまま、その資質が見極められ、順位を決める。だが正妃となる筆頭婚約者になれなくても、残りの二人も第二王妃、第三王妃の地位が約束されていた。

そのためにも婚約者同士で懇意にする必要があるのだが、現国王の場合、候補者ですらなかった子爵令嬢を正妃にしたことで、第二王妃以外は王妃ではなく、国政に関わらず、産まれた子の継承権さえ最下位となる『側妃』になる可能性が生じてしまい、二人の婚約者が妃となることを辞してしまった経緯があった。

そんな状態では妃同士の連携が取れるはずもなく、国王がその関係修復に考慮した結果、現在の継承権を持つ『王の子』が少ない要因となった。

今回も王太子がヒロインを見初めれば同じ結果になり得る。その時はクララも断罪されているだろうからあまり関係はないが、そこまで考えていたら何も出来なくなる。

婚約者同士の連携は、フーデール公爵家のご令嬢なら問題はない。ゲームにも出てこなかった人物で、そもそも第二夫人の娘で本格的な妃教育をされていない彼女を、公爵家も正妃にしようとは考えていないはずだ。

けれど、もう一人の婚約者……代々筆頭宮廷魔術師を輩出しているレスター伯爵家の令嬢で、クララの一つ下でヒロインと同学年となる少女は、ゲームでは六つすべての魔術属性と膨大な魔力を持ち、最後には必ず最大の敵としてヒロインの前に立ち塞がった。

（あれが……最悪、最凶の悪役令嬢、カルラ・レスター……っ）

陽の光を呑み込んでしまいそうな、暗くうねる漆黒《しっこく》の髪。

病的なまでに白い肌に、目元が窪んだような隈《くま》に覆われたその少女——乙女ゲームで魔王と並び称される『ラスボス』が、窪みの奥で爛々《らんらん》と輝く紫の瞳でジッとクララを見つめ返した。

魔法使いの無愛想弟子

『シギャアアアアアアアアアアッ!!』

薄暗い森の奥……小雨の降る空の下、雨の当たらない岩場に巣を作っていたジャイアントスパイダーは、己の前に現れた〝敵〟を威嚇《いかく》した。

ジャイアントスパイダーは、胴体の大きさだけでも一メートル、脚の長さを含めれば全長三メートル近くにもなる巨大蜘蛛《くも》だ。生態は普通の蜘蛛とあまり変わらないが、その巨体を支えるために非常に発達した筋力と強固な外皮を持ち、強力な粘糸と麻痺毒で、時にはゴブリンやコボルトさえも捕食する。

ガシャンッ！

生活魔法の【硬化《ハード》】で薄く作られた素焼きの瓶が岩場に投げられ、割れた瓶の中身を蜘蛛の巣にぶちまけた。

『シャアアアアアッ！』

それに怒ったジャイアントスパイダーが粘糸を飛ばすが、その〝敵〟は糸を躱《かわ》せる微妙な距離で駆け回り、用意していた複数の瓶を投げて、さらに蜘蛛の巣を濡らされたジャイアントスパイダーは、ついに濡れた巣の糸から足を滑らせた。

その〝敵〟は〝知識〟によって知っていた。本来蜘蛛や昆虫のような生物はここまで巨大にはならない。魔物であり魔力で糸や身体を強化しているからこそ、地上でその巨体を支えられる。

それでも、その巨体を空中に張られた細い糸で支えるのは不自然に思えた。その〝敵〟は古い巣を調べて気がついた。普通の蜘蛛の巣は、蜘蛛が歩く粘性のない糸と獲物を捕らえる粘糸が使われるのだが、ジャイアントスパイダーの生み出す糸はすべて粘糸だったのだ。

その〝敵〟は発見したジャイアントスパイダーを観察し、雨の日は外で狩りをしないことに気づいた。瓶の中身はただの〝水〟だ。だが、その水で濡らされた粘糸は粘着力が激減し――

『シギャアアアッ！』

ついにその巨体を支えきれなくなったジャイアントスパイダーが、巣の糸から小雨に濡れた地面に落下した。

その機を逃さず〝敵〟から放たれた、小さな輪の先に菱形の刃が付いた奇妙な投擲《とうてき》ナイフが、ジャイアントスパイダーの身体に突き刺さる。攻撃されたと分かってジャイアントスパイダーが威嚇するように脚を振り回すが、小さな蜘蛛と違って重量のあるジャイアントスパイダーの脚は、落下の衝撃で奇妙な方向にへし折れていた。

それに気づいた〝敵〟が接近戦を仕掛ける。ジャイアントスパイダーもそれに応じて粘糸を放つが、地面で半分潰された体勢から放たれた粘糸はあらぬ方角へ飛び、それでも一本だけ飛んできた粘糸を〝敵〟は濡れた外套《がいとう》で受け止め、素早くそれを脱ぎ捨てた。

灰にまみれた桃色の髪が汗と雨で濡れて、まるで銀の翼のように煌めく。

外套を脱ぎ捨てると同時に素早く飛び込んだ〝敵〟は、そのままジャイアントスパイダーの頭部に深々と黒いナイフを突き立てた。

『シャアアアアアアアアアアアアッ!!』

頭部を貫かれたジャイアントスパイダーがそれでも〝敵〟に毒牙を向けるが、〝敵〟は慌てずナイフを抉《えぐ》るように抜き取りながら距離を取り――

「――【突撃《スラスト》】――」

その瞬間に【戦技《せんぎ》】が放たれ、その地域を縄張りとしていたジャイアントスパイダーは、頭部を斬り飛ばされて命を散らした。

「……ふぅ」

戦いが終わり、少女は小雨が降る中、火照った身体を冷ますように息を吐く。

少女は計算通りジャイアントスパイダーを倒すことができた。初の戦いとなる魔物で準備に時間も要したが、大きな怪我もなくランク３の魔物を倒せたのなら上出来だ。

「……【流水《ウォータ》】……」

外套に付いた粘糸を水で洗いながら引き剥がし、粘糸は木の枝で纏《まと》めて絡め取り、用意しておいた専用の袋に入れる。この粘糸は錬金術で加工すれば本などを作るときの上質な接着剤になる。けれど少女が必要としたのは、蜘蛛の頭部と胴体だった。

ジャイアントスパイダーの牙には麻痺毒があり、わずかでも受ければ数分で行動不能となる危険な物だが、その毒は、わずかな加工でそのまま武器に塗るだけでも使える毒になるのだ。

少女はジャイアントスパイダーの頭部を別の袋に詰め、蜘蛛の胴体を荒縄で縛ると、濡れた外套で包んで担ぎ上げた。

蜘蛛の胴体は二十キロ以上あるが、レベル２になった身体強化を使えば運べない重さではない。通い慣れた森の起伏を一歩ずつ進み、小一時間も歩くと、森の中にある小さな畑のある土壁の家が見えてきた。

ジャイアントスパイダーの胴体を玄関の外に置き、外套を井戸の水で洗ってから外に干して、二つの袋を持って扉を開けた少女に、微《かす》かな薬品臭と共に若い女性の声が掛けられた。

「無愛想弟子《アリア》、泥だらけの足で家に入るんじゃないよっ」
「ただいま、師匠《セレジュラ》」

▼アリア（アーリシア）　種族：人族♀・ランク２
【魔力値：１５８／１６０】△25UP【体力値：92／１０５】△25UP
【筋力：５（６）】【耐久：６（７）】【敏捷：７（８）】【器用：７】

《短剣術レベル１》《体術レベル２》《投擲レベル２》△1UP 《操糸レベル１》
《光魔法レベル２》△1UP NEW 《闇魔法レベル２》《無属性魔法レベル２》
《生活魔法×６》《魔力制御レベル２》《威圧レベル２》
《隠密《おんみつ》レベル２》△1UP 《暗視レベル２》△1UP 《探知レベル２》△1UP 《毒耐性レベル１》
《簡易鑑定》
【総合戦闘力：１２８（身体強化中：１４４）】△30UP

森の魔法使い

「とりあえずどこも嚙《かじ》られてはいないようだね、無愛想弟子。ちゃんと処理はしたんだろうね？」

「教わったとおりにやった」

私が袋に詰めた蜘蛛の頭と粘糸を見せると、師匠が少しだけ眉を顰《ひそ》める。

「目玉が一つ潰れてるねぇ。もっと綺麗に倒せなかったのかい？」

「次はもっと上手くやる」

私が素直にそう答えると、師匠はニッと笑って私の髪をかき回すように頭を撫でた。

「まあ、ランク２程度でランク３の魔物を狩ったのなら上出来さ。胴体を先に処理するから、泥だらけの足を洗って、裏庭の処理場まで持ってきな、無愛想弟子」

「了解、師匠」

師匠が二つの袋を持って家の奥へ入り、私は玄関に戻って汚れた足を洗ってから、蜘蛛の胴体を担ぐ。季節が過ぎて、師匠の所に転がり込んでからもう四ヶ月にもなり、八歳になった私はまた少しだけ背が伸びていた。

私が『師匠』と呼ぶこの女性《ひと》は誰なのか？　どうしてこんな森の奥に住んでいるのか？　それを話すには四ヶ月前のあの戦いの後にまで遡《さかのぼ》る。

＊＊＊

グレイブの追跡から逃れるために増水した河の激流に飛び込んだ私は、着水する寸前に【硬化《ハード》】を使い、泥だらけのメイド服を簡易的な浮き輪に変えた。だけどまだ安心はできない。激流に逆らわず身体を丸めて深く潜り、距離を取るまで必死に気配を殺し続けた。

生き残る確率は低かった。服を浮き輪には出来たが、暗い夜は自分の上下さえ見失わせ、激流は小さな私を翻弄《ほんろう》して体力を容赦なく奪っていく。

そしておそらく水の中には魔物がいる。岸まで近づいて人を襲う高ランクの魔物が少なかっただけで、水中には低級の魔物がひしめいているだろう。この激しい流れの中でも魔物が活動できるのか分からないけど、仮に襲われたら今の私では為す術《すべ》がない。

精神を研ぎ澄ますように集中して隠密を使い、とにかく自分の方向を知るために暗視と探知を酷使した。魔素の反射で視る暗視は激流の中では使いにくい。色で視る暗視も水の色ばかりで分かりにくい。だから両方を使い、とにかく暗い水の中を凝視し続けると、窒息する寸前の生と死の狭間で、不意に視界が開けて自分の向きを確認できた。

一瞬だけ水から顔を出して息を吸う。水中でも魔素の〝色〟を認識できるようになったのなら、この泳ぐ生物も〝視える〟はず。それを意識すると探知範囲と精度が拡張され、河の底に泳ぐ魚の群れから自分に迫る蛇のような気配を感じて、とっさに戦技の【突撃《スラスト》】で斬り捨てた。

水の中でも戦える。向きが分かれば息継ぎもできる。そうなれば後は、河の流れが緩やかになるまで耐える体力だけが問題だった。

運がいいことに身体にはまだ魔力回復ポーションの効果が残っていた。私は心臓にある魔石から光の魔力を絞り出し、体力の消耗と体温の低下を出来る限り抑えた。

諦めない。私はまだ死ねない。グレイブが将来的にエレーナを害する可能性がある以上、私はあれを超える強さを身につけて、必ずあいつを倒す。

身体を光の魔素で活性化させながらも、魔力制御を使って身体の表面を水の魔素で覆い、出来る限りの隠密を試みる。水に流されてからどれほどの時間が過ぎたのか……。意識が朦朧《もうろう》として集中が切れそうになった頃、朝日と共にようやく河の流れが緩やかになり、また襲ってきた蛇を斬り捨てた私は、その死骸を持って数時間ぶりに水から上がることができた。

身体は冷えきり、魔力も体力もほとんど残っていない。そんな状態で魔物や獣に襲われたら一溜まりもなく、力の入らない身体を引きずって藪の中に身を潜めた私は、隠密を使いながらひたすら体力と魔力の回復を待つ。

その間、わずかでも魔力を回して内臓を身体強化していなかったら、そのまま凍死していただろう。

数時間後、少しだけ戻った魔力で自分に【回復《ヒール》】を使い、火を熾《おこ》して丸焼きにした水蛇の死骸を食い千切るように貪り、身体の回復だけに努めた。

ボロボロの身体がまともに動くようになったのは、丸一日が経ってからだった。

体力より先に回復した魔力で、身体にあるすべての傷を【治療《キュア》】で治療する。……身体に傷を残すなと言ったのはセラだったか。

命を狙われたのは、あの組織の命令だったのか、それともグレイブの独断か。どちらにしろ、グレイブがあの組織にいるのなら同じことだ。私は彼らとは決別する道を選ぶ。

私は強くなってグレイブを殺す。それを邪魔するのなら、たとえそれがセラやヴィーロにでも刃を向ける覚悟はある。

でも、これからどうするか……。貴族と繋《つな》がりのあるあの組織の目がある以上、大きな街に寄るのは危険に思えた。立ち寄れるとしても村か小さな町……それでも田舎以外は避けるべきだろう。冒険者ギルドも同様にほとぼりが冷めるまで使えなくなったので、私は新たに生きる術を模索する必要があった。

今は国境の近くで、そのまま北上して他国へ渡るのも可能かもしれない。けれど、私には一つだけ当てがある。

行動を起こす前にまずは自分の状態を確認する。グレイブとの戦闘と水の中で必死に生き足掻いたせいか、《投擲》《隠密》《暗視》《探知》のスキルがレベル2に上がっていた。

投擲は水精霊との戦いと、最近は投擲ばかり使っていたからだろう。隠密や探知はともかく、人族ではレベル1までしか会得できないはずの暗視がレベル2になったのは、従来の方法と私独自の色を視る暗視を組み合わせた結果だろうか。

殺されかけたが、とりあえず悪いことばかりではなく〝糧《かて》〟にはなった。

私はまず身を隠す準備をするため、レベルの上がった隠密と探知を使いながら川沿いに森を駆け抜け、以前森に作った簡易拠点へと向かった。

森の簡易拠点に辿り着いた私は襤褸《ボロ》になったメイド服を脱ぎ捨て残った泥を拭う。それからここまでの旅で使っていた上着とズボンに着替えて、最後に顔を隠すためショールを首に巻いた。

黒いナイフ以外の武器は無くしていたが、簡易拠点にはセラに貰《もら》ったもう一本の細いナイフと、フェルドに貰った鋼のナイフがあり、それを腰帯とブーツに装備する。

投げナイフはなかったが、投擲スキルがレベル2になった今なら普通のナイフでもなんとかなるはずと考え、試しに鋼のナイフを投げると、問題なく木の幹に突き刺さった。

隠していた金銭と、塩と携帯食料、乾燥させていた薬草類を、服を詰め込んでいた袋に入れて肩に担ぐ。

ここから二日ほど森を進んだところに目的の場所がある。最後に【硬化《ハード》】を使った粘土の器で沸かしておいた湯に塩を入れて飲み干し、水分と塩分を補給した私は、暗くなりはじめた森の中を音もなく走り出した。

《隠密》《暗視》《探知》、そして生活魔法があれば、森の中でもそれほど困ることはない。途中でゴブリンや狼もいたが、隠れた私を見付けられるランクの高い魔物はいなかった。

二日後……〝知識〟にあるあの女の記憶から目星を付けたその場所に、木と石と土壁で造られた一軒の『家屋』を見つけた。

あの女の記憶にあるよりも少し庭が広くなったり、多少雑草が増えていたりしているが間違いはない。その扉を軽くノックしてみるが中から返事はなく、〝知識〟に残っていた扉の罠を解除して中に足を踏み入れると――

タンッ！　と音を立て、戸枠に奇妙な形のナイフが突き刺さった。

「……誰だい？　人様の家に勝手に入るなんて、躾《しつけ》のなってないガキだね」

室内の奥にあるテーブルから、絵本の魔法使いのようなローブを着た女が、奇妙な形のナイフを弄《もてあそ》びながら私に《威圧》を飛ばしてくる。

……強いな。フードに隠れて姿が見えていないので正確な鑑定はできないけど、威圧の痺《しび》れるような感覚だけでも、レベル３以上はあるはずだ。

「これを返しにきた」

刺激しない最低限の動作で、手に持っていた『手書きの野草本』をヒラヒラと振って見せると、私に向けられていた威圧が消え、その代わりにわずかな怒気を放ちながら、あの女の『魔術の師匠』は鼻で笑うように息を吐いた。

「ハッ、あの馬鹿弟子の知り合いかい？　私のところから金やポーションを盗んで出ていった馬鹿弟子はどうした？　そろそろおっ死《ち》んだのかい？」

「私が殺した」

静かに淡々と答える私の言葉を聞いて、女から一瞬怒気さえ消えて沈黙が訪れる。

「……そうかい。よほどくだらない死に方だったんだろうねぇ。その本はあんたにやるよ。売ればいくらかにはなるだろ。さっさと帰っとくれ」

「…………」

あんな女でも、少しは師弟としての情があったらしい。元々はただ本を返す予定だったけど、今はそれよりこの女のほうに用がある。

「あなたに魔術を習いたい」

「……帰れと言ったろ？　こんな人里離れた場所に住んでいる、馬鹿弟子しか育てられない婆に関わっても碌《ろく》なことはないよ」

その声はまだ若い女性のものだ。それなのに自分を『婆』と言う彼女のことを、あの女はよく知っていた。

「それは『魔族』だから？」

その瞬間にまた沈黙が落ちて、次の瞬間、私の身体が硬直するほどの殺気が吹きつける。

「……誰に聞いた？　あの馬鹿弟子がペラペラ喋ったのかい？　そこまで馬鹿に育てた覚えはないんだけどねぇ……それを知ったあんたをどうすれば良いと思う？」

フェルドやヴィーロ、そしてグレイブといった高ランク者から殺気を受けた経験がなければ、気を失うか戦意を失っていただろう。

でも、震えはあるが怯えはない。脅威は感じるが恐怖はない。

「あなたから魔術を習いたい」

「…………あんた、何者だい？」

真っ直ぐにあの女の師匠を見つめて同じ言葉を淡々と口にすると、殺気が緩んでわずかに呆れたような気配に変わった。

「話すと長くなる。あなたの弟子に襲われてから、色々あった」

私が加害者ではなく被害者であることを匂わすと、それで納得したのか、あの女の師匠は深々と溜息を吐いて席を立つ。

「こっちに来て全部話しな。茶くらい淹《い》れてやるよ」

そう言いながらあの女の師匠がフードを外すと、まだ三十歳ほどに見える、艶《つや》やかで黒曜石のような黒い肌と、銀色の髪から伸びた長い耳が現れる。

闇《ダーク》エルフ……。その肌の色は、闇の邪神に魂を売ったからだと言われており、この大陸の西海岸に住む彼らは、この大陸では『魔族《エビルレース》』と呼ばれていた。

「私のことはセレジュラと呼びな。あんたの名前は？」

「アリアでいい」

大規模な戦争こそ終わったが、魔族は現在も人族を中心とした南西諸国と継続的な紛争状態にあり、そんな闇エルフである彼女が、どうして大陸南東の端にあるクレイデールにいるのか、あの女の〝知識〟にもない。だが、それは私にとってどうでもいいことだ。私はさらなる知識と、運命を撥ね返せる強さだけが欲しかった。


私はあの女に襲われ、身体を奪われかけたこと。女が自分の精神を写した魔石から偶然知識だけを得たことを語る。

正直言って『乙女ゲーム』とやらは私もよく分かっていないので説明はできないけど、貴族となって奇妙な運命を辿ることを避けたいという胸の内を明かすと、セレジュラはあの女の行動で思い当たる節でもあるのか、深く頷いて考え込んだあと、椅子の背に寄りかかるようにしながら背後の通路を親指で指さした。

「とりあえず、奥の部屋を使いな。あの馬鹿弟子の部屋で今は半分倉庫にしているが、お前なら分かるだろ？」

「……ん？」

意味が分からず微かに首を傾げる私に、セレジュラはニヤリと笑う。

「お前を鍛えてやるって言ってるんだよ。望みどおり強くしてやるから覚悟しときな、無愛想弟子」

修行の日々

玄関から外に出ると、降っていた雨はやんでいた。

私は荒縄で縛ったジャイアントスパイダーの胴体を担いで、少量の野菜と様々な薬草が植えられた庭を通って処理場まで持っていく。

「無愛想弟子、それを台の上に置きな。やり方だけ教えるからお前がやるんだよ」

「了解、師匠」

「まずは脚からだ」

ジャイアントスパイダーの胴体を台の上に載せ、解体用のナイフで脚の付け根から切り離す。一本目を処理して軽く頷いた師匠は、残りの脚も私に任せて、自分は袋から出したジャイアントスパイダ

ーの頭から目玉を取り出す作業を始めた。蜘蛛の目玉は発酵させることで強力な神経毒になるらしいが、私はまだそこまで習ってないので手を出せない。

師匠は魔術師だが、本職は錬金術師だと言っていた。私も今までは見よう見まねで薬草や毒草を煎じたりしていたけど、少しずつポーション類の作り方も習っている。

それと私は勘違いしていたが、錬金術にはスキルは無いそうだ。厳密には魔力で薬品を精製するのだから、《魔力制御》のスキルレベルは必要になるが、それよりも錬金術に大事なのは、知識量と精密さだと言っていた。

ちなみに同じようなカテゴリーで調理がある。材料を切ったり、素材の目利きをするスキルはあるみたいだけど、それは調理に失敗しにくくなるだけで、料理の美味しさを決めるのは素材と調理人のセンスだと言っていた。

「準備はいいかい？」

「うん」

私が頷くと師匠がジャイアントスパイダーの腹を鉈《なた》で割き、その体内で生成される糸の素となる粘液に用意していた薬品を投入した。

この粘液が空気に触れることで糸になるから、ここからは素早く処理をしないといけない。

「今だよ」

その合図で私はナイフで手の平に小さな傷を作って、その血を蜘蛛の内部に垂らす。

私の血と薬品が反応して黄ばんだ白い糸の素が赤く変化し、それを木の棒で根気よく掻き混ぜていると、しばらくして棒の先に赤黒く染まった繊維の塊が出来上がった。

「……まぁ、上出来だ。新鮮な素材だから物も良いようだね」

その繊維の塊を検分した師匠の言葉に、私も安堵の息を吐く。

師匠には私の事情の他に、私の戦闘スタイルのことも話している。魔族と呼ばれる闇エルフである師匠の見た目は三十代前半だが、実際は三百年以上生きているそうで、その闇エルフがどうしてこの国にいるのか理由は教えてもらっていないが、師匠は魔術や錬金術だけでなく斥候系の戦闘もできると言っていた。

私が使っている、あの小さな輪の先に菱形の刃が付いた奇妙な形のナイフも、師匠が昔使っていた物で、私は十本ほど貸してもらっていた。

種類的にはあの女の〝知識〟にある『クナイ』に近いだろうか。でも握り部分はほとんどなく、輪の部分に指を通して手の平に隠したりもできる〝暗器〟のような使い方をするらしい。

でも、やはり師匠の得意な戦闘分野は、近接戦闘ではなく〝魔術〟だった。

光と闇をレベル4。炎と風にいたってはレベル5まで取得しているそうだ。しかも師匠は当たり前のように『魔術』ではなく『魔法』を使っていた。

私は魔術が一般的で魔法は廃れてしまった古い技術だと思っていたけど、師匠に言わせると、魔術を研究する者ならいずれ魔法に辿り着くものらしい。おそらく魔術師数百人に一人くらいだが、『魔法使い』は確実に存在する。

今のうちに知ることができて良かった。知らなければ魔術師を相手にするとき、それが致命傷になりかねないから。

ここまで教えられたなら、自分の手の内を晒せないとか言っていられない。それどころか手持ちの武器をすべて開示して教えを請《こ》うべきだ。

師匠が私の武器で興味を示したのは、『幻術』と『ペンデュラム』だった。特に血を混ぜた糸を魔力で操作することに興味を持った師匠は、使う『糸』を厳選するべきだと言った。

その糸に使う素材に魔物系の蜘蛛糸を使うことになった。でも、蜘蛛系の最上位素材はアラクネになるそうだが、そんな物は滅多に市場に出てこない。なので、今回はこの辺りに生息するジャイアントスパイダーの糸を素材にすることになった。素材としては中の上だが、魔物糸を加工する場合は、魔物の種類よりも鮮度が重要になると師匠は教えてくれた。

ジャイアントスパイダーの吐く糸はすべて粘糸だが、体内にあるうちに薬品で加工すると粘着性のない丈夫な糸になるそうだ。けれど、魔物系の糸は強靱《きょうじん》だがそれは魔物本来の魔力が残っているからで、私が魔力で操ろうとするとその素材の魔力が邪魔になるらしい。一応、その糸を私の血で染め上げればある程度の操作は可能になるが、大鍋一杯分の血が必要になる。

そこで師匠が考えたのは、加工時に魔物の体液に私の血を混ぜて、私の魔力に馴染ませてしまうという荒技だった。しかも死んでから数時間以内の状態でないと難しく、私は一ヶ月以上の時間をかけてジャイアントスパイダーを探し、ついに狩ってきた。

「あとはその繊維を棒で叩いてほぐしながら、自分で少しずつ糸にするんだよ。その時にも魔力を流しとけば、さらに魔力の通りはよくなるから手を抜くんじゃないよっ」

「わかった」

「糸が出来たら持ってきな。錬金術で耐火処理をしてやる」

「うん」

「さて、その前に飯にするよっ。飯の準備は弟子の仕事だって決まっているんだから、さっさと準備しな」

口うるさいけど私は別に嫌じゃない。それどころか、あの女や私のような得体の知れない人間を弟子にするのだから、お人好しだとさえ思った。

私は他人を信用しない。でも……エレーナと同じくらいには師匠も信じていいと思っている。

処理場を片付けた私は、調理場で〝食材〟の下処理を始める。

「――【浄化《クリーン》】――」

この四ヶ月で私もようやく、光魔術レベル2の呪文である【浄化《クリーン》】と【解毒《トリート》】を会得していた。

魔術を研究している師匠は、やはり多くの『魔術単語』を知っていて、師匠からレベル3までの光と闇の単語を習い、課題として自分で構成することで、やっとレベル2の二つの呪文を使えるようになった。

魔術の構成は、全く知らない言語の単語と意味だけを教えられて、それで文章を作るようなものだ。単語の順番が違うだけで別の意味になるので、新しい魔術を作るには少ない単語で短い文章を作るか、時間をかけて地道に研究するしかないが、今回は元の文章があったのでなんとかなった。

だけど師匠はただ覚えるだけでは不満らしく、追加の課題として、単語の意味を理解したのなら呪文の短縮をするように命じられ、まだ一単語か二単語しか省略できないが、一ヶ月かけて少しだけ短縮できてている。

その結果として《光魔術》のレベルが上がり《光魔法》に変化した。でもそれは光魔術の短縮だけが影響しているのではなく、呪文の意味を正しく理解できたからだろう。

魔術と違って近接系のレベルが《投擲》スキルしか上がっていないのは、投擲ばかりに頼っていただけでなく、身体の成長が足りていないからだと思う。魔術系の影響で魔力が増えて身体が成長していても、まだその段階ではないということだ。

魔術も近接戦闘もまだ色々と問題はあるけど、それよりも今は食材の下処理を優先する。

「――【解毒《トリート》】――」

この世界では、あの女の世界のように目に見えない微生物が病気の因になるという考え方はないけど、それでも〝汚《けが》れ〟から目に見えない毒素が生まれて、それが病気の因になると考えられている。数世代前の聖教会がそれを伝え、今では庶民でも食材を洗い、身を清めることで病気を防げることが知られていた。

【浄化《クリーン》】だけでなく【解毒《トリート》】も使って下処理を済ますと、馬鹿デカい鉈のような包丁を持って、その食材……『蜘蛛の脚』の解体を始めた。

殻《から》のような外皮を割って筋肉の部分だけを抜き取り、包丁を振り下ろすようにして一口大の大きさに切り分けてから、生姜やハーブの根と一緒に強火で煮込む。

何度も水を足して煮こぼれさせながら、ある程度の臭みが取れたら、さらにハーブを追加して小一時間ほど茹でた後に煮汁を取り替え、甘味の強い薬草酒と乱切りにした根菜を入れて柔らかくなるまで煮込み、塩と胡椒で味を調えながら最後に少量のラードを加えれば、『蜘蛛肉のシチュー』が出来上がる。

「……無愛想弟子《アリア》。鹿の肉もあっただろ？　どうして蜘蛛を使う？」

出来上がったシチューを見た師匠が重々しい口調で呟いた。

「勿体ない。栄養が摂れたら一緒でしょ？」

「お前には一般的な感性から教えないとダメかねぇ……。あの馬鹿弟子は本当に馬鹿だったけど、飯だけはまともな物を作れたんだけどねぇ」

「ちゃんと知識にあった処理はしたけど、煮込みが足りなかった」

貴重なタンパク質を無駄にはできない。ゴリゴリとした筋張った肉を食い千切っていると、そんな私を見て師匠が深く溜息を吐いた。

「…………飯が終わったら、光魔法の訓練をするから、さっさと食いな」

「了解」


私は師匠から二つの特殊な魔法を新たに教わっていた。光魔法はレベル2相当の魔法で、闇魔法はレベル3相当になる。

闇魔法は、私が思いついた魔術を師匠に確認して再構成してもらったものだが、さすがに私の技量と魔力量では、レベル3の闇魔法はまだまともに使えなかった。もう一つの光魔法のほうは、覚えること自体は闇魔法の応用でなんとかなったが、この魔法は覚えるよりも〝使い方〟のほうが難しい。

「行くよ。ちゃんと防いでみな。――【火 矢《ファイヤーアロー》】っ」

庭に出て構える私に、師匠が、【火 矢《ファイヤーアロー》】を詠唱破棄の魔法で撃ち放つ。

レベル1の魔術だが、攻撃力の高い火魔術は当たり所が悪ければ即死もある。でも私はそれを避けることは許されない。私は【火 矢《ファイヤーアロー》】が放たれた瞬間に手の平を前方に向け、意識を集中させながら魔法の構成を組み立てた。

「――【魔盾《シールド》】――」

この魔法は闇魔法の原理と同じように光の粒子を結束させ、円形板状の『光の盾』を創り出す、師匠がその師匠から授かったというオリジナル魔法だ。

この【魔盾《シールド》】は敵から放たれた攻撃魔術を防ぐことができる。だが、欠点として光の粒子を盾にしたせいで、玻璃《ガラス》程度の物理的強度が生まれてしまい、土系や氷系の物理的破壊力がある魔術を受けてしまうと壊れてしまう。

パシッ！

私の創りだした【魔盾《シールド》】が師匠の【火矢《ファイヤーアロー》】を弾いた瞬間、それを見た師匠からお叱りの言葉が飛んできた。

「込める魔力が大きすぎるっ、魔術の大きさを感じて加減しなっ」

再び放たれた【火矢《ファイヤーアロー》】に【魔盾《シールド》】の魔力を合わせると、今度は玻璃が割れるような音を立てて【魔盾《シールド》】が消滅した。

「込めた魔力で足りないと感じたら、逸らして受け流せっ」

「了解」

この玻璃が割れるような音は、実際の音ではなく私だけが聞こえるイメージの幻聴で、これが聞こえるのは、込めた魔力が足りてない証拠だ。

レベル2相当の魔法だが、理論上は魔力さえ込めれば、物理系以外ならどんな魔術でも防ぐことができる。でも、今の私の技量と魔力ではレベル1までの攻撃魔術しか防げず、レベル2の攻撃呪文を受ければ【魔盾《シールド》】を打ち消されるだけでなく、ダメージも受けてしまう。

防げないのなら逸らすしかない。実際に玻璃程度の物理防御力があるのだから、その気になればナイフ程度なら躱せるかもしれないが、それと同じように盾や剣の受け流しを使って、魔法そのものを受け流す技術が必要だった。

魔法を構成する意識の集中。放たれた魔術の種類と魔力量を瞬時に見極め、適正な魔力を込めて防御方法を変える。どれか一つでも難しいのに、そのすべてを同時にこなすのは困難を極めた。しかも発動状態を維持するのにも魔力を消費するので、咄嗟《とっさ》に使いこなすためにはさらに鍛錬が必要になる。

それでもこれを完璧に使いこなせたら、対魔術師戦で大きな武器になるはずだ。

「……あとは自習しな。まったくガキの相手は疲れるねぇ」

「……平気？」

私の魔力と体力が半分以下になったところで、師匠が鍛錬を切り上げた。

それは私を気遣ってくれたからじゃなく、師匠の体力値は高いが、体力の消費が大きいのだ。

「ガキが大人に気を使うんじゃないよっ。それと、髪にかけた魔術が解けているから、効果時間は体感で覚えな」

「うん」

私が目立つ桃色の髪を隠すために髪にまぶしている『灰』は、本物の灰ではなく闇魔術で創った〝幻術〟だ。

ヴィーロが懸念したとおり、魔力が増えて光沢が増した私の髪は普通の灰では輝きを隠せなくなっていた。それを師匠に相談したところ、いくつかの魔術単語を教えられて、幻術で髪色を変える課題を出された。

一応、髪の色を変える魔術は完成したけれど、単語の並びが文章になっていなかったようで、魔力の消費が大きすぎて効果時間が短くなってしまった。なので、髪の色を変えるのは諦め、闇の粒子を直接灰に見せる幻術にすることで、効果時間の延長と髪の光沢を抑えることに成功した。

師匠から出された課題からはズレてしまったが、ギリギリ合格を貰えたのは、魔法にはそうした工夫をすることが重要らしい。


鍛錬を終えて夜になり、魔石を使ったランプ魔道具の明かりの中、蜘蛛糸の繊維を棒で叩きながら糸にするためにほぐしていると、師匠が自家製の薬草酒をチビチビと呑みながら、私を襲ったあの女のことを話してくれた。

「あの馬鹿弟子が初めてここにやってきたのは、あいつが十六の頃だったかねぇ……。その頃から馬鹿で、ある日突然やってきて、私が、『ひろいんが魔族と戦うときに協力する役目』だから、自分に魔術を教えろ、って言ってきてさ。魔族の私にだよ？」

「…………」

あの女は、昔から……というか、最初から〝ああ〟だったのか。

「正直、あの馬鹿弟子の戯言は、私にはほとんど理解できなかったよ。ただ、あまりにも妄想を自信満々に話す馬鹿さ加減が不憫《ふびん》に思えてね。つい情けをかけて弟子にしちまったよ」

「真剣にやってた？」

「真剣だったさ。そこだけは評価してもいい。ただねぇ……移り気が酷くて、結局どれもこれも中途半端さ。そんな馬鹿弟子が、まさか、昔の魔術師が失敗したカエルに芸を仕込む方法で、そんな奇妙な魔石を創り出すとは、才能はあったのかもしれないねぇ」

「カエル……」

そんな曖昧なもので他人の身体を奪おうとしたのか……。

偶然でもなんでも、そんな曖昧な情報だけで、自分の精神を写した魔石を創り上げたのだから才能が……いや〝執念〟が並外れていたのだろう。ただその努力の方向が、ことごとく明後日のほうを向いていたことが、あの女の不幸だった。

静かな森の中で時がゆっくりと流れていく。

私にはやるべき事がある。けれど、師匠《セレジュラ》との生活は、両親が亡くなって以来の家族のような温もりを感じさせてくれた。

魔術と魔法の鍛錬をして、錬金術を習い、魔物を狩って近接戦闘を鍛える。

そんな生活をしながらさらに一ヶ月が過ぎた頃、一般の人間は誰も知らないはずのこの森の家に、怪しい『来訪者』が現れた。

来訪者

その日、一ヶ月をかけてようやく蜘蛛糸の束が出来上がった。

太さ一ミリ程度で約四十メートル。そういうと沢山あるようにも思えるけど、二本あるペンデュラムで一本あたり八メートルほども使うから、そう考えると三本分しか予備がないので少しも無駄にはできない。

《操糸》スキルがない頃は、命中率を一割程度補正するのが精一杯だったが、スキルを得たことで命中率が上がった。私の血を馴染ませた糸では補正が二割程度になったが、この魔物糸ならさらに高い命中率を得られるはずだ。

そして何より魔物糸は強靱だ。ただの木綿糸ではいくら魔力で強化しても、グレイブにはあっさり見切られて糸を切られてしまった。もちろん、この魔物糸でも単体で刃を受け止めることなんて出来ないけど、宙を舞っているこの糸を切るのは相当に難しいはずだ。

師匠に教えてもらいながら魔物糸に防腐と耐火の処理をして、最後に無くした刃の代わりに暗器の投擲ナイフを括り付けていると、不意に師匠が顔を上げ、私も同じように顔を上げて玄関のほうへ視線を向ける。

「人の気配がする」

「……気配を消しな、無愛想弟子。とりあえずあんたは奥へ入れ。私が相手をする」

「了解……師匠」

この五ヶ月間、誰も訪れることがなかったこの場所に『人間』らしき気配が現れた。

師匠によると、年に一度だけ顔見知りの行商人が塩や素材などを届けてくれるらしいが、今はその時期ではない。

しかも外にいる人物は、斥候系の探知スキルを持つ師匠や私でも、家の周囲に近づくまで気づけなかった。斥候系の技量と強さはイコールではないけど……只者ではないな。

私は師匠に言われたとおり奥にある部屋に入り、気配を殺しながらそっと扉の隙間から様子を窺うことにした。

「……入れ」

師匠《セレジュラ》が扉に向かって声をかけると、音もなく扉が開いて、外の光と共に背の高い三十代半ばほどの男が姿を見せた。暗い金髪に爽《さわ》やかそうな薄っぺらな笑みを張りつかせた男は、舞台役者のような仕草で頭を下げる。

「お久しぶりです、我《わ》が敬愛する師よ。お元気にしておりましたか？」

「……お前を弟子だと思ったことはない。何をしに来た、ディーノ」

冷たく言い放つ師匠に、ディーノと呼ばれた男が気取った仕草で肩をすくめた。

「この度、私が暗殺者《アサシン》ギルド北辺境地区支部の長となりましたので、そのご挨拶《あいさつ》と、少し厄介な仕事がありましてね。我が敬愛する師セレジュラにお願いしようかと思いまして」

「お前のところは、こんな世捨て人を使うほど碌な人間がいないのかい？」

「普通の相手なら問題ないのですが、相手が手練《てだ》れの冒険者崩れでしてね。まともにやるとこちらの被害も大きい。なので、あなたに〝お願い〟しています」

「……私はもう〝暗殺〟からは足を洗ったんだよ」

ディーノは『暗殺者ギルド』の人間らしい。そんな組織と師匠にどんな関係があるのか？　暗殺者ギルドの長であるディーノがどうして師匠を『我が師』と呼ぶのか？

師匠の返した答えは想定内だったのだろう。ディーノは慌てることなく軽く頷くと、用意していたような言葉を告げる。

「魔族軍、東部戦線の『戦鬼』セレジュラ。今でもあなたが生きていると知られたら、騎士団が総出で討伐に来るでしょう。そんなあなたなら、ランク4の冒険者パーティー程度、難しい相手でもないのでは？」

「………」

ディーノが笑顔で師匠を脅す。私も詳しい話は聞いていないが、ディーノの口ぶりから察するに師匠は戦場で多くの敵を殺してきたのだろう。

師匠がどうして魔族軍を抜けたのか、その理由は知らない。でも、師匠は魔族の目から逃れるために、おそらく最も安易な『裏社会』に身を寄せたのだ。

「それと……ここには、もう一人、居られますね？　以前居着いていた、あの奇妙な女ではなさそうですが、他に弟子でも取られましたか？　私も兄弟子として、その方の面倒を見ないといけませんね」

「ディーノ！」

無関係な人間まで巻き込もうとするディーノに師匠から殺気が放たれたが、彼の仮面のような笑みは変わらない。

おそらくディーノは、師匠が暗殺者ギルドと敵対できないことを知っている。実力的には師匠のほうが強いはずだが、仮にもギルドの長だ。もし敵対したとしても逃げる算段くらいはしているのだろう。そして敵対して逃がしてしまえば、師匠だけでなく弟子である私まで暗殺者に追われることになる。

魔術師と暗殺者では戦い方が違い、一度でも逃がせば立場が逆転する。

どれだけ〝個〟で圧倒しようとも、〝組織〟を相手に延々と戦い続けることがもう師匠にはできないのだ。それが分かっている師匠は食いしばるように歯噛みしながらディーノを睨む。

「……これが最後だ。わかっているな？」

「ええ、もちろんですとも。我が敬愛する師に無理なお願いはもういたしませんよ。では、ターゲットの情報ですが……」

愉悦《ゆえつ》を得たような歪んだ笑みを浮かべてディーノが話を始める。だが、そこまでだ。


「その話は〝私〟が聞く」

部屋から出て突然大人の話に割り込んだ〝子ども《私》〟に、二人が目を見開いた。

「無愛想弟子！　あんたは引っ込んでいなっ！」

言いつけを破って部屋から出たことに師匠は声を荒らげる。だけど私も退くつもりはない。それ以上に、私の存在を盾に師匠が無理強いをされることに、私のほうが限界に達した。

私は師匠の言葉を無視して前に出ると、ディーノという男の全身を視界に収めながら師匠に声をかける。

「師匠は、もう戦えないんでしょ？」

「あんた……」

私の発した言葉に師匠が言葉に詰まり、私たちのやり取りを見てディーノが興味深げに目を細めた。

「ほぉ……？　弟弟子ですか？　妹弟子ですか？」

「それが大事なこと？　冒険者を殺すだけなら、師匠が力業で倒すよりも私のほうが向いているはずだ。師匠の代わりに私がやる」

「何を言ってるんだ⁉」

私の言葉に師匠は一瞬、ディーノがいることすら忘れて私に詰め寄った。

「ガキが大人の話に首を突っ込むんじゃないよ！　あんたは分かっているのかい⁉　この男は〝人殺し〟の依頼をしてきたんだよっ」

「確率の問題だ」

師匠は何も言わないけど、おそらくまともに戦える身体じゃない。師匠は私よりもディーノよりも強い。でも、師匠は長い時間戦うことができず、たとえ倒せても人族の街に寄ることができない師匠では、生きて帰れる可能性は私が戦うより低いと判断した。

「相手が〝人〟なら、今の師匠よりも私のほうが生き残れる。ただそれだけだ」

「ガキのあんたが、暗殺まがいの真似をできるって言うのかい⁉　ランク4の冒険者は、そこら辺の奴とは違うんだよっ！」

確かにランク2の私ではランク4……しかも複数人を倒すことは難しい。

ディーノが師匠を使おうとしたのも、個が強く、油断することなくパーティーで連携する冒険者を相手にするには、暗殺者では相性が悪いからだ。

私が行っても返り討ちにされる可能性は高い。でも子どもならその姿で油断を誘えるし、子どもならではの戦い方もある。それに――

「私はまだ強くなる」

「………」

まっすぐに目を合わせた私の言葉に師匠が言葉を失う。

私は子どもでも、それなりの〝経験〟と〝修羅場《しゅらば》〟を潜ってきた。それを知っている師匠も感情的に納得はできなくても、人間が相手なら、油断を誘える私のほうが生き残れる確率が高く、私を知っているからこそ、私がまだ成長途中だということも理解してしまった。

「――君に人が殺せるのですか？」

それまで黙って私たちのやり取りを聞いていたディーノが、私に怪しむような目を向ける。けれど、その瞳の奥に淀むどす黒い愉悦めいた情念が見えた気がした。

良かった……これだけ歪んでいれば、彼はきっと疑わない。

「問題ない」

私は死なない。師匠も死なせない。そのためなら〝関係のない人間〟でも手にかける覚悟は出来ている。

「よろしいっ。ならば、我が愛しい兄弟弟子殿にお任せしましょう。ですが、その前に誰かを殺していただいて、それを試験としますがよろしいですか？」

予想通り、あっさりと頷いたディーノは私を見て愉悦の笑みを浮かべていた。

「私の〝敵〟なら殺す」

敵になったのなら殺すのに躊躇《ちゅうちょ》はない。でも、暗殺者ギルドは、無辜《むこ》の市民を殺すようなくだらない仕事を私にさせるの？　――そんな侮蔑を込めた視線をディーノへ送ると、その意味に気づいたディーノが薄っぺらな仕草で苦笑する。

「ご安心を。私どもは殺人鬼ではなく、殺す対象も厳選しております。それに、我らが敬愛する師セレジュラに依頼する仕事はすべて、対象が善人ではない者ばかりです。その愛弟子であるあなたにも同じようなクズの始末をお願いします」

「それは自分で判断する」

暗殺者ギルドに殺しを依頼される人間は、よほどの『クズ』か、よほどの『善人』かのどちらかだ。

冒険者で善人はいないだろうと考えていたが、師匠も最初からそんな依頼は受けなかったと言うことか。

「では、こちらをどうぞ。当日までに、そこまでお越しください。では我が敬愛する師セレジュラ、またお会いしましょう」

ディーノはメモに使うような紙の切れ端に簡単な場所と日時を書いて私へ渡すと、師匠に挨拶をして意外なほどあっさりと帰っていった。


「「…………」」

ディーノの気配が完全に消えて、二人きりに戻った居間で師匠が複雑な表情で私を見る。

師匠は言葉遣いこそ悪いがお人好しで甘い人だ。あの場で流されて、子どもである私を死地に送ることを止められずに後悔しているのだろう。

何も知らない人間なら、普通に考えれば私は間違いなく死ぬと思うはずだ。でも私に死ぬつもりはない。今が駄目なら強くなればいい。そのために私はディーノから向けられる悪意さえも利用して強くなると決めた。

だから心も揺れることはなく、ただ真っ直ぐに見つめ返す私に、師匠は諦めたように溜息を吐いてから、そのまま自分の部屋へと消えていった。

「…………」

いまさら話を蒸し返されても困るからちょうどいい。私も自分の部屋に戻って以前着ていた旅服に着替えると、手持ちのナイフや新しいペンデュラムと一緒に、作っていた毒薬を袋に詰める。

もうすぐ夕方だが、暢気《のんき》に夕食を食べてから出発する必要もないだろう。元々根無し草の浮浪児だ。いつでも戦える準備はしていたから用意に時間はかからない。

荷物を抱えて部屋を出ると、自室に籠もったはずの師匠が居間のテーブルで私を待っていた。

「無愛想弟子。少し話に付きあいな」

「わかった」

一応警戒しながらテーブルに着くと、そんな私に師匠はまた深く溜息を吐いてから、幾つかの物をテーブルに並べた。

「今更止めはしないよ。お前は庇護《ひご》される子どもじゃない。これからは一人の〝人間〟として、アリア、お前の意志を尊重する」

そう言って話してくれたのは、師匠自身のことだった。

魔族でもそこそこ良い家の生まれだったらしい師匠の両親は、人族との戦争で亡くなり、師匠は幼い妹を生かすために魔族軍の暗殺者となった。

それから何十年と戦い続け、強大な魔術を覚え、人族や魔族からも恐れられるようになった師匠は、五十年以上前の戦場で唐突に自分には〝何もない〟ことに気づいた。

顔を知らない敵にも家族がいて人生がある。自分にも家族がいたことを思い出した師匠は、それを理解することもなく、ただ命令だからと敵を殺し続ける無意味さを知った。

戦果を挙げていた今なら、妹はまともな家に預けることができる。妹に自分と同じ生き方をさせないためにも、師匠はとある戦場で自分が死んだことにして魔族軍から離れた。

そんなことがあったからこそ、私やあの女のような怪しい人間にも情を掛けてくれたのだろう。

でも、無意味な運命から逃げることはできたが、魔族である師匠はどの種族にも受け入れてもらうことができず、種族にあまり拘《こだわ》りのない実力主義である〝裏社会〟に身を寄せるしかなかった。

その一つが暗殺者ギルドで、その当時、北辺境地区の長《おさ》の息子であるディーノにも魔術の手ほどきをしたこともあったそうだ。

「いいかい、大事なことだからよくお聞き。私がまともに戦えなくなったのは、長く戦ってきたせいだけじゃない。ここのせいさ」

師匠が指先で自分の心臓辺りをつつく。

師匠の魔力属性は四つ。一般的には属性が多いほど優秀とされているが、歴史を見ればそんな英雄のほとんどが長生きできていない。それは英雄になったから誰かに殺されるのではなく、心臓に生成される『魔石』のせいで英雄は死ぬのだと師匠は言った。

属性が三つくらいなら大きな問題はない。でも、全属性を持つほど才能に溢れた英雄は、そのために肥大化した魔石のせいで長生きできない身体になってしまい、四属性の師匠も無理をしすぎたせいで長く戦える身体ではなくなった。

確かエレーナも四属性で、強すぎる魔力で身体を壊したと言っていた。

でも師匠の話が本当なら、肥大化した魔石に幼い心臓が耐えられなかったのではないだろうか？

もしかしたら、増えた魔力によって身体が急成長するのは、心臓の負担を減らすためにそう進化したのではないかと思った。

四属性くらいなら無理をしなければ寿命を全うできるそうだが、それ以上になると早死にすることが分かっていながら、その貴族家の優秀さを示すために、子どもに多くの属性を持たせる魔術師の家系があるそうだ。

それと同じでダンジョンなどで手に入る【加護《ギフト》】も、本来人間の身には余る力で、使用すれば寿命を大幅に減らしてしまうらしく、もし得られる機会があっても絶対に手を出すなと言っていた。……やはり美味い話には〝裏〟があったか。

「それと餞別《せんべつ》だ」

師匠が私に餞別としてくれたのは、師匠が昔使っていたという装備類だった。布製はこの五十年でほとんど駄目になっていたが、魔物革で作られたショートブーツや手甲は、布巾で拭くだけでその光沢を取り戻した。

「今のあんたには少し大きいけど我慢しな。こいつはナイトストーカーという魔物の革を使っているので吸音性に優れている。そして上位魔物の革は、多少の傷でも水分と使用者の魔力で徐々に再生する。ほら、靴の裏も再生しているだろ？」

それだけじゃなくブーツには幾つかのギミックが仕込んであり、接近戦では役に立つと思えた。その他にも魔鋼を中に仕込んだ左手のみの手甲や、射程は短いが身体に隠せる小型のクロスボウ。それから師匠が仕込んだポーションと猛毒薬を、師匠が昔使っていた魔物革のポーチと一緒に手渡してくれた。

「お前は絶対生き残って、自分の生きる意味を見付けるんだよ。無愛想弟子《アリア》」

「うん……師匠」

＊＊＊

（……対象、確認）

森にあるセレジュラの隠れ家から離れた木々の中、一人の若い男が家から出る子どもの姿を認めて注視する。その男は暗殺者ギルドの監視員で、戦闘力はランク2と低いが、レベル3の《探知》スキルとレベル1の《遠視》スキルを持ち、ターゲットの監視を専門としていた。

今回の彼の任務は、セレジュラ及びその弟子が逃げ出さないか監視すること。もっとも闇エルフのセレジュラでは逃げても人族の社会に紛れることはできないが、今回仕事を受けたというその弟子が、妙な真似をしないか監視するのが主な理由だった。

ディーノは最初から、セレジュラもその弟子も信用していなかった。セレジュラが暗殺者ギルドと敵対するとは思っていない。だが、弟子をこっそり逃がすことはあり得ると考えていたのだ。

（……なんだ？）

家から出た子どもの姿が不意に消えた。レベル3の《探知》スキルはその存在を朧《おぼろ》げに捉えていたが、男の監視は《遠視》スキルと組み合わせることで本領を発揮するので、姿が見えなくなると精度が下がる。

それでも男の《探知》スキルは、子どもが人里へと続く獣道ではなく、自分のいる方角へ向かっていることを捉えた。

（まさか、俺がいることに気づいたのか？）

ディーノが現れたことで警戒はしていたのだろうが、これだけ離れた暗い森の中に潜む男を見付けることなど、普通の探知では難しいはず。

男は息を潜め、子どもの気配が自分から逸れるように数十メートル離れた場所を通り過ぎるのを待ち、気のせいだったと安堵して息を吐いた瞬間、自分に向かって迫り来る〝刃〟に気づいた。

「――っ⁉」

咄嗟に顔を上げて刃を避ける。だが、その次の瞬間、躱した刃に付いていた糸が男の首に巻き付き、真後ろに木から引きずり落とした。

「くっ！」

頭から落ちる男が手で着地しようと腕を伸ばし、その手が大地に触れる寸前、背後から腕を蹴り飛ばされて頭から地に落ちる。

ぐしゃり……と首の骨が砕ける音が男の脳に響いた。仰向けに倒れ、異様な角度で曲がった首のまま天を見上げた男の瞳に、冷たい瞳で自分を見下ろす子どもの姿が映る。

何故ここにいるのか？　先ほど通りすぎた気配はなんだったのか？　死に逝《い》く最期の問いを瞳で訴える男の首を、容赦なくナイフで斬り裂いたその子ども――アリアは、その死を確認すると表情を揺らすことなく寒気のするような声を暗闇に零《こぼ》した。

「お前たちは私の〝敵〟になった」

礼拝堂のある街

やはりな……。思った通りディーノは監視を置いていた。

師匠は暗殺者ギルドと敵対できない。戦い続けることができないのもあるけど、闇エルフである師匠は、この人族の国で安全な場所を手に入れるだけでもかなりの苦労があったはずだ。逃げ出すことはできるかもしれないが、そのためにはまた裏社会に頼らないといけなくなる。

だけど私は違う。人族である私は、どこにでも逃げることができるし、集落に溶け込んで隠れることもできる。だからこそディーノはこの場所を監視させた。私を逃がさずに仕事をさせるためではなく、師匠を縛りつける人質とするために。

ディーノは最初から、子どもである私のことなど当てにはしてないのだろう。だから、私が師匠の代わりをすることをディーノが簡単に認めたのは、人質である私を暗殺者ギルドに縛りつけておくためだと考えた。

ディーノは心に歪みを抱えている。彼の瞳は、私を使って師匠を精神的に追い詰めることに喜びを感じていたように見えた。

それほど歪んでいるとはいえ、あの時のディーノは物分かりがよすぎた。私だって、いくら魔術師の弟子でも、子どもが暗殺をするなんて信用しない。だからあっさり帰ったディーノは必ず監視の目を残していると考えたが、思ったとおり見張り役は存在していた。

監視専門だったらしく見付けるのに苦労したが、必ず〝居る〟と分かっていれば、魔素を色で視る私なら探すことはできる。

念のために幻術の虚像――【幻影《シャドウ》】を作って油断させながら隠密で近づき、ペンデュラムを使って始末した。戦闘員ではないと予想はしていたけど、騒がれる前に始末できたのは運が良かった。

私は暗殺者ギルドと敵対する。そのことをまだ師匠には知られたくない。

男の装備から金銭だけを回収して、血が抜けて軽くなった死体は野生の獣がいる場所まで運んで投棄する。あとは狼あたりが骨まで片づけてくれるはずだ。

出発しよう。この森で過ごした五ヶ月で季節は初夏から秋の終わりになり、八歳になった私はまた背が伸びて見た目は十一歳くらいに成長した。厚みも体重も足りていないけど、速度だけは大人に近づき、今なら大人相手でも以前より戦えるはずだ。

身体だけでなく髪もかなり伸びていたが、師匠が切り揃えてくれる以外で短くすることはなく、長くなった髪は編み込んで、邪魔にならないよう首に巻く。

「またね……師匠」

また戻れるか分からない。戻れる保証もない。だから、師匠との別れはもう済ませてある。それでも最後に一言だけ呟くと、私はそのまま荷物を担いで以前作った簡易拠点の方角へ走り出した。

直接人里には向かわない。五ヶ月も経っているのでグレイブのいる組織の監視も緩んでいるとは思うが、まだ油断はしないほうがいい。

でも私には、この貴族領を離れる前に一つだけやることが残っている。

もうすぐ冬になるが、南にあるクレイデール王国では雪が降るほどの寒さにはならない。それでも火を焚《た》かない野営は少し厳しい季節になったが、身体強化が使えるなら身体が不調になることもなかった。

隠密と暗視と探知を駆使して二日ほど森を駆け抜けると、すでに懐かしさも感じる森の簡易拠点に到着した。半分以上枯れ葉に埋もれかけていたが一から作り直すよりマシだ。枯れ葉を木の枝で払い、朽ちた棒を取り替え、除虫草を焚いておく。

その間に川辺に向かい粘土を採取すると、拠点に戻ってある物を作りはじめた。


次の日、私はショールで顔を隠して夜の街を歩く。街の外で行商人などに噂を確認して、ちゃんと間に合ったことを確認した。

季節が本格的に乾燥する前に間に合ってよかった。半年ほどは猶予があると師匠とも推測していたけど、外れることもあり得たのだ。

そいつは傷を癒すために動けなかったはず。存在をギリギリまで削られ、激しい飢えに苛《さいな》まれながらも、そいつは生きるために仮死状態で足掻いていたはずだ。

だが空気が乾燥しはじめ、それも限界になっているだろう。私は前回の経験からそいつがいる場所に目星をつけていた。あいつは必ずこの近くにいる。力を取り戻すためにまた襲ってくる。

闇夜に紛れながら、セイレス家近くの水路に【流水《ウォータ》】を使って魔力を込めた水を流すと、その気配が感じられ、急速に近づいてくるのが分かった。

「決着をつけにきたよ…… 〝水精霊〟」

▼水の下級精霊
【魔力値：135／503】
【総合戦闘力：148／553】
【※状態：狂気・衰弱】

『────────！』

やっぱり生きていた。グレイブの戦技で蒸発を防ぐ殻を壊されたが、精霊はそんな簡単に滅んだりはしない。……本当にグレイブは余計なことをしてくれた。

ぶよぶよと膨らんだ野良犬の水死体に取り憑いていた水精霊は、もう魔法を使う余力もないのか、犬の水死体を操って私に襲いかかってきた。

『────!!』

「──【硬化《ハード》】──」

私は体術を使って水精霊の攻撃を躱し、【硬化《ハード》】をかけた弾を小さなスリングショットで飛ばす。

『────!?』

今回使っているのは粘土で作った二センチほどの〝球〟だ。前回の戦いで、水精霊の魔力だけを削ればいいと分かったので、武器に拘る必要はない。

私は水精霊の攻撃を回避しつつ、的確に弾を当てて水精霊の存在を削っていく。動きが遅い。弱っている……やはり、あの時に私の手で決着をつけたかった。でも、水精霊を放置してあの姉弟を危険に曝《さら》すわけにはいかない。それに私は自分の手でお前を倒す理由もあった。

武器には拘らないと言ったが、それでも一本だけ粘土を焼いて小さなナイフを作っていた。

戦闘スキルは命を懸けた実戦で大きく成長する。この五ヶ月間鍛錬を続けても、ジャイアントスパイダーを倒しても上がらなかったけど――

「水精霊の命《お前》を私の〝糧《かて》〟にさせてもらう」

スリングショットを仕舞い、粘土のナイフを右手で構えて水精霊を真正面から迎え撃つ。

その〝技〟は何度も目にした。ヴィーロがそれを使って山賊を倒すところを見た。女盗賊が使って、その攻撃を直に受けた。

瞳に焼きついたその技を魂に焼きつけ直すように魔力を込め、真正面から迫りくる水精霊に臆《おく》することなく、必ず使えると信じて発動する。

「――【二段突き《ダブルエッジ》】――っ！」

短剣術レベル2の戦技【二段突き《ダブルエッジ》】が発動し、水死体の牙を砕いてその眉間を貫く。

『――――――――!!』

戦技の魔力が水精霊の護りを砕き、土属性である【硬化《ハード》】の魔力がその核を貫いて、声のない断末魔を叫ぶ野良犬の水死体から大量の水が溢れ出し、水精霊の魔力が拡散して、最後に涙のような、きらめく魔石を落とした。

▼アリア（アーリシア） 種族：人族♀・ランク2
【魔力値：１１２／１６５】△５UP【体力値：92／１１０】△５UP
【筋力：６（7）】△１UP 【耐久：６（7）】【敏捷：８（10）】△１UP 【器用：７】

《短剣術レベル2》△1UP 《体術レベル2》《投擲レベル2》《操糸レベル1》
《光魔法レベル2》《闇魔法レベル2》《無属性魔法レベル2》
《生活魔法×6》《魔力制御レベル2》《威圧レベル2》
《隠密レベル2》《暗視レベル2》《探知レベル2》《毒耐性レベル1》
《簡易鑑定》
【総合戦闘力：143（身体強化中：162）】△15UP

「…………」

これで水精霊も精霊界に戻れたのだろうか……。水精霊が落とした不思議な魔石を握りながら夜空を見上げ、私はこの戦いに勝利して《短剣術》スキルレベル2を手に入れた。

これからの戦いにレベル2の短剣術は必須であり、身体の成長を待たずに修得する必要があったが、並の相手では上がらない。だからこそ私は、精霊という特殊な存在を『斬る』ことと、必死の覚悟で戦技を放つことで、無理矢理短剣術をレベル2に上げたのだ。

本当なら十歳以下でレベル2の近接戦スキルを得ることは難しいのだけど、ようやく私はそれを手に入れた。だけど、いつまでも余韻に浸ってはいられない。少し離れているとはいえ、魔力や戦技を使ったことでセイレス家のほうから人の声が聞こえてきた。

私は即座に隠密を使い、暗い夜の闇に身を隠す。少しだけ視線を向けたその先に、セイレス家の屋敷二階にあるテラスから、マリアとロディの姉弟が不安そうに顔を覗かせていた。

「…………」

大丈夫だとは思っていても無事を確認できて良かった。もう憂いはないと、この場所から離れようとしたその時、ロディの声が『アリア』と呟いたように聞こえた。

＊＊＊

夜のうちにセイレス男爵の街から離れて目的地へ向かう。極力街道は通らない。明るい時間はできるだけ避けて夜に移動する。半年前にダンドールから来た道を逆に辿り、十日間ほどかけて私はヘーデル伯爵領に到着した。

ヘーデル伯爵領には二つの大きな街があり、その一つはヘーデル伯爵の屋敷がある商業の盛んな街で、もう一つは産業の盛んな多くの職人が住んでいる街だ。冒険者ギルドや商業ギルドのような重要施設は伯爵が住む街にあるが、私の用は職人たちが住むもう一つの街のほうにあった。

この街の特徴としては、職人たちが住む住宅地がある南側と、工業地区がある北側に綺麗に二分されていることだ。朝と晩には職人たちの大移動があり随分と賑やかららしいが、昼間は意外なほど閑静な穏やかさのある空気に満たされている。

それというのも、住宅地区と工業地区の境目には、この北辺境地区でも最大規模の礼拝堂があり、低い建物ばかりが立ち並ぶこの街でその礼拝堂だけが高くそびえ立ち、ある種の異彩を放っていた。

その礼拝堂こそが私の目的地であり、『暗殺者ギルド』の北辺境地区支部の本拠地とも言える場所だった。

外から見た限りでは、本当に暗殺者ギルドと関わりがあるのかと疑いそうになるが、ディーノから渡されたメモや師匠から聞かされていた内容と一致する。

師匠からは直接場所を聞いていたが、ディーノのメモには直接の場所ではなく、案内人との連絡方法が記してあった。

ショールで顔を隠しても街中で隠密はあまり使わない。どこにどの組織の人間がいるのか分からない状況で隠密を使うことは、自分の正体をバラしながら歩いているようなものだから。

一日かけて街を見て回り、その翌日に食料品や生活雑貨を売っている地域に足を運ぶと、その裏路地にいる一人の物乞いに銀貨を一枚放り投げた。

「〝案内〟を頼む」

「……〝どこ〟まで？」

かなりの速度で投げた銀貨を片手で受け止めた物乞いは、薄汚れた片眉をわずかに上げて、その〝言葉〟を返してきた。

「〝墓場〟まで」

「……ついてこい」

物乞いが音もなく立ち上がり、先を歩く彼の後ろを数歩離れて私が続く。

この物乞いは暗殺者ギルドの『案内人』だ。ただの案内人ではなくおそらくこの辺りの監視も兼ねているのか、ランク2程度の戦闘力を持っていた。

「お前のことは長から聞いている。本当に子どもなんだな」

「……確認はしないの？」

「俺たちが、この地の領主に捕まることはない。お前が他領の諜報員だとしても、下手な真似をすれば処刑台に上がるのはお前のほうだ」

「なるほどね」

……領主もグルか。

「ここまでだ。ここからは一人で行け。八十八の六だ」

その場所は、礼拝堂の横手にある階段から降りた巨大な地下墓地だった。安価な獣脂《じゅうし》のランプだけがわずかに照らす暗闇の中を進み、八十八と書かれた石造りの小屋に入って六番の棺桶を開くと、さらに地下へ続く階段が現れた。

そこから降りて、息苦しくなるような狭い通路を進んだ先に開けた空間があり、そこに足を踏み入れると、奇妙な黒いドレスを着た若い女が私に向けて真っ赤な唇でニタリと笑う。

「待っていたわよ、闇エルフのお弟子ちゃん」

暗殺者ギルド

礼拝堂地下の暗殺者ギルドで私を出迎えたのは、岩を削って作ったようなテーブルの上に腰掛けた、奇妙なドレスの女だった。

年の頃は十代半ばから後半くらいか。驚くほど白い肌と整った顔立ち、その長い黒髪は頭の両側でバネのように整えられ、身に纏う黒いドレスはゴテゴテと飾りがついた、あの女の〝知識〟にある『ゴスロリ』と呼ばれるものによく似ていた。

「あなたがあの魔族の弟子なんでしょ？　魔術師の弟子だけあって、ある程度の魔力はあるみたいだけど、その程度の戦闘力で殺しができるのかしら？　ナイフ投げの的くらいにはなりそうだけど」

私がそのゴスロリ女を観察していると、彼女も私を鑑定したのか真っ赤な唇で毒を吐く。

「誰？」

「あなたの先輩よ、新入りちゃん。口の利き方に気をつけてね。私って身の程を知らないガキって嫌いだから、うっかり殺しちゃうかもしれないでしょ？」

「…………」

▼ゴスロリ女　種族：人族♀
【魔力値：115／120】【体力値：173／177】
【総合戦闘力：242（身体強化中：297）】

見た目に似合わず強いな。この数値だと属性魔術の一つくらい持っていそうだが、戦闘スタイルはランク3の軽戦士か投擲だと推測する。通常、二十歳以下でランク3になることは稀だから、その歳でこれだけの戦闘力を持っているのなら、それなりの手練れなのだろう。

でも、これがギルドの暗殺者……？

「どうしたの？　魔族の弟子はちゃんと〝挨拶〟もできないの？　あなた、見た目はまあまあ良いみたいだから、気に入ったら私のペットにしてあげてもいいのよ？」

ゴスロリ女がニヤニヤと唇を笑みの形に歪め、テーブルに腰掛けたまま、綺麗に磨かれた黒い革靴の先を私のほうへ向ける。

この女の言う〝挨拶〟とは『靴を舐めろ』ということだろうか？　もちろん私にそんなことをする気もないが、そうなればこの女と衝突することになるだろう。……いや、初めからそれが目的で挑発しているのか。

たぶん、真正面から戦っては勝てない。持っている奥の手をすべて使えば勝てるかもしれないが、今は手の内を晒したくない。さて、どうするか……。こういう輩は下手に出るとつけ上がる。だからといって初日から問題は起こしたくないけど……。

「キーラ、そこで何をしているのですか」

その時、不意に聞こえたその声にゴスロリ女がわずかに振り返り、私は意識をゴスロリ女に向けたまま視線だけをそちらに向けた。

「……ディーノ、私は何もしてないわ」

「それでは、ここで何をしているのですか？」

「暇だったから、新人に色々教えてあげようかと思っただけよ？　フフ」

「そうですか」

現れたのは、この暗殺者ギルド北辺境地区の長になったディーノだった。話の内容からすると、私がここに来ることを知ったこのゴスロリ女――キーラが、気まぐれに私にちょっかいをかけに来た感じか。

どうやら暗殺者ギルドと言っても、全員が寡黙《かもく》な仕事人というわけではなさそうだ。見ているだけでも表情が気まぐれにコロコロと変わり、キーラはそれまで滲ませていた威圧を消してニコリと微笑んだ。

印象的に、他のギルドと同じようにフリーの人間が集まっているみたいだけど、冒険者なんかより、よっぽどアクが強そうだ。

そんなキーラにディーノが微かに眉を顰め、言っても無駄かと思ったのか言及を避けるようにあらためて私へ向き直る。

「ようこそ、我が兄弟弟子よ。暗殺者ギルドはあなたを歓迎しますよ、アリア」

ディーノが舞台俳優のような大袈裟な仕草で、歓迎の言葉を口にする。

「それで仕事は？」

「……私の兄弟弟子とは思えないほどノリが悪いですね。まぁ、そこら辺は徐々に慣れてもらうとして、まずは私がここを案内しましょう。今の時間ならギルドの構成員《メンバー》もいるはずですよ」

「それなら私がしてあげるのに～」

横からキーラが猫なで声を出して私に微笑みかける。でもこの女は、ディーノの意識が私に向いたときから、私にだけ分かるような微かな殺気を何度も飛ばしてきた。

暗殺者……というより、快楽系の殺人者か。なんでこんなのが暗殺者ギルドにいるの？　もしかして、まともな訓練を受けた暗殺者よりもこんな殺人者が多いのかも？　……面倒くさい。

「二人とも争いは止めなさい。ギルド内では私闘は禁止しています。もし仲間に武器を抜いて攻撃をしたら罰則もありますので、双方わかりましたか？」

「ハァ～イ」

ディーノはキーラの挑発に気づいていたようだ。それを咎《とが》められ、軽い感じで返事をするキーラが、散歩でも行くようにテーブルから飛び降りて――

シュッ！

飛び降りた勢いのまま、袖から出したナイフで斬りつけてきた。

身体強化さえ使わない遊びのような斬撃を、私は顔を逸らすようにして最低限の動作で躱す。

私はキーラを欠片ほども信用してはいなかった。罰則があるということは、そういうことをする人間がいるということだ。その言動のすべてが信じられないような女だが、ある意味〝確信〟するように、私はキーラが何か仕掛けてくると〝信じて〟いた。

必ず来ると何通りかの予測を立て、キーラのナイフが私の頬に小さな傷を付けると同時に、私も隠していた暗器でキーラの頬を浅く切り裂く。

「――ッ！」

予想外の反撃だったのだろう、互いの血飛沫が飛び散る中でキーラが跳び下がるように距離を取り、それを視界に収めて警戒しながら私はディーノに声をかける。

「まさか、私が悪いとか言わないよね？」

「……仕方ありませんね」

さすがに攻撃されて反撃はするなとは言えないのか、ディーノが呆れたように息を吐いた。

「私の……私の顔に傷が……」

キーラが唸《うな》るような低い声で呟き、その全身からドロリとした汚泥のような殺気が滲み出る。

「この〝灰かぶり〟のクソガキがっ！　この私にっ!!」

キーラは霞《かす》むような速さでナイフを振りかぶる。

「キーラッ!!」

だが、また私に襲いかかろうとしたキーラをディーノの怒声が止めた。

「これ以上続けるのなら、私が相手をしますよ？　あなたは以前から行動に問題がありましたが、まだ問題を起こすつもりなら、あなたが粛清対象になります」

「……っ」

激高したように見えても、さすがに暗殺者ギルドに逆らうほど正気は失っていなかったのだろう。それでもキーラはディーノの言葉に答えもせず、無言のまま憎悪に満ちた瞳で私を睨んでいた。

そんなキーラにディーノはまた溜息を吐くと、あらためて私に向き直る。

「アリア、あなたも挑発には乗らないように。それでは、軽くギルド内の案内をしてから仕事の話をいたしましょう」

「わかった」

頬の傷を手で拭い、案内をするというディーノと連れだって奥へと歩き出した私の背に、その姿が見えなくなるまでずっと、キーラの憎悪の視線が纏わりついていた。


結局問題を起こしてしまったわけだが……本当に厄介な女だ。そんなに自分の顔が大事なのかと思ったが、私みたいな子どもに大事な顔に傷をつけられたこと自体が、彼女の尊大な誇りを傷つけたのだろう。

このギルドがこんな連中ばかりなら本当に面倒なのだが、案内をされている間、ほとんど人の姿を見ることはなかった。

「あまり人がいないね」

「初心者でも入れるような、冒険者ギルドや盗賊ギルドと一緒にしないでください。我々は偽善者である冒険者の斥候《スカウト》や、欲に走った愚かな盗賊《シーフ》とは違うのです」

……斥候も盗賊も似たようなことを言っていたね。

暗殺という仕事柄、暗殺者ギルドの構成員は特殊な訓練を受けた者に限られる。特殊な技術。特殊な才能。人を殺すことを割り切れる人間のみが、暗殺者ギルドの門に辿り着くことができるのだとディーノは言った。

このクレイデール王国の冒険者の数は初心者も含めれば数万人。盗賊ギルドなら物乞いやスラムの犯罪者を含めればそれ以上にいるだろう。でも、暗殺者ギルドには、その特殊性から国内でも数百人程度しかいないそうだ。暗殺者ギルドも各都市に金で雇った監視員や協力者はいるが、殺しをしない彼らがこのギルドに立ち入ることはない。

ただ、暗殺者の数としては正確ではない。フリーの殺し屋もいるし、貴族が育てた暗殺者部隊も存在する。でも、その人数が把握できない一番の原因は、仕事が終わっても生き残って身を潜めているのか、本当は死んでいるのか分からないからだ。

師匠の話では、この国の暗殺者ギルドの支部は、両手の指で数えられるほどの数しか存在しない。この北辺境地区ではダンドールを含めた辺り一帯の暗殺を請け負っているらしいけど、ディーノによると、この支部でもギルドに顔を出すような構成員と呼べる者は百人もいないそうだ。

こんな人の少ないギルドでも、探せばキーラの顔を治せる【治療《キュア》】を使える者はいるかもしれないが、傷ついたのが彼女のプライドでは私でも治せないし、治す気もない。

「…………」

人は少ないが、それでも歩いていると暗がりから微かに視線のようなものを感じた。

見られている。私を見定めようとしている。私が本当に使えるのか。子どもに暗殺なんてできるのか。私の武器はなんなのか。戦闘力はどの程度か。そして私を〝殺せるか〟どうか見定めようとする視線を感じた。

「何かありましたか？　兄弟弟子よ」

「別に……」

ディーノの口元が微かに吊り上がる。……分かってはいたけど性格が悪い。

「そうですか？　それでは最初に、敬愛する我らが師にお願いするはずだった〝依頼〟のお話をしましょう」

一通り見て回り、休憩室のような椅子のある場所に着くとディーノが仕事の話を始めた。

暗殺対象は、冒険者崩れの四人パーティー『暁《あかつき》の傭兵』だ。ランク4のパーティーと聞いていたが、実際のランク4はリーダーの男だけで残りのメンバーはランク3らしい。そいつらが冒険者崩れと言われるのは、こいつらがまともな冒険者ではなく、横領の常習犯だからだと言っていた。

冒険者は依頼されて貴重な素材や物品の回収をすることがある。だがそいつらは、回収した物が依頼料より高額な場合、依頼に失敗したと言ってそのまま持ち逃げすることがあったそうだ。

だが今回は相手が悪かった。今回の依頼主は貴族だ。こいつらは貴族が依頼した家族の遺品を回収し、そのまま持ち逃げしたらしい。ならば犯罪者として告発するか、冒険者ギルドに任せればいいのだが、どうやら回収した品自体があまり表には出せない物らしく、その品を持ち逃げした彼らを、依頼主の貴族は報復を兼ねて暗殺と物品の回収を暗殺者ギルドに依頼した。

「まず、最初にお話ししたとおり、君に本当に依頼がこなせるのか試験をさせてもらいます。その連中を暗殺できたらあなたを信じましょう。ですが、もし失敗したり、逃げ出したりしたら、セレジュラに責任を取ってもらうことになりますよ？」

「試験の詳細は？」

わずかに脅すような言葉と威圧を受け、それでも表情を変えることなく淡々と問い返す私に、ディーノがわざとらしく肩をすくめた。

「依頼主は元冒険者です。暗殺対象は三人組の冒険者をしておりますが、本業は冒険者ではなく、三人とも盗賊ギルドの構成員だと判明しています」

その元冒険者はある場所でその盗賊どもに襲われた。罠に嵌められ、恋人であった幼なじみの女性を殺されたその冒険者は、そいつらを捕まえるべく衛兵に訴えたが、その場所の特殊性から証拠不十分として罪に問われることはなかった。

依頼主の元冒険者は表の世界に絶望し、多額の借金をしてでも暗殺者ギルドに依頼をして、その盗賊どもの死を望んだ。

その場所は、一般人は近寄らず誰が死んでもおかしくない場所……。その盗賊たちはダンジョン専門の〝初心者狩り〟の強盗団だった。

新たな決意

暗殺者ギルドからの最初の任務は、冒険者を装った〝初心者狩り〟の盗賊たち……パーティー名『刃の牙』の暗殺だ。

以前仕事を受けていた師匠が、前任のギルドマスターと悪人からの依頼を受けない取り決めをしていたので、私にも同様の仕事を回してくれるらしい。でも、ディーノがそれを認めたのは、一般人の暗殺で失敗した場合、捕まって情報が漏洩し、それをもみ消す労力を嫌ったのだろう。

一般人の殺しに失敗すれば捕まる。悪人の殺しに失敗すれば殺される。組織の秘密を守る立場としてどちらを選ぶか言うまでもない。

「試験ですが報酬はお支払いします。無事に依頼を達成できたら十倍の報酬を渡しましょう。これが前金です」

ディーノが指で弾いたいくつかの硬貨を宙で受け止める。……前金で金貨三枚か。

金貨一枚という金額は成人して働き始めたばかりの若者が貰う月の給金と同じくらいだ。子どもがいる若い夫婦が月に金貨二枚か三枚で生活できるので、金貨三十枚だと年収にも匹敵する大金に思えるが、盗賊三人と命のやり取りをすると考えると微妙かな。

でも、依頼料の半分をギルドが取っているとしたら、引退した新人冒険者は相当な借金をしてこの依頼をしたことになる。

「それと右奥の部屋に武器があります。昔の構成員が残した物や、まだ使えそうな装備を回収した物ですが、使えるのなら自由に使ってもいいですよ」

「了解」


この地下の暗殺者ギルドは、元炭鉱を改装した物だったらしくかなりの広さがある。その上にある礼拝堂も、数百年前の炭鉱事故で亡くなった人たちのために建てられた物らしく、現在はちょっとした観光名所にもなっていた。

地下の炭鉱だと空気が淀みがちだが、微かな風の流れを感じるので何カ所か通気孔があるのだろう。内部にランプのような明かりがほとんど見られないのは、空気を淀ませないためと構成員のほとんどが暗視持ちだからか。……他にも理由はありそうだが。

「……【灯火《ライト》】」

武器があるという部屋に着くと物色のために【灯火《ライト》】を灯す。

確かに武器はあったが、武器庫と言うよりも倉庫に近く、並べられていた武器のほとんどが埃を被っているか刃に錆が浮いていた。死んだ暗殺者の遺品ならこんなものか。碌な物はなかったが、それでも投擲ナイフや、砥石代わりの金属の研ぎ棒があったのでそれを手に取っていると、部屋の入り口から突然声を掛けられた。

「よぉ、ガラクタしかねぇだろ？　お前さんが新入りの〝灰かぶり〟か？」

「……誰？」

近づいてくる気配は感じていた。だけど、あまりにも堂々と近づいてくるので、逆に私はここで彼を待っていた。

「俺か？　俺はガイと呼んでくれ。よろしくな、灰かぶりっ」

▼ガイ　種族：人族♂
【魔力値：90／95】【体力値：255／270】
【総合戦闘力：251（身体強化中：294）】

浅黒い肌をしたクルス人の青年は、白い歯を剥き出して人懐っこい笑みを浮かべた。

年齢は二十歳前後かな？　戦闘力はキーラとあまり変わらないが、この魔力値でそれなら、戦闘継続力ではなく単純に身体能力が高いのだろう。だとしたら、戦闘力自体そう高くはないけど実戦ではランク3の上位程度の実力はありそうだ。

それにしても『ガイ』……か。この国でも男に多い名前で、覚えやすい気もするが逆に覚えにくい。

それよりも……。

「〝灰かぶり〟って？」

「お前さん、あのキーラと一悶着起こしたんだろ？　あいつの声がこっちにまで聞こえてたぜ」

キーラが叫んだ『灰かぶりのクソガキ』って声が聞こえていたのか。

別に〝灰かぶり〟と呼ばれることに抵抗はない……と言うよりも、どこにでもある名前を名乗ったガイや、もしかしたらディーノやキーラも本名ではなく偽名である可能性もあった。

このガイという男は、ギルドの中ではまともそうな印象を受ける。実際にまともかどうか分からないし、暗殺者だからその時点で〝まとも〟とは言えないけど、信用できるかどうかは別にしてもあのキーラよりはマシだろう。

「それでガイは何をしにここへ？」

「噂のセレジュラの弟子がどんな奴かと思ってな。こんな若いとは思わなかったが……。気づいていると思うが、ここじゃまともな奴は少ない。特に『賢人《けんじん》』や『ゴード』には近づくなよ。今まで何人もの仲間が犠牲になっているからな」

「賢人……」

あきらかに人の名前ではないその呼び名に思わず呟くと、ガイが色々と教えてくれる。

賢人とは、五百歳近い森エルフの老人で、彼は呪いの研究をしている呪術師だった。彼は実験と称してギルドの構成員に呪いをかけ、証拠も残さず何人も死に追いやった。

そして森エルフである彼は、有能な闇エルフの魔術師である師匠を敵視しているそうで、その弟子である私にも危害を加える可能性があるらしい。

呪いか……。師匠の授業にもそんな内容があった。複雑な儀式を行い遠方にいる対象に危害を加えたり、対象の行動を抑制したりできる魔術の一種で、師匠に言わせれば準備の労力と効果が合わない『実用的ではない分野』だと言っていた。

……なるほど、師匠が嫌悪感を顕わにするわけだ。暗殺者ギルドに呪術師がいることは師匠からも聞いていた。非人道的なことに特化した魔術なんて師匠が好むわけはなく、魔術の使い方で互いに嫌悪していたのだろう。

その他にもガイは、このギルドで注意する人物を教えてくれた。

ドワーフの戦闘狂、『狂戦士シャルガ』。

闇魔術を使う暗殺者、『影使いラーダ』。

嘘と美貌で惑わす、『愉悦のキーラ』。

エルフの老呪術師、『賢人』。

だけど最も危険なのは、賢人と一緒にその名前が出た『処刑人ゴード』だ。

「……ここからでも微かに唸るような〝声〟が聞こえないか？」

「…………」

通気孔の風の音かと思っていた。でも、そう言われると確かに、生き物の〝唸り声〟にも聞こえてくる。

「あいつは人じゃないバケモノだ。まともな暗殺に使えるような知能はないが、ギルドの構成員を粛清する時だけ、あいつが出てくるんだ……」

「へぇ……」

なるほどね……キーラが『粛清』と聞いてあっさり引き下がったのは、そういうわけか。

「まぁ、近寄りさえしなければ平気だが……そういえば、もうお前さんの仕事は決まったのか？」

「……初心者狩りの盗賊」

「おお、そんな仕事もあったな。面倒なわりに依頼料もそんなに高くなかったから後回しにされていたが……大丈夫か？　バカにするわけじゃないが、子どもの初仕事にはキツいだろ？」

「見てみないとわからない」

「ま、そうだな。お前さんも初回から死なねぇようにしろよ？　暗殺者ギルドは使えるなら子どもでも使う。相手が油断さえしていれば釘一本でも大人を殺せるからな。ただこの仕事は、初任務が一番死ぬ確率が高いから気をつけろよ」

「……わかった」

ガイはそんな励ましのような言葉を人好きのする笑顔と共に残して、口笛を吹くような軽い足取りで武器庫から出て行った。

よく分からない奴だったが、おかげでだいたいの概要が分かった。どこまで正しいのか分からないが基礎情報として有効に使わせてもらう。

「…………」

ディーノはこのギルドに私の部屋を用意してくれていたが、今はまだそこを使うつもりはない。ガイと会話している間も、こちらを窺うような気配と怪しむような敵意を常に感じていた。

ここにいるだけで常に死の危険が付きまとう。それにこの地下拠点からは少し嫌な臭いがした。私はその日のうちに暗殺者ギルドから外に出ると、誰にも顔を合わせることなく目的地へと旅立った。

現在ターゲットである盗賊たち『刃の牙』は、ダンドール辺境伯領から東に一週間ほどの位置にある、セントレア伯爵領のダンジョンのある街を根城にしているらしい。

ダンジョンか……。〝知識〟にはあるけど、私は初めてなので情報を頭の中で整理する。

ダンジョンとは本来『地下牢』や『城の地下』を意味するが、この世界では魔物が取り憑いた『遺跡』や『迷宮』を意味する。魔物が取り憑く、とは魔物が遺跡に住み着くのではなく、文字通り遺跡に取り憑いて一体化するのだ。

その魔物は、太古の『ヤドカリ』が魔素により魔物化したものだと言われている。そのヤドカリは貝殻を身に付けてその身を守るように、洞窟を〝殻〟としてその中に生物を呼び込むことで、その生き物の魔力と生命力を得て生きてきた。

魔力と生命力を効率よく得るためには、生き物を争わせて命を失わせる必要があり、そのためにダンジョンは死んだ生き物の残留思念から知識さえも吸収し、知能の弱い魔物を巧みに引き寄せ、人間が興味を示すアイテムなどを、鉱石などから生成するに至るまで進化したらしい。

この国にある最大規模の三カ所のダンジョンともなれば、人の残留思念が精霊と成り、最奥部まで辿り着いた者に【加護《ギフト》】を与えると言われているが、そんな場所は国が管理をしているので盗賊が入り込むには敷居が高く、今回のような一般的な中規模ダンジョンを狩り場としているみたいだ。

私は街に寄って必要な物を買い込んでから、セントレア伯爵領へ向かう。

道程は、このヘーデル伯爵領からだと一旦南下してダンドール領へ入り、そこから東に向かう約十日間の旅になる。急げば一週間程度で着けるとは思うが、私はその間も修行しながら進むのでこの行程で限界だ。

私はまだ強さが足りない。基礎的な鍛錬は師匠の下で行ってきたが、それをスキルやステータスに反映させるほどの〝経験〟が足りていなかった。

師匠と私の予定では、十歳になるまでみっちりと基礎の修行をして、徐々に反映させるつもりだったが、予定外の事態になり私は弱いままあの森を出るしかなくなった。

だけど私は、これを好機として捉えよう。

師匠のところに転がり込み、その庇護下に入ることで、私は数年ぶりにまともに眠れるようになった。だけどそれは『子どもの甘え』だ。気づかないうちに私は普通の子どものように、師匠の厚意に甘えてしまっていたのだ。

師匠は口こそ悪いが、そんな私に気づいて幼い私を保護してくれたのだろう。だけど、ダメだ。それではダメなんだとようやく気づいた。師匠に甘えていた五ヶ月間、私の力は最初のまともに眠ることができなかった三ヶ月間より、あきらかに成長が遅かった。

もう一度、心も身体も極限に置いて鍛え直そう。ただの子どもである私がグレイブに対抗し、大事な人たちを護るためには、精神と魂を削るような修行をしなければいけなかったのだ。

師匠のおかげで虫食い状態だった知識もある程度補完できた。必要な武器も技も教わった。

師匠を救う。エレーナを救う。運命から逃げない力を手に入れる。そのためには一歩たりとも止まることなく、前に進み続けなければいけない。

幸いなことに、あの森では稀少だった、修行に使える私を殺せるような強い〝敵〟は、すべて暗殺者ギルドが用意してくれる。

街道を通ることなく街にも寄らず、夜の森を気配を殺して駆け抜ける。

夜の森は修行の場だ。私のステータスを超える獣や魔物がいる。隠密し、気配を探り、洞察力で見極め、暗闇を見通し、身体能力のすべてを使って闇を駆け抜け、身につけた技を研ぎ澄ます。

『グギャッ』

不意に現れた一体のホブゴブリン。暗い森で真正面から遭遇し、互いに一瞬の驚きから、私はホブゴブリンが正気に戻る前に感情を心の奥底に沈めた。

「――っ」

息を吐き出すように魔鋼を仕込んだグローブの掌でホブゴブリンの顎を打ち上げる。視界から私が消えて、それでも振り回したホブゴブリンの腕の下を掻い潜り、それと同時に放ったペンデュラムの糸を太い首に絡ませた。

『ガッ!?』

私の姿を捉えさせない。糸がホブゴブリンの首を締め付け、暗闇で意味も分からず苦しさを覚えたホブゴブリンが混乱する。背後に回った私は糸を引きながら後頭部をブーツの踵で蹴りつけ、そのまま身体を浮かすように全体重で締めつけた。

『……グ……ガッ』

窒息したホブゴブリンが倒れ、黒いナイフを耳から脳まで突き刺してトドメを刺す。

「…………」

魔物《おまえ》に恨みはない。出会いが敵だった。ただそれだけだ。

▼アリア（アーリシア）　種族：人族♀・ランク2
【魔力値：158／170】△5UP【体力値：123／130】△20UP
【筋力：6（7）】【耐久：7（8）】△1UP【敏捷：10（12）】△2UP【器用：7】
《短剣術レベル2》《体術レベル2》《投擲レベル2》《操糸レベル2》△1UP
《光魔法レベル2》《闇魔法レベル2》《無属性魔法レベル2》
《生活魔法×6》《魔力制御レベル2》《威圧レベル2》

《隠密レベル2》《暗視レベル2》《探知レベル2》《毒耐性レベル1》
《簡易鑑定》
【総合戦闘力：171（身体強化中：190）】△28UP

師匠は教えてくれた。戦闘系スキルは物理的な技量のみで成長するのではない、と。血管や内臓の正確な位置。どの位置にどの程度の攻撃をすれば敵を無力化できるのか。それを理解すれば、生かすことも殺すことも容易くなる。

技能《スキル》は技術だけで成長するのではなく〝知識〟でも成長する。幼い私がたった数ヶ月で、スキルを得て戦えるようになった理由はそこにある。

私は移動の間、ずっと精神と身体を鍛え続け、十日後、東側の海沿いにあるセントレア伯爵領に到着した。

初心者狩り

「……いらっしゃい」

カラン……と扉に付けた鐘が鳴り、入ってきた客の風体に壮年の店主は微かに眉を顰めた。

ここは錬金術師が営む街の薬屋だ。薬屋と言っても人の怪我や病気を治す薬ばかりを売っているのではなく、ネズミ駆除の毒や除草剤の他、多くはないが錬金素材なども売っている。

その客は全身を覆うように古びた外套を纏い、フードで顔を隠していたが、店には偶に危ない薬や素材などを買いに来る客もいるので、店主はこの客もその手の輩だと考えた。

怪しい客でも客を選り好みはしない。特に顔を隠してやってくるような客は、わざと汚れた格好をした貴族の使用人である場合もあるので、下手に断ると後が怖い。

「魔物の素材は売っている？」

「そりゃあるが……錬金材料以外は売ってないぞ？　珍しい物が欲しいのなら、冒険者ギルドか商業ギルドにでも行ってくれ」

声からすると若い女か子どもかもしれないその客は、店主の言葉に首を振り、この街では珍しくない素材と、この店でも売れるのが珍しい素材を注文した。

「あんた、若そうだが錬金術師かい？　随分と珍しい組み合わせだが、よかったら何に使うか教えてくれないか？」

注文された品を店の奥から出し、同じ錬金術師として興味をかられて店主が訊ねてみると、金を払って店を出ようとしていたその客が、わずかに足を止めて少しだけ振り返る。

「ただの〝害虫駆除〟だよ」

＊＊＊

セントレア伯爵領は、王都から隣国ゴードル公国へ続く主街道が通る場所で、その領都はダンドールほどではないがかなり栄えていた。海沿いにあるせいだろうか？　街からは仄かに奇妙な臭いがして、それが〝知識〟にある潮の匂いだと気がついた。

ここに着くまでの修行で旅服も外套もかなり汚れている。普段ならスラム側か適当な場所から侵入するのだが、今回は冒険者ギルドも寄ることになるので【浄化《クリーン》】で身を清めて、正面門から銀貨一枚を払って街に入った。

そろそろ服も替え時か……。清めはしても門番をしている衛兵からも、奇妙な視線を向けられるほど襤褸になっているし、どちらにしろ〝罠〟に掛けるにはある程度の見栄えが必要だった。

まずは、外套のフードを目深に被り、街の様子を見て回る。街の主要施設の多くは大通りにあり、そしてどこの街でも冒険者ギルドは商業ギルドの側にあった。

ターゲットは初心者狩りの盗賊で、その犯行の多くはダンジョンで行われているので、冒険者ギルドでダンジョンの情報を得る必要はあるけど、まずその前にやることがある。

それまでの時間潰しに屋台で汁物などを食べて店主から話を聞くと、この近くにあるダンジョンは一つだけで、そこには『虫の魔物』が出るそうだ。

「ダンジョンとは言ってもなぁ、虫なんか狩ってこられても名物なんかになりゃしねぇ」

「何も良いことないの?」

「いや、ところがあるんだよ。虫の内臓から薬の材料が採れるらしくてな。気味は悪いが薬代は安くなって助かっているよ。名物にはならないけどな！」

「へぇ……」

この世界だと魔素で強化された生物は病気にかかりにくい。それでも一般人なら病気になることもあるが、大抵の病気は『滋養強壮薬』を飲んで寝るのが、一般的な治療法になる。

だとすると、ここのダンジョンの虫からはその素材が採れるのか。それなら使える虫素材があるかと考え、信用できる錬金術師の店を聞いてそちらへも向かうことにした。

錬金素材を買い込み、夜の街に紛れながら暗くなるのを待ち、深夜零《れい》時を示す〝一の鐘〟が鳴る少し前に、私は目的の場所に辿り着いた。

この街にある一番大きな教会だ。そこの一日中開けられている誰もいない懺悔室に入ると、私は木製のベンチに腰を下ろしてその時を待つ。

ゴォオオン……。

時計塔が鐘を一度鳴らし、私は魔道具の鍵が開く微かな音を確認する。腰を下ろしていた開かないはずの座面を上げて、中に収められていた書類の束を回収した私は、情報料である数枚の銀貨を残して座面を元に戻し、そのまま教会の外に出た。

大きな街なのでこの時間でも酒場などには人もいるが、教会のあるこの辺りまでなると人の姿はなく、私は誰もいないはずの通りを見つめて微かに声を漏らした。

「ふぅ～ん……」

私は気配を消してスラム街に入り、見つけた廃屋の中で回収した書類を確認する。

この書類には、この地にいる連絡員が調べたターゲットの情報が記されていた。最後の日付は二日前で、その程度ならほぼ最新情報と言っていい。

初心者狩りの盗賊『刃の牙』は、この街から半日ほど離れた場所にあるダンジョンから、二日前の昼にこちらの冒険者ギルドに顔を出したそうだ。

彼らの行動は、移動を含めてダンジョンに四日潜り三日休む一週間単位で〝仕事〟をして、その休みの間に次の獲物を見付ける。獲物の条件としては二人以下の低ランク冒険者で、身なりが良い者は金と装備を奪い、見た目が良い者は誘拐してギルド経由で売りさばいているらしい。

ただし、該当の獲物が見つからなくても適当な人間を無理に狩ることはなく、その場合は普通に冒険者として活動することで、盗賊とは気づかせないようにしているそうだ。

それでも今回の依頼人がギルドに暴露したことで、冒険者ギルドでの彼らの評判は悪くなっている。それでも証拠がないので彼らが罰せられることはなく、むしろ、荒くれ者の冒険者からは初心者の自業自得のせいで疑われ、同情されることもあると書いてあった。

冒険者ギルドから睨まれていることで、刃の牙は拠点を変える可能性があり、早急な対処が望まれる……か。

「……【火花《ファイヤ》】」

私は書類を燃やしてから廃屋を後にする。

ある程度の計画は決めた。あとはそれを私が実行する実力があるかどうかだ。もう一つ対処するべきこともできたが、それを含めて対処するために、私は新たに忍び込んだ民家の納屋である物を作りはじめた。

その翌日、【浄化《クリーン》】で身を清めた私は、昨日街を巡って当たりをつけておいた、程度のいい古着屋に開店と同時に足を踏み入れた。

「いらっしゃ……」

開店早々、薄汚れた外套で姿を隠して店に入ってきた私に、店員らしき若い女性が固まった。

「……えっと、ここは女子ども向けの古着屋だけど？」

「大丈夫。一応は女だから」

若干困惑気味の店員にフードを脱いでみせると彼女は私の顔を見て目を瞬かせた。幻術で作った髪の灰は消してある。その状態なら一応は女に見えるらしくて、不審そうにしていた店員の顔にようやく笑顔が戻る。

「旅人さんかな？　そんな格好しているから浮浪児かと思った。今みたいな格好がいいなら、小さな男の子の服が少ないけどあるわよ。自由に見て回って……と言うところだけど、まだ他の客がいないから私が見てあげるわ」

私が子どもだと分かって、店員の口調もそれに合わせてくだけた感じになる。私も服装に関する知識は少ないのでその申し出は助かるけど、子どもらしい服が欲しいわけじゃない。

「女性らしく見える服はある？」

服を買う目的は『女装』をするためだ。元々女だからその表現はおかしいけど、今回は特に女性らしい恰好をするつもりだ。

古着屋には二種類あって、平民が着る物を使い回す安物を売る店と、裕福層や下級貴族などから出されたある程度質のいい物を売る店がある。この店は後者で、それなりの物が置いてあった。

店員に教えてもらいながら動きやすそうで上品な萌葱色のワンピースを選ぶ。それに合わせて編み上げの布のブーツと新しい外套も選び、元々着ていた襤褸の服に顔を顰《しか》められながらも、店で着替えさせてもらうと、試着室から出てきた私に店員の眼の色が変わった。

「……髪型、私が弄《いじ》ってもいい？」

「いいけど……」

「ちょっとだけでいいからお化粧もしてみない……？」

「………」

何故か息が荒くなった女性店員に色々と弄られ、買い物が終わる頃にはさらに半刻ほどが過ぎ、若干疲労感が漂う私に対して店員は何故か満足げな笑顔を浮かべていた。


すべての〝準備〟を終えて冒険者ギルドに入ると、微かにざわついていた声が静まり、ここに来る途中も感じていたある種の視線が向けられた。

この街の冒険者の大半は魔石や素材を得るため、街の外で魔物を狩るかダンジョンへ向かう。それでも割のいい港の力仕事や護衛の仕事がギルドから出されることがあるので、多くの冒険者は朝方にギルドに顔を出して依頼を確認する。

でも、割のいい仕事を受けられるのは信用のある冒険者だけで、低ランクの冒険者は信用を得るために危険な仕事を受けて死んでいく。冒険者ギルドはそんな仲間を亡くした者や、これから仲間を探す者が集う出会いの場も兼ねていた。

以前、ヴィーロとギルドに入った時には、彼がいなければ絡まれそうな雰囲気もあったが、今回は視線の種類が違っていた。

「ようこそ、冒険者ギルドへ。何かご依頼ですか？」

「冒険者の登録をお願いします。1レベルの〝光魔術師〟です」

私の発言に受付嬢の顔がわずかに引き攣り、ギルド内にどよめきが広がるように音が戻った。

冒険者ギルドに訪れた理由の一つは『偽りの身分と名前』だ。以前の冒険者登録はグレイブの組織に見張られている恐れがある。死んだと思われているはずだけど警戒はしたほうがいいし、偽称した名前とギルド証は使い捨ててもいい。

そしてもう一つの理由は〝罠〟を仕掛けるためだ。

ギルドの受付嬢が顔を引き攣らせたのは、平民の魔術師は数が少なく、年若い光魔術師は他の冒険者に使い潰される恐れがあるからだが、だからこそそれが罠の〝餌《えさ》〟になる。

「こちらへいらっしゃってください」

受付嬢が早口の硬い声でそう言って私の腕を掴むように奥へ引っ張っていく。案の定、ギルド内で私が自分の能力を声に出したことと、それで私の身が危ないことをお説教されたが、もう遅い。

「分かりました。それでは試験をお願いします」

「あ、あなたっ」

私を心配してくれているのは分かるけど、私も引けない理由がある。

メイド修行で身につけた所作で試験をお願いすると、受付嬢はまた叱りそうな顔になったが、ギルド職員である彼女がそれを拒むことはできず、そのまま腰を痛めていたギルド職員を【治療《キュア》】で癒して、私は無事にランク1の光魔術師『アーニャ』となることができた。

元々『アリア』も偽名だけど、偽りの身分はいくらあっても困らない。名を売りたい冒険者なら複数の登録は無駄にしかならないけど、裏社会の人間なら偽名を使うのは当たり前だ。

「それでは四半刻ほどお待ちくださいっ」

少々機嫌を損ねた受付嬢からそう告げられ、私はギルド証である『認識票《タグ》』が出来上がるまで、土木作業などの重労働ばかりが残る壁に貼られた依頼票を眺めていると、ジロジロと舐め回すような視線が向けられた。

今の私は、萌葱色のワンピースに編み上げのブーツを履いて、マントのような薄手の外套を纏っている。髪を下ろして魔術師が使う古びた杖を持ち、腰にナイフを帯びて革の鞄を肩にかければ、見た目は『世間知らずの初心者魔術師』が出来上がる。

私の身長はさらに伸びて、見た目年齢は十一歳を超えている。古着屋の店員さんが何故か頑張ってくれたおかげで、十二歳か小柄な十三歳くらいには見えると太鼓判を捺された。

変装で金貨一枚分も使ってしまったけど、使い回しはできるし、店員さんがかなり割り引いてくれたので得をしたと思っておこう。

「…………」

ジロジロと見られはするけど絡まれそうな気配はない。下級貴族のお嬢様みたいな恰好にしてみたけど、もう少し雑でも良かったかも？　でも、ここまで注目されてギルド登録もしたので今更他の恰好はできないから、何日か待つ必要があるか……と、私が腹をくったところで後ろから躊躇《ためら》いがちな声を掛けられた。

「ね、ねえ、君っ、もしかして一人？」

「……はい？」

振り返ってみると声を掛けてきたのは成人したて……か、それより下かもしれない、十四か十五歳くらいの少年たちだった。

「俺たち、この夏から冒険者をしてるんだ。でも、前衛ばっかりで魔術とか無くて……」

「う、うんっ」

「できれば、俺たちと一緒に……」

「………」

……ハズレか。

「申し訳ございません」

目的は彼らじゃない。角が立たないように正面を向いて頭を下げてお断りを入れる……が、反応がない。どうしたのだろうかと顔を上げると、少年たちは顔を赤くして硬直していた。

「……？」

「い、いや、その……」

本当にどうしたのか、私が首を傾げると最初に声を掛けてきた少年が狼狽えはじめて、他の冒険者たちからも視線が集まる。

……怒らせたかな？　お嬢様の役に入りすぎて丁寧すぎたのかも？　でもその時――

「おい、坊主ども！　お嬢さんが困っているだろうがっ」

そう言って少年たちを窘《たしな》めるのは、二十代半ばほどの三人の冒険者だった。彼らの一人が私と少年たちの間に割り込み、他の二人が少年たちの肩を掴んで私から遠ざけた。

見るからに自分たちより強そうな冒険者たちに気圧されながらも、最初の少年がそれでも食い下がる。

「お、俺たちは、ちゃんと冒険をっ」

「冒険者なら、女の子に変なちょっかいをかけないで、外でゴブリンでも狩ってこいっ」

冒険者の一人がそんな少年たちを軽く睨んで追っ払うと、彼らは何度も後ろ髪を引かれるように振り返りながらも、大人しく冒険者ギルドから出ていった。それを見届けると、最初に声を掛けてきた短髪の男が安心させるような笑みを浮かべて、私を気遣うような言葉を掛けてくる。

「お嬢さん、災難だったね。君みたいな綺麗な子が一人じゃ危ないよ」

「でも、追っ払ったからもう大丈夫だ」

「冒険者はあんな奴ばかりじゃないんだ。あいつらもまだ若いから許してやってよ」

残り二人の男たちも、やたらと愛想の良い笑顔を浮かべて、耳触りのよい言葉を使いながらも、一人でいることが悪いような〝心理誘導〟をかけてくる。

「……ありがとうございました」

私が静かに頭を下げて、あまり得意ではない、セラに習った業務用の笑顔を作ると、そんな私の態度を彼らはまだ怯えているのかと好意的に解釈してくれた。

「緊張している？　大丈夫、もう怖くないからね」

「でも、あいつら、このお嬢さんにご執心のようだったけど大丈夫か？」

「外で待ち伏せしてるかもなぁ」

一人が安心させるような声を出しながらも、他の二人が世間話のように不安を煽《あお》ってくる。

「そうですか……」

それなら本当に面倒だとわずかに眉を顰めると、最初の男が爽やかそうな笑顔を浮かべて、用意されていた台詞のように一つの提案をしてきた。

「もし良かったら、今日か明日くらいは俺たちと一緒に行動する？　安全が確認できるまででもいいから」

「ああ、それはいいな」

「それなら俺たちも安心できるぜ」

私に都合の良い事ばかりを言ってにこやかに笑う三人に、私は少し考える素振りをしてから、申し訳なさそうに小さく頷いた。

「……よろしければお願いできますか？」

片手剣と盾を持った短髪の男。

手斧に弓を持った赤毛の男。

二本の短剣を持った坊主頭の男。

彼らのその風体は、記されていた〝情報〟と一致する。

……今度は〝当たり〟だ。

＊＊＊

冒険者『刃の牙』の三人は冒険者ギルドで有名になってきた。もちろん、良いほうではなく悪い方面で、だ。

彼らと関わった若い冒険者が何人もダンジョンで行方不明となった。常に死と隣り合わせであるダンジョンでは、初心者は不注意で命を落とすことも多く、冒険者ギルドも大きな問題にはしなかったが、若い男女の冒険者の片割れが、『刃の牙』にダンジョンで襲われたとギルドに訴えたことで状況が変わる。

それでも魔物に処理されるダンジョンで遺体は残らず、証拠もないので彼らは罪に問われることはなかったが、その代わり冒険者ギルドには不審感を持たれることになった。

「あの男が、あの傷で生きてギルドまで辿り着くとは……」

「今までが上手く行きすぎていたんだよ。女を売ろうと考えずに、いつものように殺して金だけを奪えば良かったんだ」

「結局、その女も男を逃がすために死んじまったしな。そろそろこの街も潮時《しおどき》か？　目立つと盗賊ギルドから粛清されるぜ？」

三人は冒険者でありながらも盗賊ギルドに所属する『盗賊』だった。

偽っているわけではなくどちらも本物だが、盗賊のほうが本職だ。だが、盗賊系スキルに乏しい下級盗賊である彼らは、技術が必要な街での盗みではなく、ダンジョンで初心者を狩ることで金銭を得ることを思いついた。

盗賊が一般人の殺しをしないのは、事件が大きくなるのを盗賊ギルドが嫌うからだ。それでも犯行場所が『ダンジョン』で相手が『冒険者』ならグレーゾーンだが、今回犯行が疑われたことで盗賊ギルドからも睨まれはじめている。

「何処かに場所を移すのはいいが、軌道に乗るまで金が足りるか？」

「お前は金を使いすぎなんだよ。ギルドへの上納金は払っているのか？」

「どちらにしろ、もう少し稼がないとキツいな……」

場所を変えて一から〝仕事〟を始めるには、そこのギルド支部にも上納金を納める必要があり、下級盗賊である彼らには痛い出費だった。必要な金銭を稼ぐために、あと何回かはここで仕事をすると決めたが、そうなると別の問題が起きてくる。

この地で仕事ができるのはあと一回か二回が限度だろう。新人冒険者を殺しても得られる金額はたかがしれている。それで纏まった金銭を得るためには女子どもの誘拐が一番だが、傷つけずに捕らえるには彼らの技量が足りなかった。

今までは多少怪我をさせて金額が下がっても構わずギルドに売り払っていた。だが短期間で一定以上の金銭を稼ぐとなれば、痕が残るような怪我をさせられない。だが、彼らの戦闘力はランク2程度しかなく、女とはいえ冒険者に本気で抵抗されたら、前の時のように女を殺してしまう可能性もあった。

だが、そんなある夜のこと、彼らの苦悩を見通したように一人の〝盗賊〟が声をかけてきた。

「あんたら、眠り薬はいらんか？」

この辺りでは見たことのない顔の、浅黒い肌をしたクルス人の男だったが、盗賊ギルドの符丁を見せてきたその男は、この地区のギルド支部に払う上納金が足りないらしく、安めでいいから買ってくれないかと持ちかけてきた。

銀貨三枚は痛い出費だが、痕が残る傷を残して医療費を差っ引かれるより遥かに安い。念のために効果を確かめ、これを使うのなら、確実に高値で売れる獲物を選ばなければいけないと考えた彼らは、その翌日、物色のために立ち寄った冒険者ギルドで一人の少女を見つけた。

その少女は冒険者ギルドに登録をしにきた新米の魔術師だった。しかも聖教会以外で見ることは珍しい光魔術師であり、それが見た目の良い少女とあって一瞬にしてギルド内にいた冒険者たちの興味を集めていた。

いや、ギルドに入ってきた時から自然と人目を引いていた。女性というにはまだ幼いが、それでもその姿を目で追ってしまうほど『雰囲気のある』少女だった。

あの少年たちが見惚れていたのも理解できる。おそらくは良家の生まれなのだろう。外套を羽織り、古びた杖を持っていても、その所作から血筋の良さが滲み出ているように感じられた。

服装から見て、金を持っていそうで見た目も良い。まだその手の仕事をさせるには幼すぎるが、教養のある若い娘は貴族の好事家に高く売れる。光魔術を使えるのならさらに高値がつくだろう。

その見た目通り世間知らずなのか、食い下がる少年たちから助けて、聞き心地の良い言葉で慰めてやると、小娘らしく簡単に口車に乗って数日の同行を承諾した。

少女の名はアーニャ、十二歳。出来たばかりの冒険者ギルドの認識票《タグ》を見せてもらい、名前と初心者の魔術師であることを確認した。

評判の悪い彼らが初心者に声をかけたことで、それを見ていたギルドの受付嬢に警戒されていたようだが、その受付嬢は世間知らずの少女と何か齟齬があったらしく、その隙になんとか上手くアーニャを連れ出すことに成功した。

「冒険者になるくらいならダンジョンに興味はあるだろ？　試しに潜ってみないか？」

新人冒険者は簡単にダンジョンへは潜れない。知識の他にも、ランタンや携帯食料、泊まり込むのなら薄手の毛布など必要な物が色々あるからだ。そこで先輩冒険者の護衛付きで潜れる機会なんてもう無いかもしれないと誘導してみると、アーニャは少し迷ってから小さく頷いた。

（……可愛いな）

別にお稚児《ちご》趣味というわけではない。だがアーニャも年上の男性たちからお姫様のように扱われるのは気恥ずかしいのか、その言葉少なく頷く姿に、彼らも誘拐して売り払う対象でありながらも演技ではなく顔をほころばせた。

この街からダンジョンまでは徒歩で半日ほどの距離にある。まだ昼だがこれから向かえば到着は夕方になり、それではアーニャが帰ると言いかねず、冒険者ギルドから追っ手が来ると考えた彼らは、ダンジョンまで速い馬車を雇うことにした。

冒険者ギルドから逃げ出すように連れ出したので、もうこの街で仕事をすることは出来ないかもしれないが、馬車代を払ってもアーニャなら一人で充分な稼ぎになるはずだ。

そう思わせるほどの『雰囲気』が彼女にはあった。アーニャは元々口数が多いほうではないらしく、馬車でも外の景色を眺めていることが多かったが、その儚げな雰囲気を漂わせる横顔は、まるで声を掛けることも躊躇わせる、手の届かない高みに咲いた『一輪の花』を思わせた。

可愛らしいけれど目が眩《くら》むような美姫ではない。性格は物静かで愛嬌があるわけじゃない。それでもアーニャが纏う不思議な雰囲気は、彼女がまだ子どもだと分かっていても、大人である彼らが何故か目を離すことができない、妖しい〝魔性〟を秘めていた。

このまま彼女が大人になれば、どれだけの男を惑わせ、婚約者や地位をかなぐり捨ててでも彼女だけを求める者が出るのかと、一瞬寒気さえ覚えた。

キラキラと輝く桃色がかった金髪が風に流れる様を、見惚れるように三人が無言で見つめていると、不意に振り返ったアーニャの翡翠色の瞳に彼らの心臓が跳ね上がる。

「もう少しかかりますか？」

「あ、ああ、もう少しさ……」

目的地である中規模ダンジョンが見えてくる。このダンジョンは発生から三百年ほどとされ、まだ三十階層しか構築されていない比較的初心者向けのダンジョンだ。

元々は天然の洞窟だったそうだが、ダンジョン化したことで通路は広く平らになり、岩肌が仄かに光ることで、人が入りやすく魔物が住み着きやすい構造になっていた。出てくる魔物はイモムシなどの虫系が多く、魔石を採るか、薬のために内臓を持ち帰る以外の旨味はないが、その分、未探索な部分があり、人の来ない死角が多く存在した。

「アーニャ、こっちだよ」

「こっちにいい狩り場があるんだ」

「他の連中には内緒にしてくれよなっ」

少女を罠に嵌めるべく、人目のあるダンジョンの一階層を抜けて二階層の奥へと彼女を誘《いざな》う。

戦闘力に乏しい彼らでは、対象を無傷で捕らえるのは難しいが今回は睡眠薬がある。休憩時や食事の際に少しずつ飲み物に混ぜているが、一度に多く混ぜないのは、あまり急激に睡眠薬を与えるとそのまま死んでしまう場合があるからだ。

だが、一度昼の食事に混ぜて、休憩時の茶にも混ぜたが、アーニャの様子は最初から何も変わることがなかった。

（……慎重になりすぎたか？）

短髪の男が警戒する様子もなく後についてくるアーニャに目を向ける。

毒を盛る担当は弓を使う赤毛の男だ。女好きな奴だが、子どものような少女に興味を持つような奴でも、それで仕事をしくじるような男でもなかったはずだ。それが何度も気を引くようにアーニャに話しかけている様子が、短髪の男を苛《いら》つかせた。

(まさか、〝本気〟じゃないだろうな……?)

彼女に気を遣いすぎて睡眠薬を盛ることに失敗したのかと考えた。

どこまで本気なのか? 相手はまだ子ども……だが、十年前……いや、五年前に出会っていれば、つまらない盗賊ではなく冒険者として日の当たる道を歩いていたかもしれない。

そんな想いが胸に宿り、思わず彼女から視線を逸らすと、坊主頭の男も赤髪を見て面白くもなさそうに口元を歪めていた。

(まさか……こいつも!?)

短髪の男はアーニャの〝魔性〟に戦慄する。もしや、二人とも彼女を売らずに、アーニャを独り占めしようとしているのではないのか?

十年前……田舎町から出てきたばかりの三人は希望に溢れて輝いていた。ギルドでアーニャに絡んでいたあの少年たちのように未来に目を向けていた。それがいつからだろう……真っ当に生きることを諦めて他人を食い物にするようになったのは。

あの少年たちがアーニャとパーティーを組めていたら輝かしい冒険ができたと思う。だけど自分たちではもう叶わない。汚れてしまった自分たちがアーニャといても輝かしい未来は訪れない。

でもそうなのか? 本当にそうなのか……? 三人では駄目だ。でも、一人でなら?

まだ遅くない……一人でならやり直せる。こんなアーニャの魔性に惑わされるような男どもに彼女を渡すくらいなら、自分がアーニャとやり直せる機会があってもいいはずだ。

（ああ……）

アーニャを見ているとその眩しさに目が霞む。見ているだけで胸が苦しくなる。朦朧とした思考の中でアーニャだけを見つめていると、同じように見つめていた赤毛の男が突然膝をついて、昏倒するように倒れ込んだ。

（どうしたのだろう……？　あいつ、悪いことを考えていたから罰《ばち》が当たったのか？）

その赤毛の男に歩み寄ろうとした坊主頭の男も、一歩踏み出したと同時に膝から崩れ落ちて前のめりに倒れる。

（そうか……こいつも悪いことを考えていたのか）

朦朧とする頭で短髪の男はそう思う。薄汚いこいつらがアーニャを独り占めしようとしたから、罰があたったのだ。神は見ていた。自分にやり直す機会を与えてくれた。

胸が締め付けられるように苦しい。視界が暗くなりもう彼女しか見えない。その中で光の中に霞むアーニャに手を伸ばして短髪の男は神に祈るように膝をつく。

（なん……だ？）

そのまま倒れた短髪の男は、自分が何故倒れているのか理解できなかった。知らないうちにダンジョンの罠でも踏んでしまったのだろうか？　でも大丈夫だ。光魔術を使えるアーニャならたとえ毒でも癒してくれる。

救いを求めるように短髪の男が倒れたままアーニャに手を伸ばす。だが、その瞳に映ったものは慈悲を与える天使の微笑みではなく、無表情のまま凍るような瞳で彼らを見下ろし、鋭利な黒い刃を抜くアーニャの姿だった。

＊＊＊

ダンジョンにある小部屋で、毒で動けなくなった三人の咽《のど》を斬り裂いてトドメを刺す。

依頼達成の証拠として三人のタグを依頼主に渡せば充分だろう。意外と簡単に片付いたように見えるが、こいつらが私に油断したのが原因だ。油断させるためにこんな格好をしたのだが、少しでも警戒されていたらここまで楽に倒せなかった。

この三人は自分から他の冒険者が来ない場所まで連れてきてくれたので、死体の処理はダンジョンの魔物に任せればいい。さて――

ヒュンッ！

背後から投げ付けられた刃を、地を這うように身を屈めて躱すと、その上を通り抜けた三日月型の剣がダンジョンの土壁に突き刺さる。

「……そろそろ出てきたら？」

私が身を起こしながら暗がりにそう声をかけると、微かに空気が揺れて、一人の男が暗闇から滲み出るように姿を見せた。

「……おっかしいなぁ。結構隠密には自信があったんだけど、いつから気づいていた？」

現れたのは暗殺者ギルドで色々と教えてくれたクルス人の青年、ガイだった。

仕事を終えた瞬間の〝油断〟を狙えば大抵の相手は容易く殺せる。それをあっさり躱せたのは最初からそれを警戒していたからだ。

「昨夜の教会から」

「初めからかよっ！　うわあ、自信なくすなぁ」

「自信は持っていい。ちゃんと隠れていたから」

それでもヴィーロほどじゃない。それに技量があるせいで、私の目にはちゃんと〝人の形〟に視えていた。

「ガキに言われてもなぁ……」

ガイは若干悔しそうに頭を掻きながら、冷えた瞳で私を見る。

「それで、今の攻撃をどうやって察した？　気づいていたとしても、突然攻撃されていきなり躱せるかぁ？」

「それよりも、どういうつもり？」

背後から投げ付けられたのは、ガイが持っていた半月刀《シミター》と呼ばれる武器で、躱すことはできたが下手をすれば死んでいた。

「まさか、〝挨拶代わり〟……なんて言わないよね？」

「まさか」

ニヤリと笑ったガイが腰から二本目の半月刀を抜いて、手の上でクルリと弄ぶ。

「キーラからの依頼だ。お前を痛い目に遭わせろってよ。あいつはディーノに睨まれて動けないから、俺が代わりってわけだ」

さすがに師匠の〝人質〟である私を殺そうとまでは考えていないか。いや、キーラなら殺そうとしたかもしれないが、だからディーノが睨みを利かせているのだろう。

「なんだ、灰かぶり。驚かねぇんだな？　結構『人の好いお兄さん』を演じていただろ？」

「ガイこそ驚かないのね？　私の性別に気づいていた？」

「おう、お前さん、まともな恰好だと凄ぇ化けるな。俺も知らなかったら騙《だま》されていたぜ。まぁ、一般人じゃ分からないかもしれないが、ガキでもお前くらいまで成長すると、分かる奴には分かるんだよ。男と女じゃ腰の位置が違うんだ」

「へぇ……」

　それは知らなかった。参考にさせてもらおう。

「それにしても、あっさりやりやがったな。お前さんにも毒を盛っていたようだが、自分たちが毒で殺されたら世話ないな」

　近づいてきたガイが盗賊の死体を蹴りつけ、その死体を挟むようにして、私の間合い一歩手前で足を止めた。

「臭いも味もしない、結構高めの睡眠薬をくれてやったのに、この無能が……っ」

　毒耐性があればある程度の毒は耐えられるし、睡眠薬ならある程度材料も予想がつく。強い薬だとは思ったがそれもガイが関わっていたのだとしたら、キーラの本気具合が窺える。

「まあ、お前さんが有能すぎたのが運の尽きだ。キーラに目を付けられたのが不運だったな。顔にでっかい傷でもつければあいつも満足するから、大人しく痛い目に遭ってくれや。これからは、ガキがあんまり粋がるなよ。長生きしてぇだろ？」

　ガイが半月刀を構えてジワリと殺気を滲ませる。この男は魔力こそ低いが単純にステータスが高く、まともにやり合うと厄介な相手だ。

「それはどうでもいいけど……私が驚かない理由と、さっきの奇襲を躱せた理由を話してないよね」

「ん？」

いつでも襲いかかれる体勢をとりながら、ガイが私の言葉に少しだけ動きを止めた。

「それはね……」

私は数分前からずっと使っていた魔法を強化する。

「あの女なら、絶対に何か仕掛けてくると〝信じて〟いたから」

「はぁ？　……あ？　あ!?」

ガイが不思議そうな顔をしながら一歩踏み出そうとして膝をつき、混乱したように声をあげた。

「な、なんだ？　まさか……毒か!?」

突然動かなくなった足にガイが困惑した瞳で私を睨む。

「いつの間に？　こんな強い毒なんて使う暇はなかったはずだっ！」

ガイも暗殺者の端くれなら毒耐性くらい持っているだろう。それでも強い毒なら効くはずだから、毒を使う私を警戒していたはずだ。強力な毒は、臭いや味がキツくて食べ物に混ぜることもできない。武器に塗ることは可能だが、ガイは攻撃を受けていない。

だからガイは、私が初心者狩りの食事などに、徐々に毒を盛ったのだと勘違いをしていた。

「なんで足が動かない……くそっ……」

「師匠が作った毒蜘蛛の神経毒だ。毒耐性があっても結構効くでしょ？」

耐性が無ければ、初心者狩り同様意識が混濁して、内臓の機能さえ止めていたはずだ。逆に毒耐性を持っていたせいで、ガイは初期状態で毒に気づくことができなかった。

「毒ならずっと使っていた」

私は予備として持っていた陶器瓶を放ると、薄く作られた瓶がガイの手前で割れる。

「これはっ！」

「気づいた？　虫の臭腺だけど嗅いだことあるでしょ？」

臭《くさ》みはあるがほんのりと甘い匂いもするこの液体は、錬金術師の店から買い付けた、魔物イモムシが縄張りを示す臭いを出す臭腺を加工したもので、このダンジョンならどこでも臭うし、薄めれば農薬にもなり原液で使えば魔物避けにもなる。

私はこの魔物避けを使って暗殺の邪魔になる魔物を避けていた。そして——

「これだけ臭いが強ければ、臭いの強い毒でも薄く撒《ま》けば気づかれない……」

「灰かぶり……お前、まさか」

ガイは私がしたことに気づいて大きく目を見開いた。

「自分も毒を受けることを承知で、毒を撒き散らしたって言うのかっ⁉」

師匠の毒は強力だ。毒耐性があっても耐えられるものじゃない。だけど私は、毒の内容を知っている。

今も私はずっと【解毒《トリート》】使っている。毒の材料が分からなければ効果はなく、徐々に毒を消す弱い効果しかないけど、気化した毒ならその場で対処は可能だ。それでも集中力を乱せば毒に冒され、まともな戦闘も難しくなるが、私はその命を懸けた賭けに勝利した。

そのことに気づいたガイが呆れるような目で私を睨む。

「ハハ……正気かよ。自分も巻き込んで毒を使うとか、イカれてんじゃねぇか？」

「知っている」

「……おいおい本気かよ。本気で俺とやるつもりか？　お前がちょっと痛い目に遭うだけで、すべてが丸く収まるんだぜ？　こんなことをして、セレジュラがどうなるか分かっているのか？」

「…………」

私が師匠の〝人質〟であるように、師匠も私を縛る〝枷《かせ》〟になる。だからディーノやガイは、私や師匠が暗殺者ギルドと敵対できないと考えている。でも――

「ガイは暗殺者のくせに……甘いね」

「なに……」

私はガイに向けて再び陶器瓶を投げつける。それが毒かと考え、ガイはまだ動く上半身で剣を振い、瓶を割ることなく弾き飛ばそうとした。

ガシャンッ！

「くっ」

ガイの剣と同時に放っていたペンデュラムの切っ先が瓶を傷つけ、ガイの剣で割れた中身が飛び散った。

「毒……じゃない？　なんだ、この臭いは？」

「この部屋に撒いていた毒はそろそろ拡散するはずだ。追加してもいいけど……もう必要ない」

「っ！」

ガイも何か気づいたのかもしれない。ガイに攻撃をすることなく、部屋の奥に下がってダンジョンの壁に背を預け、隠密を使いながら腕を組んで見つめる私にガイは焦ったように足掻きはじめた。

十数秒……数十秒……百を数える間もなく、毒の拡散を待ちきれなかったように気の早い魔物が迫ってくる地響きが聞こえてきた。

「灰かぶりっ！　お前、正気かっ⁉　こんな真似をして、暗殺者ギルドと本気で敵対することになるぞ！」

ガイは必死に薬品が撒かれた地点から逃げだそうとするが三歩分も動けてない。

最初に撒いたのは魔物イモムシの臭腺から採れた魔物避けだが、臭腺は外敵を追い払う臭いだけを出すわけじゃない。一定の季節だけになるが、雌はこの臭腺を利用して雄を呼び寄せる。

私が雌の臭腺から作ったこの液体は、魔物避けと混じると強烈なフェロモン系の匂いを発して、同じようにダンジョンにいる雄を呼び寄せるはずだ。

このダンジョンが虫系のダンジョンだと知って、作っておいた私の〝奥の手〟だ。

「お前はここで死ね」

隠密を使っても意味はない。あの液体は少量だが確実にガイにも付着している。大量に現れ、部屋の中に雪崩れこんでくる魔物イモムシに見つかったガイが半月刀で応戦する。

脚が動かなくても、ガイほどの力があれば数匹の魔物イモムシなど問題じゃない。でも、それが数十匹ならどうなるか？　しかも動くほどに毒は身体に回り、魔物イモムシも匂いに釣られて次々と押し寄せてくる。

「灰かぶりぃいいいいいいいいいいいっ‼」

最後に怨嗟の叫びをあげてガイが半月刀を私へ投げつけ、それを躱した私は、土壁に刺さった剣を踏み台にして、そろそろ床に溢れてきた虫から離れるように天井まで跳び上がり、暗器を土壁に突き刺して天井の隅に張り付いた。

「――……ラー……――」

最後にガイが血塗れの手を伸ばして何か呟いた……。

骨や肉が砕かれる異音が響く中、まだその意識と存在が残っているかも分からないガイに向けて、私は彼の最後の問いに答える。

「私の〝獲物〟は、最初からお前たちだ」

戦いの予兆

「お祖父様、ご相談があるのですが、少々時間をいただいてもよろしいでしょうか？」

クレイデール王国の王都、王城にある宰相の執務室にて、その部屋の主であるベルト・ファ・メルローズは、突然来訪した孫をジロリと睨む。

その視線の先にいる、仄かに赤みがかったストロベリーハニーブロンドの少年は、現宰相である祖父の視線に物怖じもせず、その髪色と同じような甘い笑みを浮かべた。

ミハイル・メルローズ。メルローズ家嫡男の第一子であり今年十歳になった少年は、強い魔力のせいかここ数年で平民の十三歳ほどまでに成長し、祖母譲りの甘い顔立ちと艶のある微笑みで、王城に勤める若いメイドたちの話題となっている。

ベルトの息子でありミハイルの父である嫡男は、宰相の仕事で王都から離れられないベルトに代わって、メルローズ辺境伯領を治めているが、まだ魔術学園の入学年齢でもないミハイルが王都にいるのは、彼が王太子の側近候補である〝友人枠〟だからだ。

ダンドール辺境伯令嬢のクララが、第一王女エレーナの遊び相手を務めていたように、王太子の遊び相手として、次代国王の周りを固める家柄の良い子どもたちが数人集められ、その中でもミハイルは、総騎士団長の長子でクララの兄でもあるロークウェル・ダンドール共々、王太子と良い関係を築けていると聞いている。

「お前は本当につかみどころのない奴だな……」

「私はお祖父様の眼光には慣れておりますからね。そもそもメルローズ家の人間は、あまり人の顔色を窺うような気質でもないでしょう」

「……そうだな」

ベルトは自分やカルファーン帝国に嫁いだ姉もそうだったと理解して、口元を歪めながら執事のオズが淹れた茶で口元を濡らした。

元一国の王家であったメルローズ家の人間は、良くも悪くもそんな側面がある。それ故に王家に対しても物怖じせずに意見具申することができるのだが、それがベルトやミハイルのように王族に気に入られることもある。

「そういえば、彼奴もそうだったな……」

今にして思えば、娘が立場も考えず駆け落ちをしてしまったのも、そんなメルローズ家の気質が色濃く出てしまったせいなのか。

少なくとも娘は、自分が王妃に向かないと知っていた。

「その方とは、お話に聞く叔母上でしょうか？　お美しい方だったと古い使用人が話しており、屋敷に残っていた肖像画も拝見したことがあります。……噂では、私の従妹にあたる少女が見つかったとか？」

「……どこでその話を聞いた？」

王家を含めた極一部の者しか知らない〝噂〟を話すミハイルをベルトが睨むが、彼はにこやかな笑みを浮かべてそれをあっさり受け流す。

おそらくはこの歳で独自の情報網を持っているのだろう。それを考えれば王太子が国王になったときの宰相としては、その父であるベルトの息子よりも適任かもしれないが、あまりにも早熟すぎる孫にベルトは小さく溜息を吐いた。

「あれは、もう数年は様子を見る。……それで話とはなんだ？」

「その前に、この件はまず、お祖父様だけにお伝えしたいと思います」

「……わかった。オズ」

「かしこまりました」

部屋の隅で控えていたオズがベルトとミハイルに頭を下げて退出する。暗部の騎士である彼にさえ聞かせられない話とはなんなのか？

「これでよいか？」

「ありがとうございます、お祖父様。お察しとは思いますが、王太子殿下のことにございます」

ミハイルの話では、王太子が最近市井の生活に興味を持っているそうだ。それ自体は悪いことではないが、王太子は『王太子』としての立場ではなく、ミハイルたち友人と〝お忍び〟で王都を見て回りたいと希望しているらしい。

王都の中には治安維持のために衛兵の詰め所が各所にあり、見回りもしているので、よほどの事がないかぎり危険はない。その治安の良さは、さすがに一人でとは言わないが、伯爵クラスの令嬢でも、三人程度の護衛や侍女だけを連れて街で買い物をする姿が見られるほどだ。

だが、王太子の立場でそれは許されない。たとえ王都内であろうと十人程度の近衛騎士を連れ、買い物をするのにも高級店を貸し切りにする必要があった。それがお忍びで見て回りたいというのは、おそらく碌な護衛もなしに街に出掛けていた、自由奔放だったという元子爵令嬢である正妃に感化されてしまったのだろう。

（……本当に厄介なお方だな）

公式行事はともかく、いまだに政治的な公務は第二王妃頼りと言われる正妃に、ベルトが心の中で愚痴を漏らし、ミハイルもそんな祖父を察して早めに終わらせるべく話を進める。

「私もさすがに数名の護衛はつけるよう承諾はさせました。ですが王女殿下の療養の件で、未遂とは言え誘拐を許したと何処かから聞き及んだらしく、城以外での暗部の護衛には難色を示されております」

「そうか……」

確かにあれは暗部組織として失態だった。いくら人手が足りないとはいえ、王族の周辺にはセラたち暗部の上級騎士が確認した、信用のある者しかつけていなかったのだが、調査の結果、三十年近く王家のために働いてきたグレイブが、人員の配置を換え、王女殿下の警備を意図的に薄くしていたことが判明した。

グレイブは若い頃に潔癖なほど過激な面はあったが、それはすべて王家に対する忠誠心ゆえだと思われていた。実際にここ十年以上は過激な面は鳴りをひそめており、王家派である彼がそのようなことをする理由が分からなかった。

（いや、……その潔癖ゆえの暴走か）

グレイブは、ベルトが出した指令である、『桃色髪の少女の確認』という任務も放り出して姿を消し、その少女は『怪人』に襲われて行方不明になったと報告が届いている。

ベルトが現在見つかっている『孫娘』に違和感を覚えて、否定する材料が欲しくて確認に向かわせたが、もはや生死すら分からない子どもを捜す術はなかった。

セラの祖父であるホスも有能ではあったが、友人が残した忘れ形見に目が曇っていたということだろうか。ミハイルがオズを退出させたのも、彼の祖父を目の前で批判はしたくなかったからだ。

「ミハイル……お前なら殿下を諫《いさ》めることもできただろう？」

「それはどうでしょう？　それに私としても将来仕える相手として、温室育ちの世間知らずでは不安がございます」

「言うではないか。それで何が望みだ？」

「はい。有能な暗部騎士は全員、殿下も顔は知っています。なので、お祖父様には王都見学の許可と、市井に詳しい、暗部以外の護衛を数名貸していただけると嬉しいのですが」

「市井に詳しい……か」

有能な騎士に護衛させる手もあるが、上級騎士が多い近衛では市井に詳しいとは言えず、一般騎士では市井に詳しくとも、酒場や怪しい店などに連れて行かれてはこちらが困る。

（……そういえば、あの連中が近々王都に戻ってくると言っていたな）

それを思い出したベルトは手元のベルを鳴らして、扉の外にいる配下に声を掛けた。

「誰か、ギルドに使いを出せ。冒険者パーティー『虹色の剣』に指名依頼を出す」

＊＊＊

「……予定より早かったですね。下級とは言え、盗賊三人の暗殺は時間が掛かると思っていたのですが」

予定よりかなり早かったらしい一ヶ月で、暗殺者ギルド北辺境地区支部の本拠地へ帰還した私に、支部の長であるディーノが驚いたような顔を見せた。

私の戦闘力は知っていても、所詮は子どもなので手間取るか失敗すると考えていたのだろう。実際には到着して三日ほどで仕事が終わってしまったから、戻ろうと思えばもっと早く戻れたけど、ついでにダンジョンで魔物を少し狩ってきた。

あのダンジョンでは、五階層辺りからランク3の魔物が単独で出現するようになる。今更、ランク1や2の魔物と戦っても危険な割にあまり修行にはならない。だから私は、低階層の地図をギルドから購入して、隠密と探知を使って強引に五階層へと進んだ。

ダンジョンは〝魔物〟であり、その中は地上の法則が通じない場所だ。地上よりも強い魔素に満ちていて、その魔素のおかげで魔物たちは最低限の食事だけで活動することができるのだが、そのせいか常に飢えて、人の味を覚えた魔物は非常に好戦的だった。

私には戦闘経験が足りない。自分よりも強い敵と戦い、なんとか生き残ってきたが、実際は両手で数えられる程度の戦闘しか経験していないから、私は強くなるために単独でダンジョンに潜り、体力と食糧の限界まで戦闘経験を積んできた。

それを切り上げたのは、それ以降の階層に降りると複数の敵を相手にする必要があったのと、単独でいるランク3の魔物が私に近寄ってこなくなったからだ。

そんな話はここではしないけど、鑑定で見える戦闘力を曖昧にするために、外套で全身を覆った私を訝《いぶか》しげに見ながら、ディーノは軽く息を吐いて懐から革の小袋を取り出した。

「まぁいいでしょう、約束の報酬をお支払いします。それとちょうど良かった。先ほど例の『暁の傭兵』に関する情報が連絡員より届きましたので、それもお渡しします」

ディーノが報酬の金貨三十枚と次のターゲットの情報を渡してくる。

お金はだいぶ使ってしまったのでちょうど良かった。だいぶ無茶な戦闘をしたので、また衣服と外套を買い直してしまい、残りが銀貨数枚まで減っていた。

金貨が入った革袋を懐に仕舞い、私は貰ったばかりの資料を確認する。生成りの紙の束をペラペラと捲《めく》り、個人情報は飛ばして現在の状況を見てみると……。

「……王都？」

「あれから時間が過ぎましたので、連中はこの北辺境地区を離れて王都へ向かったようです。おそらくは、ほとぼりが冷めるまで、王都近くにある大規模ダンジョンに隠《こも》るつもりかもしれません」

「またダンジョンか……」

「冒険者ですからね。その辺りが生粋の暗殺者ではやりにくいところなのですよ」

暗に、だからこそ師匠や私に頼んだのだから諦めろとディーノはいう。

「できれば、王都にいる間に仕留められればよいのですが、警備の厳しい王都ではそれも難しいでしょう。現地には連絡員がいませんので、こちらからも一人か二人送るべきでしょうか……」

「王都に暗殺者ギルドはないの？」

ここの暗殺者ギルドは国内に数カ所ある支部の一つだ。支部と言うことは本部があり、それは王都にあるのかと漠然と思っていたのだけど違うのだろうか。

私がそんな疑問を口に出すと、ディーノは大仰な素振りで肩をすくめる。

「我が愛する兄弟弟子よ。その辺りは面倒な話になりますが、我々暗殺者ギルドは同じ組織でありながら一枚岩ではありません。敵対しているわけではありませんが、同じ目的を持つ〝好敵手〟と言ったところでしょうか」

「なるほどね……」

争っているわけでなく各支部で業績を競い合っている感じか。いや、大手商会から暖簾《のれん》分けされて別経営となった商会が、本店と疎遠になっている感覚に近いのかも。

冒険者ギルドでもそういう面は多少あるけど、情報の共有さえしないのは馬鹿らしいとは思うが、私にとってはそのほうがやりやすい。

さて、話は終わりだ。資料を外套の内側に仕舞って背を向ける私に、まだ何かあったのかディーノが最後に声をかけてきた。

「ところで、数週間前から、ガイが外に出たまま戻っていないのですが、君の所へ姿を見せてはいませんか？」

「私が知るはずないでしょ」

「そうですね……」

そう言って肩をすくめて去っていくディーノの背をジッと見る。

疑われている……？　おそらくは師匠を見張っていた監視員から、連絡がないことも影響しているのだと思う。でもディーノは以前の私の戦闘力を知っていて、私ではガイを倒せないと考えているはずだ。そして個人プレイが多い個人主義的な暗殺者は、ふらりといなくなる可能性もあるから、むやみに問い糾《ただ》すこともできずに鎌《かま》をかけているのだろう。

このギルドの人間も、私が最初に着いたときに鑑定をしているはずだ。だからこそ、それを見せるように案内されるまま歩いていた。

普通の人間は数ヶ月で急成長はしない。鑑定をするにも魔力と精神を消費するので、よほどのことがなければ再鑑定はしないはず。……だからこそそれが、私がつけいる〝隙〟になる。

もうこのギルドでの用事は済んだが、暢気に与えられた部屋で休むつもりはない。

念のため確認はするが、どうせ何か仕掛けられているはずだから、ここを出る前に私はもう一度ギルドの中を見て回ることにした。

ギルド内にあまり人の気配は感じないが、それはほぼ全員が《隠密》スキルを持っているからだ。でも、私程度の《探知》でその気配が分かるのなら、本気で隠密を使った私を捉えられる者もそれほどはいないはず。

それでもこんな環境で生活していれば、嫌でも《隠密》と《探知》を鍛えられる。目に見えて戦闘力が高い者がいなくても、技術が高い者がいるのはそんな理由があるのだろう。

そんな中で、外に出ているのか仕事をしているのか、ギルド内にキーラの気配を感じることはなかった。顔を合わすのも面倒な奴だが、姿が見えないのも不気味で厄介だ。

他にギルド内で厄介な相手は、『影使いラーダ』、『狂戦士シャルガ』、呪術師の『賢人』か。

名前からしてラーダを見付けるのは難しいと思う。逆にシャルガは、その暴力的な気配を隠しもしない強い気配があり、何の対策もなく攻撃範囲に近づくのは危険だと感じたが、その姿を確認するため、私は離れた場所からそっと後ろ姿だけを盗み見る。

まるで酒保のような酒樽と食い物が散乱するその奥に、魔鉄と思しき全身鎧に身を包み、魔鋼のハルバードを抱えたまま、黙々と酒を呷《あお》っている一人のドワーフがいた。

その姿は近づく者に牙を剥く手負いの獣を思わせた。あれでは誰も近づかない。あれで暗殺者だとは誰も思わないだろうが、それでもディーノやその前のギルドマスターが、彼をここへ置いていたのは、それだけ直接の戦闘力が高いのだ。

シャルガに見つかる前にその一角から離れた私は、ギルド内のある場所に足を踏み入れる直前に歩を止めた。

何かいる……。その場所は他の場所と違って、私の目で〝視える〟魔素の色が奇妙に混ざり合い、心が不安になるような混沌とした色合いを見せていた。

（……嫌な感じ）

心中で呟いて思わず顔を顰める。これは……〝呪い〟か？　私がそれ以上踏み込むこともできずに立ち止まっていると、通路の奥にある暗がりからジッと私を見つめる、ローブを纏った老人がいることに気づいた。

「「………」」

十数メートルの距離を置いて、互いに無言のまま見つめ合う。

すると奇妙な魔素の色が私へとじわりと迫り、それに併せて私も下がると賢人らしき老人の目がわずかに細められ、私がそのままさらに距離を取ると、〝呪い〟はそれ以上追っては来ずに元へ戻っていった。

なるほど、賢人の戦闘スタイルは受け身型か。今はそれだけ分かればいい。そのままその場を離れる私を追ってこないことを確認して、私は額に浮いていた汗を拭って息を吐く。

「……エルフも歳を取るんだね」

命拾いをしたことでどうでもいいことを呟いた私は、そのまま元炭鉱である暗殺者ギルド北辺境地区支部の最奥へと足を進めた。

進むごとに、どこからか通り抜ける風に混じって獣のような低い唸り声が聞こえてくる。

そこに近づく前から分かっていた。私の足がそこに行きたくない、と重さを増す。きっと誰も近寄らない。そこに近寄れば〝死〟が待っていると分かるからだ。

それに気づかないような奴はここで生きる資格すらないのだろう。私は怯えそうになる心を奥底へ沈めて一歩ずつ歩を進めると、その最奥で鎖に繋がれ、女の腕ほどもある太い鉄格子に閉じ込められた、一人の『獣』を見つけた。

「処刑人……ゴード」

私の呟きに低い唸り声をあげていたゴードが顔をあげた。

▼ゴード　種族：？？？

【魔力値：167／186】【体力値：531／546】
【総合戦闘力：1381】

三メートル近い身長に二メートル以上もありそうな長く歪んだ腕。

その全身を汚物にまみれた包帯で巻かれたその男は、黄色く濁ったその目に凶悪な光を宿し、突然私に襲いかかってきた。

『ガァアアアアアアアアアアアアアアアアアッ!!』

ガガンッ！

岩肌に括られていた鎖が限界点まで伸びて、太い鉄格子を歪ませるようにぶつかってきたゴードの爪が私の鼻先十数センチのところで空を切る。

ゴードの全身には、賢人のエリアで見た混沌とした魔力がこびり付いていた。おそらく賢人が呪術でゴードの自由を縛っているのだ。この男はただの〝獣〟じゃない。狂っているのかもしれないが、その動きには魂に焼き付いた〝技術《スキル》〟が垣間見えた。

おそらくは、薬物と魔術と呪いの成れの果てか……。その何かを求めるように伸ばされた腕の爪先に私が触れようとすると、逆に驚いたようにゴードが腕を引いた。

誰もお前には近づかない。

誰もお前の姿を直視することはない。

誰もお前に触れようとは思わない。

私はゴードの濁った瞳を真っ直ぐに見つめながら、彼に小さく言葉を掛けた。

「待っていて。お前に相応しい〝舞台〟を用意してあげる」

▼アリア（アーリシア）　種族：人族♀・ランク2
【魔力値：162／180】△10UP【体力値：132／145】△15UP
【筋力：6（7）】【耐久：7（8）】【敏捷：10（12）】【器用：8】△1UP
《短剣術レベル2》《体術レベル2》《投擲レベル2》《操糸レベル2》
《光魔法レベル2》《闇魔法レベル2》《無属性魔法レベル2》
《生活魔法×6》《魔力制御レベル2》《威圧レベル2》
《隠密レベル3》△1UP《暗視レベル2》《探知レベル3》△1UP《毒耐性レベル2》△1UP
《簡易鑑定》
【総合戦闘力：213（身体強化中：236）】△42UP

王都への旅路

ランク4の冒険者パーティー、『暁の傭兵』。
構成メンバーはランク4の戦士、ダガート。三十一歳男性。碧眼赤髪。
ランク3の重戦士、ランディ。二十九歳男性。茶眼金髪薄毛。

ランク3の斥候、元狩人のダンカン。三十歳男性。碧眼黒髪。

ランク3の魔術師、グリンダ。光と水属性。二十六歳女性。黒目茶髪。ダガートの情婦。

私のターゲットは彼らだ。彼らは回収するはずの依頼品を横領し、家族の遺品であるネックレスを持ち逃げされたその貴族が、彼らの暗殺と依頼品の回収を暗殺者ギルドに依頼した。

「家族の形見……か」

私は無意識に母の形見である胸元のお守り袋に手を当てる。

私が暗殺ギルドと敵対するのなら、この仕事をする必要もないけれど、ギルドの連絡員が見張りとして来る以上、手を抜くことはできない。

……彼らが悪党で良かった。

王都近くにある大規模ダンジョンへ向かった『暁の傭兵』は、このランクのパーティーとしては人数こそ少ないがバランスが良く、装備次第で長期のダンジョン滞在が可能になる。

深い階層まで潜られたら私一人で追いつくのは難しい。彼らを安全に始末するとしたら王都で始末するか、その南にあるダンジョンのある街で始末するべきだが、そこまでに追いつけなかったら、消耗品の補充などで戻ってくる時を狙うしかない。

それでもやはり、一番確実なのはダンジョンの中だろう。

王都は治安が良すぎるために別の意味で危険がある。だけどダンジョンでなら、私も命の危険はあるがそれは彼らにとっても同じことで、危険が多ければそれだけ隙が生じやすくなる。

色々と考えすぎるのは私の悪い癖だ。でも、様々な場面を想定して対策を練っておけば、実際に起きたとき即座に行動に移すことができる。

それでも今は遠くで色々と考えるよりも、まずは行動するべきだ。現地の環境や状況によって想定や仮定は簡単に変わってしまう。考察した予測の精度を高めるためにも、精細な情報が必要だった。

私は三日ほど北辺境地区支部の隣街に滞在して、冒険者ギルドや街の店などで準備を整えてから王都へ出発した。

その三日間でも連絡員が誰か調べることはできなかった。現地で接触してくるとは思うが、私が知りたかったのは〝連絡員が何人いるか〟だ。

そいつらが居るかぎり私はおかしな行動が取れない。連絡員を始末するにも複数存在して討ち漏らせば、私の裏切りがバレてしまう。せめて御しやすい相手であることを祈るしかないか……。

このヘーデル伯爵領から王都へ向かうには二通りのルートがある。

一つは、前回仕事をした東のセントレア伯爵領から海沿いの主街道を通る、エレーナが使ったはずの比較的安全な道。そしてもう一つは、ダンドールから真っ直ぐに南下し、山岳地帯の渓谷を通る、危険だが早く辿り着ける道だ。

エレーナのように専用の高速馬車を使うのなら、海沿いの主街道のほうが早く着けるかもしれない。でも、徒歩や各地で停まる乗合馬車だと一ヶ月以上は掛かってしまう。渓谷でも馬車が通れないわけじゃないけど、それでも一般の馬車や旅人が通らないのは、渓谷の中では鳥系の魔物が出没するからだ。

そこを通るのは、月に一度だけのダンドール守備隊が警護する大規模商隊だけで、平民でも商業ギルドが発行する手形を買えば同行できるが、とても高額であり、時間さえ気にしなければ、普通の旅人は安全なルートを使うのが一般的だった。

でも、私が使うのは危険な渓谷側の道だ。短期間で強くなるためにあえて危険な道を選ぶ。

それから、また十日ほどかけて、ダンドール辺境伯の寄子である幾つかの貴族領を通り、南下して山岳地帯に近い男爵領へ到着した。

自由民である私でも、大きな街に寄らなければそれほど金を使うことはない。それでも最後の街には通行料である銀貨一枚を払って中に入り、食料や必需品を買い込んだ。

それから、その街にある冒険者ギルドで魔物の情報を訊ねると、ここのギルドは狩人が邪魔な魔物を狩ったときに素材を持ち込むような寂れた場所で、専業の冒険者が少ないと嘆いていた職員はかなり詳しく教えてくれた。

渓谷に出る魔物は数種類いるが、さすがにグリフォンのような高ランクの魔物はすぐに討伐隊が出るので、ここ十年ほど出現は確認されていない。そもそもあれは牝馬を狙うので、徒歩の旅人を襲うくらいなら鹿でも狙うはずだ。

あの渓谷を徒歩で抜ける場合、問題となるのは小型と中型の鳥系魔物だ。とてつもない速度で獲物を切り刻んでから捕食する隼《はやぶさ》系の『風鳥《かざどり》』と、旅人を捕まえて巣に持ち帰って捕食するカラス系の『ジャイアントクロウ』が出没する。

小型の風鳥はランク1の魔物で、中型のジャイアントクロウはランク2だが、冒険者ギルドの想定難易度になると、風鳥でランク2になり、ジャイアントクロウはランク3に分類される。

それというのも、場所が障害物や天井もない渓谷で、相手が鳥だからという単純な理由だった。

冒険者ランク1や2の弓術では矢を当てることすら難しく、ランク2や3の戦士でも降りてこなければ攻撃ができない。まともに狩るとしたら攻撃系の風魔術を使える魔術師が必須であり、魔術師を護る盾を用意できるパーティーでないと渓谷の魔物を狩るのは難しい。

……〝普通〟なら。


次の日の早朝、私はまだ空が暗い時間に人目を避けるようにして渓谷へ足を踏み入れた。

渓谷の谷底を通ることになるが、その幅は最大でも十メートルほどで、切り立った崖は五十メートルほどもあり、真昼以外は薄暗い。

でも、暗ささえ克服できる術があるのなら暗い時間のほうが安全だ。魔物なので気配を察して襲ってくるが、それでも鳥目のせいか暗くなると探知範囲が狭くなる。

ここに辿り着くまでの道中は、ある闇魔法を訓練しながら旅をしてきたが、いまだに発動は難しく、この渓谷でも歩きながら練習をしていると、昼になって真上から射し込んだ陽光が渓谷を照らし、ついに魔物が私を見つけた。

「……来たか」

わずかな風切り音が聞こえ、その一瞬後に探知スキルが背後から迫る小型の気配を捉えた。

反射的に仰け反るように身を捻り、躱しながらすれ違い様に黒いナイフを振るうが、その気配の主も回転するように刃を躱して、嘲笑うように上空で旋回する。

隼系の魔物――風鳥は、単独ではなく群れで行動して人間を襲う。

やはり飛ぶ相手にナイフでは当てづらいか……。あの機動ができるなら、ナイフを投げても当たるかどうか運に頼ることになるだろう。

そうしているうちに二体目の風鳥が真横から襲ってきた。速度は弓矢ほど。まともに戦えば目視で見切るのは難しいが、風鳥は攻撃に移る一瞬だけ速度が落ちる。

その一瞬を逃さないように探知に集中し、再び襲いかかってきた風鳥の一体に私は〝刃〟を投げつけた。

その刃を躱そうと風鳥が宙で回転し、私もそれに合わせて投げつけたペンデュラムの糸を操作する。

『グギャッ！』

ペンデュラムの刃に羽を切られた風鳥が矢のような勢いで地面に激突した。まだトドメは刺さないが、どうせあの速度で地面に落ちたら無事ではない。

私は左手からもペンデュラムを投げ放ち、直線ではなく曲線の軌道で、また襲ってきた他の風鳥の羽を斬り裂いた。

その場に留まることなく複雑な足捌きで風鳥の攻撃を躱し、ペンデュラムの曲線を描く攻撃で風鳥を落としていく。

狙いが外れても気にしない。刃の命中率は三割あれば上出来だ。だが、刃を躱してもそれを操る糸まで躱さなければ意味はなく、私の魔力で強化したジャイアントスパイダーの糸は、風鳥の爪でも斬り裂けない。

羽を斬られて、糸に絡まり、数分で十体近くの風鳥が落ちると、私に近づくことを止めて上空を旋回していた風鳥の一体が、〝風色〟の魔素を飛ばしてきた。

風鳥の名は伊達ではなく、こいつらはレベル１の風魔術である【風刃《ウィンドカッター》】を使うことができる。

風系の魔術は速度があり、不可視である故に躱しにくいが、魔素を色で視る私の〝目〟なら距離さえあれば回避はできた。

風鳥の魔力値なら撃てても一度か二度が限界だ。二度も撃てば魔力が尽きて速度がガタ落ちするので、【風　刃《ウィンドカッター》】は風鳥の奥の手と言っていい。

それを躱し続ける私に業を煮やした一体の風鳥が、私に襲いかかりながら至近距離から風魔術を放ってきた。

「――【魔盾《シールド》】――」

私の左手に三十センチほどの『光の盾』が生まれ、迫り来る緑色をした魔素の一番色の濃い部分に、【魔盾《シールド》】を斜めに押し当てながら受け流す。

そのまままっすぐに向かってきた風鳥の翼を黒いナイフで斬り裂いて落とすと、残っていた風鳥は逃げ出すように上空へと飛び去った。

『カァアアアアアアアアアアアアアアアアアッ！』

次の瞬間、風鳥と入れ替わるように甲高い鳴き声が渓谷に響く。

風鳥は私から逃げたのか、それとも〝これ〟が来るのを恐れたのか。鳴き声と共に翼の羽ばたく音が聞こえて、渓谷の空を闇が切り裂くように、全翼四メートルもある巨大な黒い鳥が翼を広げて舞い降りてきた。

▼ジャイアントクロウ　種族：大鴉・難易度ランク3
【魔力値：69／73】【体力値：212／215】
【総合戦闘力：145】

ジャイアントクロウが翼で風を巻き起こしながら、まっすぐに私へと向かってくる。

私もそれを迎え撃つべく両手からペンデュラムを投げ放つ。だが、ペンデュラムの刃は黒い羽をわずかに傷つけただけで弾かれ、知能の高いジャイアントクロウはそれを見て嘲笑うように、その鋭い鉤爪を私へ向けた。

『グア⁉』

私はその瞬間、手の平から新たなペンデュラムを出して、鉤爪を躱しながらジャイアントクロウの翼に巻き付けた。

ジャイアントクロウが慌てて空に舞う。私は《操糸》で糸を操りそれの邪魔をする。

『クァアアアアアアアアアアアアアアアアッ！』

ジャイアントクロウが怒りの叫びをあげて、私をペンデュラムの糸ごと空へと連れ去ろうと羽ばたいた。

だが、そうはさせない。私は羽ばたきを邪魔するようにさらに強く糸を引き、素早くブーツの踵を打ち合わせて飛び出した踵の刃を、楔の如く地面に蹴り込んだ。

師匠から貰った昔使っていたというブーツには細工がしてあり、一定方向から衝撃を加えると、爪先と踵から小さな刃が飛び出す仕組みになっていた。

踵の刃で自分を大地に固定し、全体重をかけた渾身の身体強化で糸を引く。

私はまだ総合ランク的には2でしかないが、いくつかの補助系スキルはレベル3にまで上がっている。レベル3の《魔力制御》で全身に魔力を流し、レベル2の《威圧》で一瞬だけジャイアントクロウの動きを止め――

「たぁああああああああああああっ！」

『カァアアアアアアアアアアアアアアアアアアアアアアッ!!』

慣性で地面を抉るように引きずられながらも、私は渾身の力を込めて、恐怖の叫びをあげるジャイアントクロウを頭から地面に叩きつけた。

初めての王都

大地に叩きつけたジャイアントクロウの断末魔が渓谷に響き渡ると、まだ上空で残っていた風鳥たちが蜘蛛の子を散らすように飛び去っていった。

「……これで一息ついたかな」

私が幻惑などを使わず真正面から叩き潰すように戦ったのは〝警告〟のためだ。

魔物は普通の動物よりも知能が高い傾向がある。この渓谷を通り抜けるのにも数日は掛かるため、隠密などで隠れても食事や睡眠時に見つかってしまう恐れがあった。

だから魔物たちに『私を襲う危険』を見せつけた。そのおかげもあり、私か鴉か、どちらか勝ったほうの〝おこぼれ〟にありつこうとしていた岩ネズミたちの気配も消えていた。

頭部が潰れたジャイアントクロウの胸を、解体用のナイフで裂いて魔石を抉り出す。

この鴉の素材はほとんど金にならない。巨大な風切り羽は羽根ペンの材料として買い取ってもらえるが、それでも一枚で小銀貨一枚程度だ。

嘴や爪も売れるわけではなく、そうなるとまともな金になるのは魔石くらいだけど、難易度はランク3相当でも所詮はランク2の魔物なので、属性もない無属性の魔石では高値で売れず、精々銀貨一枚程度にしかならなかった。

風鳥のほうには属性があるけど、こちらはランク1のせいか、それとも身体の大きさに比例しているのか、本当に小さなクズ魔石しかないので回収するのは諦めた。

それでも地面に落ちた風鳥を数体拾っているのは、肉が欲しいからだ。鴉のほうは肉が固く臭みがあるので食用には適さないが、風鳥のほうは少しパサついているけど問題なく食べることができた。

生活魔法の【火花《ファイヤ》】を使って焚火を熾し、風鳥の肉をまとめて焼いてから大きな葉に包んで袋に仕舞う。

本当なら練習してきた闇魔法を使いたいところだが、まだ慣れていないのと、総魔力値の関係でまだ実用できる段階ではなかった。

ヒュン……ッ！

纏めておいただけの予備のペンデュラムの糸を解いて、握りしめて消す。

ジャイアントクロウの時に使ったこの技は手品の類いではなく、れっきとした闇魔法となる。

ヴィーロは闇魔術によって内部空間が拡張された鞄を持っていた。私は考察と実験により、闇の魔素が本物の闇ではなく『闇色の粒子』であり、術者の思念と精密な魔力操作で、様々に形を変え、ある程度の効果を付加できると知った。

その応用が『幻術』や『空間魔術』であり、空間系魔術の初歩である【重過《ウェイト》】は、重さを加減するのではなくその物質を闇の魔素で包み込み、魔素ごと動かすことで成立する。

つまり、空間魔術の基本は、物質を闇属性の魔素で包み込むことにあるのだ。

内部拡張鞄の場合は、鞄の内側に闇の魔素を固定化することで、固定空間を創り出してその内部を広げる魔術だった。

拡張鞄を製作できる闇魔術のレベルは4になる。それは、鞄の内部に魔素を固定化し、自由に出し入れを可能とさせ、その機能の維持に持ち主の余剰魔力を吸収する機構の、魔術構成を行うだけでも膨大な魔力が必要になるので、そのレベルが必要なのだと師匠は言っていた。

そこで私は思いついた方法を師匠に相談すると、面白いと言って、私と一緒に魔術構成を考えてくれた。

それは私の身体そのものを拡張鞄にすることだった。人間の身体は普通にしているだけでも影は必ず発生する。服の隙間や口の中はもちろん、体内にも闇はある。

それを闇の空間だと仮定して極小さな魔素の空間にすることで、そこを魔力で拡張すれば、拡張鞄と同じ効果を得られるはずだと考えた。

魔素を切り離さず、自分の魔素を流動させることで一部の面倒な構成を省くことができた。

物の出し入れも、身体の表面にある闇に、その度に魔力を使うことで出入り口を固定化するのに必要な構成も省いた。

そのためにレベル3くらいの闇魔法で使える構成にはなったが、闇魔法レベル2の私では闇の空間を維持するのに常に意識を割かなくてはならず、今の総魔力値では予備のペンデュラムを入れるだけの空間しか維持できなかった。

そういうわけで、いまだに実用段階ではない実験中の闇魔法だったが、そこに焼いた肉を仕舞いたかったのには訳がある。

一般的な魔術の〝知識〟では、闇魔術で拡張された空間に、生きている生物を入れることはできない。だがこれは正しくはない。正確に言うと、闇の魔素で構成された空間内では生物が生きていけずに死滅してしまうのだ。

これは推論になるけれど、拡張鞄の中は大気の代わりに魔素で満たされ、ある意味、真空に近い状態なのではないだろうか。

拡張鞄に入れると時が止まって食べ物が腐らないというデマがあるが、本当のところは、食べ物を腐らす小さな生き物——あの女の〝知識〟にある『微生物』が死滅することで、船乗りが使う瓶詰めや、同じく〝知識〟にあったカンヅメと同じ効果を得られているのだと考えた。

ただし、これにも問題があって、チーズのような発酵食品を入れると、良い菌まで死んでしまうので、保存食ではなくなってしまう。

まぁ要するに、この焼いた肉は二日くらいで消費したほうがいいということだ。

焼いた肉を荷物に仕舞った私は、そのまま渓谷を王都に向けて歩き出した。

さすがに見せしめのために派手に戦闘をしたので、その後は魔物が襲ってくることはなかった。私の様子を窺っていた岩ネズミも、今頃は放置しておいた風鳥や大鴉の残骸に夢中で、しばらく姿を見せることはないだろう。

私が肉をまとめて焼いたのは、野営時に火を使わないためだ。鳥系の魔物は太陽が真上の時にしか私を見付けられない。まだ冬なので火を使わない野営は普通なら危険だが、光魔術で生体を活性化できる私ならそれほど苦でもなく、火を焚く理由は薄かった。

この渓谷を抜けるのに、行商隊の馬車なら五日ほど掛かるが、大荷物もない私の足なら、急げば三日ほどで抜けられる。

眠るときは微弱な動物避けの野草を焚いて、岩の隙間で目を瞑る。もう眠っていても隠密を維持できるようになっていたので、たとえ行商隊の人間には危険な暗がりでも、私にとっては人間のような悪意のある敵がいない、安全な場所になっていた。

最終日に大鴉がもう一体襲ってきたが、今度は見せしめにする必要もないので、幻術と毒で、安全を確保しながら対処した。

危険がある場所での野営はある程度慣れているつもりだったが、それでも緊張していたのか、私は渓谷を抜けると、固くなった身体をほぐすように背筋を伸ばす。

〝知識〟があっても経験が足りていない私では、街中や街道のような均された道ならともかく、起伏のある場所や足場の悪い場所などでは、身体に不自然な力が入ってしまい疲労が溜まる。

今まではヴィーロにも歩き方を習いつつ身体強化で誤魔化してきたが、これからは普段歩くときでも地形を把握するように鍛錬をするべきだろう。

幸いにも私は人族の限界を超えた《暗視》レベル2を会得できたので、鍛錬次第では獣人なみの周辺把握が可能になるはずだ。

最後の肉を食べて簡単な食事を済ますと王都への旅路を再開する。とはいえ、貴族領に入ってしまえばそれほど危険なことはない。そもそも人目を避けて街道を通ってすらいないので、山賊にさえ出会わなかった。

レベル3になった隠密は、私を容易く野生動物から隠してくれた。さすがにランク3以上の魔物だと私を発見する恐れはあるが、中央に近い貴族領ならそんな魔物は滅多に出会わないはずだ。

「…………」

そんなことを考えていたら、舌の根の乾かないうちに魔物と遭遇した。以前、森の中を通るとき出合い頭にホブゴブリンと遭遇したこともあったが、一度あったことなら再び起こる可能性もあるということか。

その魔物は身長約二メートル。がっしりとした筋肉質で横幅がある人型の魔物だったが、その頭部は人型ではなく野生の豚のような形状をしていた。

▼??? 獣亜人種・ランク3
【魔力値：108／110】【体力値：343／413】
【総合戦闘力：374（身体強化中：430）】

……おそらくはオークだ。生まれながらの戦士であり、集落を形成し、集団で人間を襲う危険な魔物だ。こんな場所に出現するとは思わなかったが、この体力の減り具合だと、またどこからか流れてきたはぐれ魔物か。

唐突な出会いで私とオークの距離は五メートルもない。だけどオークは、隠密を使って真後ろにいた私にまだ気づいてはいなかった。

私は瞬時に全力の身体強化をかけて思考を加速する。これは好機だ。相手は格上でも今の私の戦闘力からすれば圧倒的な強者ではない。

まともに戦えば地力の差で私が不利になるが、だからこそ使える技をすべて使って対処する。戦法は奇襲による暗殺――全力を使った〝瞬殺〟だ。

オークを発見してから五秒で思考をまとめ、ペンデュラムを木の枝に巻き付け、移動していた勢いのまま木の上に飛び上がる。

『ブォ?』

気配はなくても私が動いたわずかな風の流れでオークが振り返る。

だが、そこに私の姿はない。闇魔法で茂みの中に隠すように『兎』の形と音を作ると、それを探知で瞬時に察することができた有能さが、オークの気を緩めさせた。

その時には、私は木の枝からさらに上に飛んでいた。そのままいつもの魔鋼製の黒いナイフではなく、ブーツに括り付けていた細いナイフを空中で抜き放つ。

セラに貰って一本だけ残った細身のナイフは、鋼製の大量生産品で斬るのには向かないが貫通力には優れている。

オークの全身は筋肉の鎧に覆われているが、それはあくまで身体強化されていることが前提だ。気を逸らし、油断して、弛緩しているオークの首に上空から全体重をかけて、細身の刃を根元まで突き刺した。

『ブォオオオオオオオオオオオオオオオオオオオオオッ⁉』

唐突な激痛にオークの脳が攻撃をされたと理解する前に、ナイフから手を放して死角に回るように姿を消し、黒いナイフで逆側の首を切り裂く。

オークの体力値が一気に減るが黒い刃が筋肉に阻まれて途中で止まる。筋肉で挟まれたナイフからまた手を放した私は、腰からフェルドに貰った鋼のナイフを抜き放つ。

ずっと解体だけに使っていた予備のナイフだが、これ自体はかなり良い物で、単純な一撃の攻撃力だけなら黒いナイフに匹敵した。

オークの背後に回り、必ず振り返ると信じて鋼のナイフを大きく振りかぶる。

「――【突撃《スラスト》】――ッ！」

そしてようやく攻撃されたと理解したオークが振り返るのと同時に、私が繰り出した短剣の戦技が、分厚い頭蓋骨を避けるように口内から脳まで貫いた。

＊＊＊

オークと遭遇してから二週間かけて、ようやくクレイデール王国の王都に到着する。

オークの素材は特に回収せず魔石だけを採ってきた。あの女は、オークの肉が高級素材と思い込んでいたようだが、実際は悪食の魔物の肉など臭みがあって売れはしない。革なら防具などの素材として買い取ってもらえるけど、あの巨体を解体する時間がないので諦めた。

「――次の者」

思考を巡らせているうちに私の順番が来たようだ。

王都にある一般人用の入場門は、この国で最も警備が厳重な場所の一つだが、衛兵も所詮は人間なので、見た目が子どもで冒険者ギルドの認識票《タグ》を持っていれば、特に疑われることもなく街に入ることができた。

認識票《タグ》もアリア名義ではなく、アーニャ名義の物を使ったが問題はないみたい。〝アーニャ〟は初心者狩りと共に姿を消したので疑われる可能性もあるかもしれないから、王都でまた登録し直したほうがいいのかも。

ほぼ新品であるアーニャの認識票《タグ》に比べて、何度も修行と戦闘を繰り返してきたアリアの認識票《タグ》が、かなり傷んでいるのを見て私は時の流れを感じた。

師匠のところを出た頃は冬の初めだったが、そろそろ春の気配も感じる。私があの孤児院を逃げ出してからもう一年近くになり、あと半年もすれば九歳になる。

今までは正体がバレるのをできるだけ避けてきたけど、あまり逃げ回ってばかりでも行動が阻害される。それを考えれば王都の冒険者ギルドで認識票《タグ》を作り直すのも手の一つだ。

どちらにしろ、『暁の傭兵』の情報を手に入れるためにギルドに寄る必要もある。それと……。

「ガルバスの『変人の弟』がいるのも王都だったね……」

時間があったら探してみよう……と、そんなことを考えながら初めて見た王都の街並みは、大都会と言われたダンドールに比べてもさらに栄えていた。

「………？」

そんな人の多い王都の街を眺めながら歩いていると、少し嫌な視線を感じた。

いつも感じる好奇心のような視線もあるがそれとも違う。かといって盗賊ギルドの人間や暗殺者ギルドの連絡員とは思えない。

王国一安全と言われるこの街で、そんな馬鹿げたちょっかいをかけてくる〝プロ〟は存在しないはずだ。だとするなら、この視線は馬鹿なチンピラが小遣い稼ぎに、初めて王都に来たお上りさんや、旅人の子どもを狙っているのだと考えた。

放っておいてもいいけど……面倒だな。衛兵に訴えるという選択もあるが、まだ襲われてもいないし、自由民の私の言うことを真面目に聞いてもらえるか分からない。まぁ、街の情報を得るのに、痛めつけてもいい相手としては丁度いいかもしれない。

大通りから離れて裏通りのほうへ進むと、嫌な視線もついてくる。

……三人か四人？　足運びの乱雑さを考えると、チンピラでもなく街の不良少年たちといった感じだろうか。……情報もなさそうなのでハズレだ。

そんな気分で呑み屋街のような場所を抜けて、さらに人の少ない場所へと向かうと、完全に人が居なくなった辺りで小走りになった足音が聞こえてきた。

やはり四人か……全員十代半ばから後半の少年たちだ。彼らは足を止めた私にニヤニヤ笑いを浮かべながら近づき、リーダーらしき少年が、自分の力を誇示するように小さな鉄製のナイフを抜き放った、その時──

「お前ら、そこで何をしているっ！」

彼らが入ってきた裏路地の入り口から別の人の声が響き、背の高いガッチリとした見覚えのある男のシルエットが浮かび上がる。

この声って……。

「……フェルド？」

再会

「なんだ、おっさんっ！」

「おっさんには関係ねぇだろっ！」

「どっか行けよ、おっさんっ！」

街の不良少年たちは、見るからに強そうな大男を見ても、自分たちのほうが数が多いからか強気になって鉄製のナイフをチラつかせた。

……フェルドだよね？　一年も経っているから絶対とは言えないけど、それでも彼のことは忘れたことはない。そのフェルドらしき人物は少年たちの言葉を聞いて、逆光のシルエットでも分かるような凶悪な笑みを浮かべた。

「俺は『おっさん』じゃねえっ‼」

……ああ、間違いなくフェルドだね。

フェルドが少年たちに素手で殴りかかっていく。少年たちの戦闘力は40から50程度なので、もしかしたら《体術》スキルレベル1くらいは持っているかもしれないけど、戦闘力が１７００もあるフェルドからすれば、武器があっても無くても変わらない。

自称二十歳……今は二十一だっけ？　どんな姿でもフェルドはフェルドなのだから、年齢や外見なんてそんなに気にするようなことなのかな？

特に見せ場もなく、不良少年たちを素手でボッコボコにして気が晴れたのか、その様子をジッと見ていた私にようやく気づいたフェルドが良い笑顔で片手を挙げる。

「そこのあんた、平気だったか？」

「うん……」

本当なら厄介ごとに巻き込まれる前に、この場を離れるべきだった。それでも出会ったばかりの浮浪児に優しくしてくれて、生きる最初の術を教えてくれた彼と再会したことで、少しだけ離れがたく感じていた。

そんな彼は反応の薄い私に何を感じたのか、牙を剥き出すような笑みを浮かべる。

「やはりお前さん、かなり若いのに結構腕が立ちそうだな。こんな連中に絡まれても平気だとは思ったんだが、彼らに助けてやれ、って言われてな」

「…………」

……やっぱり一日だけ一緒にいただけの浮浪児なんて覚えてないか。

それに今の私の見た目は、痩せ細った七歳児からかなり背も伸びている。魔力で成長するのが三歳程度でも、平均より背が伸びているせいで、見た目だけなら十二歳くらいに見えるはずだ。

大きめのシャツに半ズボンという、男か女か分かりにくい服装のせいもあるだろう。でも……覚えていないのなら無理に思い出させる必要もない。

あの時、何も出来なかった子どもが、彼に強いと言われるようになっただけで充分だ。私だけが彼の恩義を覚えていればいいいし、それを態度に示す必要もない。

「彼ら？」

「あの少年たちだ」

フェルドが顔を向けた方角に目を向けると、裏路地の入り口に十代前半と思しき、やたらと容姿が整った二人の少年がこちらを窺っていた。その後ろにもフードを被った女性のような人物もいたが、彼らの様子から見て、その人は彼らの護衛のような立場なのだと察した。

彼らは商家の息子のような平民の格好をしていたけど、護衛が必要……そう感じるほどに育ちの良さが滲み出ていた。彼らがどういう人物なのか知らないが、市井に紛れるような衣服にしていてもこれだから、あまり関わり合いにならないほうがいい。

「やあ、君。大丈夫だった？」

少年の一人、赤みがかった艶のある金髪の少年が、やたらと甘ったるい笑顔で近づいてきた。

「……大丈夫」

「できれば彼にはお礼を言ってくれる？　とても心配していたようだったからね」

その言葉に視線を向けると、万人受けしそうな柔らかな笑顔の少年もゆっくりと近づいてきたので、とりあえず礼を言っておく。

「……ありがとう」

「ううん、いいんだよ。民を護るのは僕の役目だしね」

やはり貴族の子どもか……。フェルドと再会したことでここに残ってしまったが、やはり離れるべきだった。

「いえ、本当にありがとうございました」

当たり障りのない言葉で、もう一度礼を言ってからその場を離れようとすると、最初の赤い金髪の少年が、すれ違い様にこっそりと声をかけてきた。

「君……そんな格好をしているけど、女の子でしょ？」

「…………」

思いがけない言葉に思わず一瞬だけ足を止めると、彼は私の前を塞ぐようにしてショールで隠した顔を覗き込む。

「私はね、強い女の子に興味があるんだ」

赤い金髪の少年がニコリと微笑む。

「君を直接助けた彼に言わせると、君って助けがいらなかったくらい強いらしいね？　そんな子が男の子みたいな格好をして、こんな裏路地に入る理由は何かな？」

金髪の少年は純粋に私を助けようとしたみたいだけど、こちらの少年は私を怪しんで接触してきたようだ。

「どうしたの？　ミハイル」

「なんでもないよ、エル。どうもこの子とは他人とは思えなくてね」

「へぇ……そういえば、髪の色は分からないけど、ミハイルと、なんとなく雰囲気が似ている気がするね」

そんな金髪の少年――エルの言葉を聞いて興味を引かれたのか、フェルドや無関心だったフードの女性も近づいてくる。

「…………」

厄介だな……。無理に突破をしようとすればこれからの仕事に支障が出る。

そして疑いに確証を持たれたら最後、フェルドはもちろん後ろにいるフードの女性からも、逃げるのに困難と思えるほどの力量を感じた。

フェルドには恩義がある。フェルドの敵になるつもりはないけれど、彼の周りの人間すべてに気を許す気もない。できれば穏便にここから離脱する方法はないかと模索していると、フェルドが私の気も知らずに気軽な感じでまた話しかけてきた。

「お前さん、まだ若いが冒険者だろ？　服もそうだが装備も傷んでいるから、直したほうがいいんじゃないか？」

「……うん。王都にあるドワーフの防具屋を探している」

冒険者の認識票《タグ》もそうだけど、防具類は師匠が使っていた百年前のものをそのまま使っているので、革や金属部分はともかく布の部分は限界だった。

すぐに修理をしなければいけないほどじゃないけど、せっかくフェルドが丁度いい話題を振ってくれたので利用させてもらう。どちらにしても余裕があればガルバスの弟の店に行くつもりだったから嘘じゃない。

でも、王都にあるドワーフの防具屋と言うだけで私も詳細は知らない。以前武器を買った鍛冶屋から紹介されて探しているという、理由をつけて彼らから離れようとすると、それまで一言も発していなかったフードの女性が突然口を開いた。

「ドワーフの防具屋なら、私が知っているわ」

そう言いながらフードを取って顔を見せたその人は、柔らかそうな栗色の髪をした、ドワーフとは仲が悪いと言われている森エルフの女性だった。

彼らの会話から推測すると、フェルドと森エルフの女性は、貴族の少年たちがお忍びで街に出るための護衛をしているらしい。

まぁ、見るからにそうだろうとは思っていたけど、何故か私は、その少年二人にフェルドとエルフ女性まで交えて、全員でドワーフの営む防具屋に向かうことになった。

どうしてそういう事になったのか、本気で意味が分からない。適当なことを言って途中で離脱すればいいかと考えたが、あの赤い金髪の少年――ミハイルが妙に私に絡んできた。

そのせいでもう一人の少年、エルも私に興味を持ったのか、少年二人に挟まれるような形で街を歩く破目になった。

身なりも見た目も良い、そんな二人に挟まれることで目立ちたくないのに目立ってしまう。

「君は寡黙だね。何を警戒しているのかな？」

「……これだけ〝人〟がいればね」

「へぇ……君は分かるんだ？」

無理に彼らから逃げ出せない理由は、彼らだけでなく、その他にも人混みに紛れるように、彼らを護る数人の護衛がいたからだ。

彼らが貴族なら、その護衛に就くのはセラの組織のような人たちかと考えて警戒していたが、彼らの護衛には、足音さえ消せないような、重い鎧や武器で戦うタイプの人たちが就いていた。

おそらくは騎士か兵士だろうか。組織のような本職の護衛を付けない理由は分からないが、それで

フェルドのような人たちが表向きの護衛をしているのかもしれない。

とにかく、そんな少年たちから無理に逃げるという行為は、自分から怪しいと言っているようなものだ。

「ミハイル、彼と何を話しているんだい？　君が他人にそんなに興味を持つなんて珍しいね」

「さっきも言っただろ？　どうも他人とは思えなくてね」

「………………」

ミハイルが何を考えているのか分からないけど、エルは私と彼が似ていると言った。

印象なんてその時の感覚で変わってくるから当てにならないが、ミハイルが他人と思えないと言った理由は、実を言うと私も少しだけ理解できた。

ミハイルとエルは友人関係のようだが、他人との関係に一線を引いているような〝距離感〟を感じて、そんな他者との距離感が私と何処か似ている気がしたのだ。

エルは私が女だと気づいていないようだけど、それに気づいたミハイルは私を警戒して正体を探っているように感じた。私たちのすぐ後をついてくる二人も、フェルドは気にもしていないだろうが、エルフの女性は観察でもするようにジロジロと私を見ていたので、彼女も私が女だと気づいているのかもしれない。

「ねぇ、君のような若い人が冒険者だと、どんな仕事をしているの？」

微妙な空気を気にもせずエルが笑顔で話しかけてくる。別に答える義理もないけど、ミハイルの面白がるような視線が気になり、仕方なく口を開く。

「ゴブリン狩りと薬素材の採取」

「ゴブリンかぁ……僕も戦ってみたいけど、無理かなぁ？」

おそらく実力の話ではなく、立場的に戦えないのだろう。だけど私はそんなことには気づかない振りをして、単純に戦闘面での話でまとめた。

「誰でも関係ない。殺す気があれば殺せるはずだ」

戦いなんて突き詰めれば、相手を躊躇なく殺せるかどうかだ。

どれだけ強くても、どれほど力で圧倒できても、相手を殺す覚悟が無ければ、それは〝弱さ〟になる。命を懸けた戦いで相手を殺さないのは、私から言わせればただの〝驕《おご》り〟だ。

「へぇ……」

ミハイルの面白がるような声が聞こえて視線を向けると、彼やエルだけでなく、フェルドやエルフの女性さえも、不思議そうな顔でジッと私を見つめていた。

少し……喋りすぎたか。


それからまた微妙な空気になったが、幸いなことにさほど時間もかからず目的地であるドワーフの防具屋に到着した。

その店は、表通りから離れた、庶民向けの服装店や雑貨屋などがある通りにあり、白い石と漆喰で出来た普通の民家のドアに看板だけが付いているような店で、知らずに通ったら店だと気づかなかったかもしれない。

ドワーフの防具屋と言っても、そんな人は王都ならそれなりにいるだろう。この店の店主がガルバスの弟とは限らないが、同じ仕事をしているドワーフなら『変人の防具屋』を知っている可能性もある。

「へぇ……」

こういう類の店は初めてなのか、お坊ちゃまのエルやミハイルは珍しそうに小さな店の外観を眺めていたが、それとは対照的に何故か遠い目になっている森エルフが妙に印象的だった。

その店に馴染みのあるらしい彼女がドアを開け、その後に続いて入っていくと、店内には随分と軽装な……まるで踊り子の衣装にしか見えないような、女性向けの装備が並んでいた。

でもただの服じゃない……これは、『鎧』だ。

金属製の鎧も革製の鎧も、稀少金属や魔物の皮を使っているのか魔力を秘めた物が多く、防犯的に大丈夫なのだろうかと他人事ながら心配になった。

「ゲルフ、いる?」

エルフ女性が店の奥に声をかけると、数秒後、奥から中年のドワーフらしき力強く野太い、男性の声が聞こえてくる。

「あ～ら、ミラちゃんじゃない。こんな可愛い子たちを連れて、どうしたのかしらん?」

変人の防具屋

一目見て理解した。胸元が大きく開いた革の上下を着て、女性らしい仕草でポーズをとっているこのドワーフが、私に武器をくれたガルバスの『変人の弟』だ。

ゲルフは女性的な内面を持つ男性だった。私自身は初めて見るが、そういう人がいることはあの女の〝知識〟で知っている。

ミラというエルフは知っていてもフェルドは知らなかったのか、エルやミハイル同様、何故か硬直している彼らの間を抜けて前に出た私は、左手の手甲を外してカウンターの上に置いた。

「古い物だけど、直る？」

「あら、カワイコちゃん、あなた随分と珍しい物を持っているのね。あまり見たことのない魔物革だけど……なんの魔物だったかしら？」

「ブーツはナイトストーカーと聞いたが、手甲は分からない。強度と弾性が違うから別の魔物だと思うけど、革はよくても他の部分がダメになってきている」

「すっご〜いっ、西方にいる、かなり珍しい魔物よ、それ。でも、革の部分も手入れをしないとダメよ？　大気の水分と魔力で再生すると言っても限度があるわ。私が直してもいいけど……ちょっとお願いがあるから、奥に来てくれるかしら？」

「うん？　分かった」

「ちょ、ちょっと待って！」

ゲルフに手を引かれて奥に向かおうとした私の反対側の手を、ミハイルが慌てたように掴んで止めた。

「……なに？」

「なにって……君はその……彼？　を見ても、なんとも思わないのかっ⁉」

ミハイルは正体不明の私を警戒して疑っていたはずだ。それなのにどうして、私の手を掴んでまで連れていかれるのを止めて、そんなに慌てているのだろうか？

「ゲルフの格好のことを言っているのなら、『そんな人』がいることは〝知識〟で知っている。知っているのなら、特に意識する意味はないでしょ？」

そんなことを私が言うと、フェルドとエルフのミラが驚いたように目を見開いた。ミハイルのような言葉は言われ慣れているのか、そんな私たちの様子を面白そうに見守っていたゲルフは、私の言葉に感心したような声を漏らす。

「あなた、可愛いのに漢前《おとこまえ》ねぇ……」

その時、ポンッと、疑問が晴れたような顔でエルが手を叩いた。

「ああ、なるほど。ミハイル、君は彼のことが気になって、心配していたから、色々と話しかけていたんだね」

そんな言葉を言われると、今まで余裕のある笑みを浮かべていたミハイルが、まるで子どものようにふて腐れた顔をする。

「……悪いか？　危険な場所に入り込んでいくような、危なっかしい奴、放っておけないだろ」

「…………」

なんだろう？　今までの色々と私を探るような言動は、もしかしたら本当に私を心配していたの？自分でも気づかないうちに、危なっかしい言動があったのかもしれないけど……面倒くさい男だな。ハッキリと言えばいいのに。

「あらあら、心配しなくても、あなたの『お姫様』をどこかへ連れ去ったりしないわ。私は防具屋よ。ちょっと着てほしい防具があるだけだから、ちょっと待っててちょうだいね」

長い睫毛《まつげ》でバサッと片目を瞑《つむ》るゲルフにミハイルが硬直し、その隙に店の奥に引きずり込まれた私の耳に、エルやフェルドの呟きが重なるように届いた。

「「……お姫様？」」

強引に引き込まれはしたけど、私がそれに逆らわなかったのは、奇妙な話だが、男性のゲルフから〝母性〟のようなものを感じたせいかも……。

「本当に肝が据わった子ね。ミラちゃんでさえ、私と初めて会った時は涙目で顔を引きつらせていたのに、ガルバスが気に入るはずね」

「……どうして分かったの？」

ガルバスには行ってみろとは言われていたが、私はそれを話していない。

「その腰のナイフ、ガルバスが昔作った奴でしょ？　本人は気に入らなかったみたいだけど、かなり思い入れはあるはずよ。それを貰ったということは、かなり気に入られている証拠だと思うわ」

「一応は……買った」

まだ代金を払えてないけど。

「同じことよ。気に入らなければ売ってもくれないわ。まぁ、そんなわけで、気合いを入れて頑張っちゃうわよっ」

「…………なにを？」

＊＊＊

「……ま、まぁ、大丈夫ですよ。変人ですが、悪い人じゃありませんので」

そんなフォローにならないフォローをするエルフのミラ。

どうやら冒険者ランクの低い時代から世話になっている防具屋らしいが、そんな冷や汗を拭いながら言われても説得力がないと、ミハイルは顔を顰めた。

戦士のフェルドと精霊使いのミラは、ミハイルが王太子の護衛として祖父に紹介してもらった、冒険者パーティー『虹色の剣』のメンバーだ。

祖父が若い頃から交友がある高名な冒険者パーティーで、リーダーのドワーフとエルフのミラ以外のメンバーは何度か入れ替わったが、その実績と信用から、メルローズ家でも何度か依頼を受けてもらっていた。

現在は数年前に魔術師が引退したことで四人になり、本格的な活動は休止状態になっているが、新しい魔術師を探している斥候以外の三人は、単独では効率が悪いとして一年ほど前から再び行動を共にしている。

そして今回は、街の中の護衛ということで、リーダーのドワーフを抜かしたこの二人が護衛を担当することになった。

今回の市井見学は、王太子エルヴァン・フォン・クレイデールが望んだことで始まったが、それが実現できたのは、元子爵令嬢である正妃に似てどこか緊張感の足りないエルヴァンに〝現実〟を見せたかった、ミハイルのお膳立てがあったからだ。

ミハイルとエルヴァンは友人ではあるが、貴族としての思惑は違う。ミハイルはエルヴァンが次代の王に相応しい存在か見極めようとしていた。

ミハイルは基本的に他者を信用していない。家族は信用しているが信頼に値するのは祖父と父だけだと考えている。貴族としての信頼はまた別になるが、もしエルヴァンから将来仕えるに値する信頼を得られないと分かったら、ミハイルはエルヴァンを切り捨て、まだ幼い第二王子か、生粋の上位貴族の血を引く第一王女を盛り立てるのもやむ無しとまで考えていた。

そんな考えで始まった市井見学だが、その途中ミハイルは〝彼女〟と出逢った。

人混みに紛れて目立たない。けれど、何故か目を引かれた。

ミハイルは幼い頃、ミハイルが産まれる前に家から出たという〝叔母〟の姿絵を見るのが好きだった。凛《りん》とした雰囲気を持ちながら優しげな笑みを浮かべた美しい女性《ひと》で、それはミハイルにとって初恋に近い感情だったのかもしれない。

男装をしていたが一目で女性だと分かった。姿絵の女性と似た雰囲気を持っていたので、見た瞬間に目を引かれた。

ミハイルが思わずその姿を目で追っていると、冒険者のフェルドも別の理由で彼女に気づいて、〝彼〟が街のチンピラに狙われていると教えてくれた。

ミハイルよりも歳は下に見えるが、まだ若いのにそれなりに実力があるらしく、放っておいても問題はないと思うがどうするかと訊ねられた。

普段のミハイルならそれでも無視をしていたと思うが、一瞬だけミハイルが躊躇ったその隙に温室育ちのエルヴァンが〝彼〟を助けようと言ったことで、ミハイルは〝彼女〟に関わることになってしまった。

朴念仁《ぼくねんじん》のフェルドやエルヴァンは彼女の性別に気づいていなかったが、ミハイルは彼女の、まるで常識の足りない〝子ども〟のような警戒心の無さに苛つきを覚えた。

どうして自分が人目を引く容姿をしていることに気づかないのか？　そのせいで無用な厄介ごとす

ら引き寄せている彼女に、ミハイルは他人と一線を引いているはずの自分が、どうしてここまで心を乱されなくてはいけないのか理解できず、助けたはずの少女に無用な嫌みさえ言ってしまった。

それをエルヴァンに指摘されてふて腐れ、身体の成長と共に忘れていた自分の子どもの部分に気づかされ、愕然としているうちに彼女は変人に連れ去られた。


「ハァ〜イ、お待たせぇん♪」

変人ドワーフのゲルフが戻ってきた。紳士の矜持《きょうじ》として覗き見のような真似はできなかったが、彼女は無事かと目を向けると……。

「うわっ、さすがゲルフね……」

おそらく予想していたのかミラの声だけが聞こえたが、ミハイルを含めた男たちは誰もが驚いたように声を出せなかった。

「ゲルフ……少し動きにくい」

「あなたには、まだ大きかったかしら？」

彼女の格好がこれまでとまるで違っていた。革のショートブーツに膝丈スカートの革のドレスを身に纏う彼女の、袖のない肩口から出ている二の腕や、スカートから覗く白いふくらはぎが眩しく見えて、ミハイルは気恥ずかしさから思わず視線を逸らした。

それでも一番目を引いたのは、彼女の顔立ちだろうか。

顔を隠していた無粋なショールが外され、汚していた灰が消えた髪は解かれて肩にかかり、輝くような〝桃色がかった金髪〟と鮮やかな翡翠色の瞳は、ミハイルが憧れ、初恋じみた想いを抱いた姿絵の女性によく似ていた。

「お前さん……女だったのか」

そんなフェルドの空気が読めない台詞よりも、その隣で顔を赤くして見つめているエルヴァンの態度に、ミハイルは何故か苛ついた。

＊＊＊

「以前作った、仮縫い用の試作品だけど、簡単な手直しで寸法を合わせられて良かったわ。とりあえず、防具の修理が済むまでそれを使って、次に来るとき着心地を教えてね」

「……うん」

どうやらこの着替えさせられたこの服装は、防具の修理が済むまでの代用品として貸してくれるみたい。……でも、どうして手甲とブーツの代替えに、全身装備になるのか理解できない。しかも私の髪の灰が幻術だと一目で見破られ、解除して髪まで梳《す》かされた。

「それ、本来なら私が着るはずだったのだけど、形状と機能を優先しすぎて、私だと着られなくなっちゃったのよね」

ドワーフなのに、こんな薄くてヒラヒラしたものを着たかったのか……。

でも、仮縫い用だと言っていたが、この装備はちゃんと本物の革を使っているらしく、薄くてもそれなりに防御力はあり、ある程度の柔らかさと伸縮性まで兼ね備えていた。

「……それと、これを持っていきなさい。ちゃんと穿《は》くのよ？　絶対よっ!?」

「うん」

最後にゲルフが、ひらひらとした布類が置いてある棚から、何かを引っ掴んで私の手に握らせた。

なんだろう……着替えたときに頭を抱えていたけど、関係あるのかな？　それよりも、この格好って普通の革だから目立たないと言われたけど、これって本当に目立たないの？

これから仕事をする上で目立つ格好はしたくはなかった。そのために男装をしてきたけど、ゲルフが言うには、もうそろそろ私の身体は男装では誤魔化せなくなるらしい。

それなら、男装ではなく外套などで身体を隠して年齢や性別そのものを曖昧にして、装備は機能を優先するのがいいと説得され、最近の女性冒険者なら普通の格好だと言われたけど……フェルドたちが唖然とした顔で私を見ているので、なんとなく不安になる。

この黒いナイフをくれたガルバスと同じようなことをしてくれているはずなのに、素直にお礼を言うのに若干抵抗があるのはそのせいだろうか。

「お前さん……女だったのか」

さすがにこの格好だと女と分かるのか、フェルドからそんな微妙な感想を貰ったが、そんなどうでもよさそうな感想に、何故か少しだけモヤモヤとした気分になる。

空気が微妙になったし、このまま退散しよう。この装備と預けた装備のことは修理が終わった時にでもゲルフに聞けばいい。

このままだとまた流れで冒険者ギルドまでついてきそうだから、最初に外に出て、近くにいた騎士らしき人に彼らはまだ中にいると背後を指さしてから、そのまま人の流れに溶け込むように姿を消すと、遠くで私を捜すような声が聞こえた。

それから別れ際にゲルフから持たされた物を確認すると、入っていたのは、あの女の〝知識〟にあったような、脇で縛る形状の小さな綿の下着だった。

本来ならここから冒険者ギルドに寄って、ターゲットである『暁の傭兵』の情報を調べようかと思っていたけど、フェルドたちがギルドに寄る可能性もあるので数日は行かないほうがいい。

それでも情報が手に入らないわけじゃない。私が日程を短縮したせいで連絡員が王都にまで辿り着いていない可能性がある。だが、それが連絡員ではなく、ある程度実力のある〝監視員〟なら、私と同じ道を使った可能性があった。

その日は何もなかった。でも、次の日も前日と同じく、王都にある大聖堂の近くにある裏道で、暇を潰すように塀の上に座り適度に隠密を使って一般人の目を誤魔化していると、一刻ほど経って少し離れた木の〝影〟から声が聞こえてきた。

『――〝灰かぶり〟、お前に聞きたいことがある』

「…………」

やはりギルドの人間が接触してきた。でも、『情報がある』ではなく、『聞きたいことがある』とはどういうことだろうか?

私は腰掛けていた塀の上から飛び降りて、声が聞こえた方角とは反対のほうへ歩き出す。

『……おい』

先ほどの声がまた違う闇の中から私を呼び止めるが、私は足を止めるつもりはない。

「姿を見せない奴とする話はない」

『…………』

そう呟いた私の言葉に監視員は黙り込み、その数秒後、前方にある薄暗い路地から、長い黒髪を靡《なび》かせた猫獣人の女性が現れた。

「聞きたいことがある。〝灰かぶり〟……お前は、ガイに何をした？」

「…………」

まさか……『影使いラーダ』か。

影使いラーダ

▼影使いラーダ　種族：獣人族（猫種）♀

【魔力値：233／235】【体力値：240／240】

【総合戦闘力：855（身体強化中：1017）】

……おそらくはこいつが『影使いラーダ』だ。

私は、あの暗殺者ギルド北辺境地区支部にいた人間は、たとえ隠れていても大まかな気配の〝癖〟はだいたい覚えている。

隠密というものは、隠れるためのものではなく見つからないためのものだ。たとえ完璧に隠れていようとも、そこに『必ず在《い》る』と分かっていれば、それは違和感となり、完璧すぎればそこに〝癖〟が生まれ、その癖さえ覚えてしまえば隠密を見破ることも可能になる。

あの中で、存在が分かっていながら気配を見付けられなかったのは、影使いラーダだけだった。それらの情報と異名からの特徴から察すると、私の記憶にないこいつが『影使いラーダ』ということになる。睨むように見つめるラーダの問いに、私は感情を心の奥に沈めて、微かに首を傾げた。

「ガイ？　ディーノにも聞かれたけど、仕事でギルドを離れていた私が知るはずないでしょう？」

ガイは初心者狩りと一緒に死体も残さず処分した。ガイを始末した証拠は何もないはずだが、どうしてラーダは私を疑うのか。

「キーラが、お前を襲うようにガイに依頼をしたと言っていた。あいつはお前の所に現れたのではないのか？」

猫獣人特有の鋭い眼光と威圧が私を射貫く。一瞬跳ね上がりそうになる心臓の鼓動を、さらに心を沈め、顔色一つ変えずに目を細めてラーダを見つめ返した。

「妙な言い掛かりは止めてもらおう。もし彼が来たとしても、ダンジョンで魔物に倒されたのかもしれないでしょ」

まさか、暗殺者ギルドの構成員《メンバー》同士で、そんなに強い横の繋がりがあるとは思わなかった。それにあのキーラが自分の不利となる情報を他人に話すとは驚きだが、ラーダにになら話してもいい〝理由〟があるのか……。

「……ガイがそこらの魔物程度に後れを取るものかっ。あの子は真正面からの戦闘なら、私とも互角に戦える力を持っていた。……ガイが負けるはずがない。誰かの薄汚い罠に嵌められでもしないかぎりな……っ！」

その瞬間、ラーダの全身から殺気混じりの闇色の魔素が迸り、私もそれと同時に魔力を漲らせて、手の平の影を媒介に投擲用の暗器を取り出した。

私とラーダの殺気がぶつかり合い、周囲の小さな生き物たちの気配が散るように消える。

こんな昼間の街中で殺《や》り合うつもり？　思考を加速して私が幾つかの戦闘パターンを構築していると、ラーダは自分の殺気を押さえつけるように私の足下に紙の束を投げつけた。

「……話は仕事が終わってからだ。それには暁の傭兵を追っていた、もう一人の連絡員が調べた情報が記してある。お前程度が〝ランク４〟の冒険者相手にどれだけ健闘できるか見せてもらおう」

吐き捨てるようにそう言ったラーダは、私に背を見せないように下がりはじめた。

「……ガイはあなたの〝なに〟？」

その姿が消える前に私がそう問うと、ラーダは一瞬だけ怒りに満ちた瞳を私に向け、路地の闇に消えながら最後に呟きを残した。

「大事な……〝弟〟だ」

＊＊＊

ラーダとガイは、北方にある小さな町の孤児院で育った。

ラーダの両親は共に獣人族の冒険者で、一山当てようと獣人国から出てきた二人は何度もダンジョンに潜り、ある日、幼いラーダを残して帰らぬ人となった。

人族の国であるクレイデール王国にも亜人はそれなりにいるが、やはり辺境では微妙な偏見があり、正規の職業に就いている者は多くない。残されたラーダを孤児院に入れたのは、両親の知り合いだった冒険者だったが、正規の国民でもない獣人族であるラーダが、孤児院に入れただけでも幸運だった。

それでも人族の子どもたちと馴染めず、孤独だったラーダが五歳のとき、クルス人の赤子が孤児院に送られてきた。

肌の色が違うクルス人でも差別されることは稀だが、それはあくまで大人同士の話で、知識のない子どもの場合、自分たちと違うものを残酷なまでに排除する。

赤ん坊の世話は、年上の孤児たちが交代で見ることになっていたが、孤児たちは『ガイ』と名付けられた、その赤ん坊の世話をすることを嫌がり、まだ五歳だったラーダに押しつけた。

『黒い赤ん坊の世話は、〝黒ネコ〟のお前がやればいい』

黒い瞳に黒い髪。孤児院にいるたった一人の獣人族であることから『黒ネコ』と揶揄《やゆ》され、心ない言葉と共に押し付けられたラーダだったが、何をすればいいのか分からずに途方に暮れて差し出したラーダの手を、ガイが小さな手で握って笑ったことで幼い彼女は決意する。

『この子は……私が守る』

拙《つたな》い指先でおしめを替えて、山羊の乳を根気よく与え、他の孤児や寒さから必死に守ってくれたラーダを、ガイは姉として慕うようになり、ラーダもガイを弟として慈しんだ。

二人は互いの孤独を癒すように求め合い、ラーダとガイが十二歳と八歳になったとき、二人は異物に冷たい孤児院から食料と金銭を盗んで逃げ出した。

『ガイ、この国の人間が、私たちを『黒』と言うのなら、私たちは『影』に生きよう』

『うん、ラーダ。俺たちの力を見せてやろう』

ラーダは冒険者であった両親から戦闘と闇魔術の手ほどきを受けており、ガイもクルス人特有の身体能力の高さで、瞬く間に実力を付けていった。

二人はスラム街に身を隠し、月のない夜に酔っ払いや老人などを襲っては殺害し、命とわずかな金品を奪い取った。その行為は当然、現地の盗賊ギルドの怒りを買うことになったが、盗賊ギルドが見付ける前に二人を発見して声を掛けてきたのは、暗殺者ギルドの人間だった。

――それから数年が経ち、ラーダは猫獣人特有の隠密系能力と闇魔術の才能により『影使い』と呼ばれるまでの使い手となり、ガイは評価こそランク3に収まったが、対人戦ではギルド内でも一目置かれるほどの戦士となった。

そんなガイが、ある日、新人の子どもを追って出て行ったまま帰ってこなかった。

暗殺者ギルドでは任務に数ヶ月掛かることも珍しくない。ラーダも心配はしても不安を感じてはいなかったが、そんなラーダに珍しくキーラが話しかけてきた。

ラーダとキーラは仲が良いわけではない。性格の違いから会話すら数えるほどしかなかったはずだが、キーラは自分がガイに、新人の子どもを痛めつけるように依頼をしたと打ち明けてきた。

『ねぇ、ラーダ。そんな簡単な仕事で、ガイがこんなに時間をかけるなんて、おかしいとは思わない？』

その言葉を聞いてラーダは察した。おそらくキーラはラーダとガイの関係を知って、ラーダの害意をその子どもに向けさせようとしているのだろう。

その子どもとキーラが諍いを起こしたことは知っている。そんなくだらないことに巻き込んだキーラにも怒りを感じたが、ラーダはガイのことを優先し、ギルド内で問題を起こすのを避けて、その子どもがいるはずの王都へ赴く連絡員を買ってでた。

今回の連絡員は、その新人が逃げ出したり捕まるようなヘマをするなら、その時に始末をする役目の『監視員』を兼ねている。

そして実際に王都でその新人と会い、その子どもとは思えない異様な胆力と戦闘力……そしてなにより、その氷のような冷たい瞳に『こいつならガイを殺せる』──いや、『こいつが殺した』のだと確信した。

「灰かぶり……っ、お前は私の手で嬲《なぶ》り殺しにしてやる」

＊＊＊

「…………」

弟……か。何かの比喩的な表現だろうか？　私はラーダが消えた『影』からその存在が完全に消えたと感じて、ようやく大きく息を吐く。

疑いは持たれたままだけど……まぁいい。あの短いやり取りで、ラーダは大量の情報を私にもたらしてくれた。

連絡員は、暁の傭兵を追跡している者が一人、そしてギルドから派遣されてきたのがラーダだ。

義理の姉弟にしろ、王都にまで私を追ってきて、殺そうと考えるほどラーダがガイを大切に思っているのなら、それは重要な情報になる。

ラーダは強い。それでも怒りに我を忘れたら、どれだけ強くても隙が生まれる。理由が分かれば、どれだけの怒りを抱えているのか目安にもなるだろう。弱い奴は怯えさせる。強い奴は怒らせるのが、隙を作る常套手段だ。

何気ない言葉だが、『ランク4の冒険者』とラーダが強調したのは、ラーダ自身のランクが4だからだと考えた。

鑑定で見たラーダの魔力と戦闘力、そしてランク4でありながら、ランク3のガイと近接戦は互角だという言葉が本当なら、ラーダのランク4相当の実力は、《闇魔術》によるものだろう。

しかもラーダは失敗をした。私が子どもだと侮ったのか、冷静を装っていても怒りに我を忘れていたのか、『影から現れ』『影に消える』という闇魔術の発動を、魔素が色で視える私の前で見せてしまった。

その感覚からすると、影の中から他の影へ移動できるみたいだが、短距離でもレベル的には空間転移ではあり得ないので、おそらくは私の、身体の闇を媒介とする空間収納に近い技術だと推測する。

全身を闇の魔素で包み込み、影から繋がった影か、魔力で繋げた影にのみ『移動』を可能とするのだろう。闇の魔素で隔離した空間は真空のようなもので生物は生存できないが、おそらくは、人が水に潜るように数秒ならばそれが可能なのだ。

だが、この『影渡り』には欠点がある。水に潜るように闇に隠れているのなら、数秒以上の時間、身を隠している場合、必ず闇の隔離空間に〝穴〟を空けているはずだ。

そして、今回の邂逅で一番重要な情報は、ラーダを認識できたことだ。

ラーダの隠密技術は私を超えているので、その気配を完璧に把握することは出来なかったが、少なくとも影に出入りするときの〝違和感〟を感じ取れた。

私が気配である程度なら人物を特定できるようになったように、格好が変わって髪の灰を消した私をラーダが特定できたのは、彼女も私の気配を覚えているのだろう。

ラーダは私を特定できて、私はラーダの違和感しか分からないのは、私が不利なようにも思えるが、私がそれを知っていることが〝強み〟となる。

闇魔術師同士の戦いは、『騙し合い』と『化かし合い』だ。その戦闘に於いて戦闘力はさほど重要ではなく、必要なのは相手の心理状態と手の内の情報を把握する洞察力と観察力だ。

私にとって『影使いラーダ』は相性的に最悪の相手だった。暗殺者ギルドに裏切りがバレて、敵対した場合、気配の読めないラーダが残っているだけで、私の生存確率は激減する。

だからこそ、ここに来た連絡員がラーダで本当に良かった。

……ラーダ。同じ闇魔術使いとして、お前を倒して私は強くなる。

「お前は死んで、私の〝糧〟になれ」

ダンジョンのある街

ラーダと別れた私は、今回の暗殺対象がいるという、大規模ダンジョンがある王家直轄地の一つへ向かうことにした。

とは言っても、ラーダはどこかから私を監視しているはず。ラーダから貰った情報が正確とは限らないが、もしラーダが自分に都合が良いように改竄《かいざん》していたとしても、私はそれを細かく確認するつもりはない。

もう一人連絡員がいるはずなのでラーダも酷い改竄はできないと思うし、そもそも数日調べた程度で判明するような改竄をするほど愚かでもないだろう。

そしてなにより、それがラーダにとって都合の良いことなら、ラーダもその情報に沿って動くことになり、ラーダの行動を私に教える結果になるからだ。

その旅で必要になる塩や香辛料を買い込み、複数の錬金術師の店や露店で足りない薬品の素材を購入する。そのついでに魔物素材で作られた外套も一着購入することにした。

魔物の素材で作られた防具は、師匠から貰ったブーツや手甲のように、装備者の魔力と大気の水分で微細な傷は再生する。この再生量は魔物のランクに影響されるそうで、低級魔物の素材で作られた外套では大した効果は望めないが、それでも普通の布や革製に比べたら格段に熱や寒さを防いでくれるらしい。


「ゲルフ、安めの外套を一着売ってほしい」

「……私の店で、デザインを無視して安い物をくれって言う客は、あなたくらいよ」

フェルドたちと遭遇してから二日後、私は再びドワーフの防具屋を訪れていた。

二日時間を置いたのは、フェルドたちと再び会うのを回避したためだ。フェルドにはもう一度会いたい気持ちもあったが、私を妙な目付きで見てくる貴族の少年たちと関わるのは避けたかった。

「まあいいわ。適当な値段で、あなたに合う物を私が選んで、あ・げ・る」

ゲルフは巨大な付け睫毛をバチンと鳴らすように片目を瞑り、私は静かに頷いて装備の代替えに貸してもらった革製のスカートを指で摘まむ。

「装備の修理は終わってる？　出来ているのなら着替えていきたいけど」

「あなた、全然動じないわね……。装備の修理は終わっているけど、その装備は気に入らなかった？　魔物革ではないけど手は抜いていないわよ」

何故か溜息をついているゲルフに私は首を横に振る。

「ううん、薄いし軽いし着心地もいい。多少見られることも多くなったけど、ショールを首に捲けばそれほどでもない」

「結局、頭も灰まみれに戻したのね……。幻術でやっているのなら、うっすらと被せて艶を抑える程度にしないと、余計に目立つわよ？」

「なるほど、やってみる」

「それで、どうして着替えたいの？」

「ん？　装備の修理が終わるまでの代替え装備じゃなかったの？」

ブーツと手甲の修理で、どうして全身着替える必要があったのか不思議だったけど、ゲルフはこの装備を私にくれるつもりだったの？

いくらガルバスの紹介とはいえ、そこまでしてもらう義理はないはずだが、どうしてそこまで良くしてくれるのか、ゲルフが理由を教えてくれた。

「私が装備を作っているのは、カワイイ装備を着るためよっ。でも、ちょっぴり太めの私では可愛く着こなせないのっ！　だから、私の代わりに着てくれる可愛い子を、ずっと探していたのよっ！」

「……わかった」

言葉は分かったが、意味は分からない。正直に言ってその情熱は理解できなかったが、ゲルフにとっては大事なことなのだろう。あの女の〝知識〟でも『可愛い』のカテゴリーが広すぎてよく分からないけど、ゲルフの作る物なら性能面で問題はないと考えた。

ならばせめてお金を払おうと思ったが、ガルバスと同じで金貨一枚しか受け取ってくれなかった。

これでは外套代にしかならないはずだけど。

「お金はあなたが成長してからでいいから、今は受け取っておきなさい。それからまた、ちゃんと顔を見せるのよ？　あなたにはまだ着せたい物が沢山あるんだから」

「……ありがと」

代替え品のブーツだけは返して修理が終わったブーツと手甲を装着する。ブーツも手甲もこれまでとは別物のように装着感が良くなっていたので、これならダンジョンでも存分に動けるだろう。

それと同時に、手甲を付ける腕の内側部分には、とあるギミックを仕込んでもらっていた。

……うん。使えそうだ。

「……さて」

ゲルフのお店から出て、王都の街並みの中から遠くに見える高い城を瞳に映す。

あそこにはエレーナがいるのだろうか？　あの王宮で、彼女を利用しようとする勢力と、たった一人で闘っているのだろうか？

エレーナは一度だけ誰が相手であろうと私の味方をすると約束してくれた。だけど、まだその時ではない。私はまだ彼女の『敵』を殺せるほど強くはないからだ。

それに、たかがこの程度のことで、彼女を頼るつもりもない。

じゃあね……エレーナ。強くなったら会いに行くよ。

暗殺者ギルドからの情報によれば、その大規模ダンジョンのあるエルドの街は、王家直轄地だけど実質はその隣にあるレスター伯爵家が管理しているそうだ。だからというわけでもないが、その街は魔術師ギルドと冒険者ギルドの力が強く、普通の街とは違った雰囲気があるらしい。

この王都からそこに向かうとすると、馬車で宿場町を経由して四日間ほどの行程になる。その程度の距離なら馬車は必要ないので、私を監視しているラーダの目を晦ませられるか試すためにも、森の中を突っ切るルートを選んだ。

王都を出て初日の夜中までは背後に微妙な違和感を覚えていたが、そのまま森を走り抜けると感じなくなったので、たぶんそこでラーダを撒くことができたのだろう。

やはり魔物素材の外套にして良かった。これならラーダの探知能力が優れていても、帯びている魔力である程度は誤魔化せる。

そうして辿り着いたダンジョンのあるエルドの街は、噂通り普通の街とは違った活気に溢れていた。大型ダンジョンがあるから、主産業が魔物素材を使った物が多いのでそう感じるのもあるけど、一番大きい理由は冒険者や魔術師が多いのと、彼らを相手にする店が多いせいだろう。ここでなら多少おかしな行動をしてもあまり目立たないし、王都とは違って騒ぎを起こしても問題にもなりにくい。

私はまず街の露店で野菜の煮物のような安い食事を買い、冒険者ギルドの場所を聞いてそこへ向かう。ダンジョンは街の中心にあり、その入り口の周りには高い壁が建てられ、数人の兵士が人の出入りを制限しながら魔物が外に出ないよう管理をしていた。

街の中にダンジョンがあるのは危険に思えるが、元々発見されたダンジョンの周りに集落が出来ていった感じなので、その辺りに普通の住人はいないらしい。冒険者ギルドもダンジョンの近くにあって、これまでに見た王都以外のどの街のギルドよりも大きかった。

ギルドに着いたのは昼過ぎで、一般的には冒険者が少ない時間帯だったが、扉を開けて中に入るとそれでも十数人の冒険者の姿が見えた。冒険者が多い土地柄のせいか、人の出入りがあった程度で注目されることはなかったが、私のような子どもが訪れたことで、ある程度年齢が上の人たちがわずかに顔を顰めた。

子どもが冒険者をしていることは辺境なら珍しくない。そうしなければ生きていけない理由があり、生きるために冒険者となって、稼ぐために必死でスキルを得て、バランスの悪いスキル構成のせいで死んでいく。

でも、ここにいる大人たちが顔を顰めたのは、そんな子どもを不憫に思ったからではなく、大規模ダンジョンというベテラン冒険者たちの戦場に、私のような子どもが踏み込んできたことを不快に感じたのだろう。

「………………」

彼らから感じる気配から察するにランク3ほどだと思うが、気配や足運びで実力を測れない人が中堅冒険者と言われていることを不思議に感じた。これなら、エレーナを攫《さら》った女盗賊のほうがマシに思えるが、対人戦の経験が少ないランク3だとこんなものなのか……。

そんな微妙な空気を丸ごと無視してギルドの受付に向かい、人が好さそうな職員を選んで声をかけた。

「ダンジョン内の案内を頼める冒険者パーティーは何組いますか？」

私は深い層の案内をできるようなパーティーを探していると伝えると、人が好さそうなおじさん職員は、愛想良く教えてくれる。

「このダンジョンは有名なので、低階層の案内依頼はありますが、深い階層までとなると難しいですね。十階層までならランク3のパーティーでも行けると思いますが、どうします？」

「もっと深い階層は無理ですか？」

「それならランク4はないと難しいですね。現在この街にランク4のパーティーは三組いますが、受けてもらえるかは交渉次第でしょう」

この地にいる冒険者のほとんどは、依頼を受けるのではなくダンジョンに潜りに来ている。

ダンジョンには人間の欲望を刺激する『宝物』があり、それを見つければ一晩で大金貨数百枚を稼ぐことすら可能だけど、そんなものは数年に一度程度で、大部分の冒険者は魔物の素材と魔石を採ってくることで日々の稼ぎとしていた。

このダンジョンが有名なのは、ここがゴブリンやオークのような『獣亜人』が出没するダンジョンだからだ。

ダンジョンは強力な宝物の他にも、金属製の武器などを生み出す場合があり、ダンジョンに生息する獣亜人は、その武器を見つけて所持していることがあるので、それが稼ぎに上乗せされる。

だが、魔物が武器を持てば危険度が跳ね上がる。このダンジョンは稼げるが危ない場所だと認知されており、深い層に潜るような案内だとギルドでは仲介できないそうだ。

とりあえず依頼の相場を聞き、受けてもらえそうなパーティーの名前と予定を教えてもらうと、そのうちの一つが今回のターゲットである『暁の傭兵』で、次の戻りが二日後の予定になっていることを確認した。

二日後か……それならラーダの監視も復活しているだろうから丁度いい。それまでダンジョンの中を確認でもするかと考えていると、ギルドから私を追ってくる気配に気づいた。

話を聞きつけたランク2冒険者辺りの売り込みかな？　それとも私が子どもだと侮って襲いにきたのかも。

どちらにしても面倒だ。売り込みなら私も初めてのダンジョンなので、低階層を案内させるのもありだけど、襲撃ならどうするか……。

気配は弱いのが二つ。それから……かなり強いのが一つ。

私はギルドのある大通りから離れて、裏道の人の居ないほうへ進んでいく。

どこが人のいない地域かわからないが、相手が売り込みでも私を襲ってくる気でも、彼らの用件に都合の良い場所で声を掛けてくるだろう。

「よぉ、〝灰かぶり〟。お前、ダンジョンの案内が欲しいんだろ？　俺たちがしてやるぜ？」

暗くなった路地で声をかけてきたのは二十代前半らしき二人組の冒険者だった。それにしても、ゲルフの忠告で灰の量は減らしたつもりだったが、ここでもそう呼ばれるんだね。

「代金は有り金全部でいいぜ。まぁ、嫌だって言っても、これから強制的にダンジョンに連れていくけどな」

「…………」

なるほど、売り込みと襲撃と両方だったようだ。でも、二人とも戦闘力が100程度しかないのに、そんな実力で案内ができるのだろうか？　と、そんな他人事のような感想が浮かぶ。

だけど、もう一人の強い気配はどこに行った？

「おら、黙ってないでなんとか言えよ、灰かぶりっ」

気配を探っていた私に、最初の男が苛立ったように手を伸ばした。

「邪魔だ」

私は一歩前に踏み出しながら目の前にいる男の顎《あご》を掌底《しょうてい》で打ち抜き、手甲に仕込んだギミックから撃ち出した十五センチほどの矢が、男の顎から脳まで貫通する。

「……え？」

突然崩れ落ちる仲間にもう一人の男が唖然とした声を漏らした瞬間、私はその男から飛び離れるように後ろに下がった。

「────ッ！」

次の瞬間、男の全身が燃えあがるように炎に包まれた。

「……やっぱり、強い子だった」

あまりにも強すぎる火力に男が悲鳴をあげる間もなく崩れ落ち、その背後から軽やかな少女の声が聞こえた。

「ねぇ、よかったら私がダンジョンを案内してあげましょうか？」

危うい少女

真っ白なローブに、真っ黒で波打つような長い髪。

病的なまでに白い肌に、深く沈むような目の隈があるその少女は、人を殺した私を見て、人を殺したとは思えないほど無邪気に笑っていた。

年の頃は私と同じくらいだろうか？　彼女を取り巻く魔素量からすると、私と同じように魔力で身体が成長していると思われる。

彼女のことを一言で表現するなら……『危うい』……だろうか。

「……誰？」

「そんなことはどうでもいいでしょ……と言いたいところだけど、あなたになら教えてあげるわ。カルラって呼んでいいわよ」

▼カルラ　種族：人族♀
【魔力値：375／395】【体力値：31／45】
【総合戦闘力：323】

膨大な魔力値に幼子のような体力値。人間一人を炭にできる魔術の威力と、それをなんとも思わない異常性。……危険だな。私にこいつを殺せるか？　一撃でも当てれば簡単に死にそうな体力値だが、下手に手を出すのは危険だと私の〝勘《かん》〟が訴えていた。

私は生きるために殺すが、カルラは……奇妙な表現だけど『殺すために殺している』ような気がした。

「あなた、やっぱりいいわね……。そこら辺の人間《ゴミ》どもとは違う。私が力を見せつけても、あなたは〝私を殺せるか〟どうかしか考えていない」

「……それが声を掛けてきた理由？」

「そうよ。あなたからは、他の人とは違う〝血の香り〟がしたわ。それとも、あなたも命の大切さとか、そんな言葉を使う人？」

笑顔のままのカルラから異様な圧力が滲み出る。彼女に殺すための理由は必要ないが、私の答え次第では、私を『殺さない理由』がなくなるのだろう。

「どんな理由でも、殺されるほうからしたら同じでしょ？」

「……ふふっ、やっぱりあなたはいいわ。殺したいのに殺したくないって、本で読んだ恋物語みたいで素敵だと思わない？」

やはりそんな感じか。そんな彼女を見て私は、警戒しながらも発動させたままだった身体強化を止める。

「ねぇ、あなたの名前を教えて」

「……アリア」

「アリア……あなたによく似合っているわ。聞いておいてなんだけど、どうして教えてくれる気になったの？」

死んだ男たちの死体から、身元が分かりそうなものを奪ってドブに捨てながら、私は愉しげに笑う彼女に少しだけ視線を向けた。

「私も、お前を殺す理由がないことに気づいた」

そう答えた瞬間、カルラは噎《む》せ返るほど笑い出し、少ない体力値がさらに3ほど減って、その紫色の瞳が爛々と輝いて私を映していた。どういう理屈か知らないが、どうやら私はカルラのお眼鏡にかなったようだ。……少なくとも、すぐに殺すのは勿体ないと感じるくらいには。

そう感じたのは、私も同じだったからだ。

私にはカルラを殺す理由がない。カルラには私を殺さない理由ができた。

異常者で危険な奴だが、何故か私は立派な人たちが並べ立てる万の綺麗事よりも、一つの考え方として理解はできた。それは彼女も同じだったのか、私と接する間合いが最初より半歩ほど近づいている。

「私、これからダンジョンに潜る予定なのよ。今までずっと一人だったけど、アリアとなら一緒に潜ってみたいわ」

「そんな体力でダンジョンに潜れるの？」

私と同じ歳の子どもが一人でダンジョンに潜っていたと言う。ダンジョンは危険な場所だ。隠密スキルを鍛えた斥候職である私でも、不意打ちを受ければ即座に死が見える。

カルラならなおさらだ。隠密スキルがあるようにも見えない彼女が、一人で潜るなど自殺行為としか思えないけど、それが嘘とも思えなかった。

カルラは私やエレーナと同じだ。詰め込まれた力で生きるために必死で足掻いているのだと思った。

私は戦う意味と強くなる理由があり、カルラも命を懸けてまで強くなる理由があったのだ。

「大丈夫よ。私が死んだら、お父様は駒がなくなって顔を顰めるとは思うけど、お母様なら心の底から喜んでくれると思うの」

そんなことを言いながらカルラは朗らかに笑う。

ダンジョンの案内など、最初は私に話しかけるだけの話題の一つだったのだろう。

普通の人から見れば、彼女の言動は信じられず、恐ろしく不快にも感じるはずだ。でも……そのあまりにも自由で自分を偽らない在り方は、綺麗な言葉で、笑顔だけで近づいてきたディーノなんかより、言葉だけは信用できた。

カルラは自分の信念にのみ正直なのだ。

「倒れたら捨てていく」

「もちろんよ。その時はアリアも一緒に死んでくれると嬉しいわ」

「一人で死ね」


そんなことを言い合いながら、私たちは危険だと言われる大規模ダンジョンに、たった二人で挑むことになった。

魔力で成長していると言っても、大人から見れば私たちの外見はまだ子どもだ。そんな二人組がダンジョンに入ろうとすると、警備をしていたまともな兵士は止めようとしたが、詰め所から出てきた騎士がカルラを見て、怯えたように道を空けてくれた。

「失礼よね。人を見て、無差別殺人鬼でも見たような顔をするなんて」

「カルラの家には鏡がないの？」

「お母様がご自分にしか興味がない方だから、捨てるほどあるわ。アリアは綺麗ね……きっと血塗れでも綺麗よ。あなたの血でも、他人の血でも」

カルラは貴族令嬢らしいが、そんな彼女が護衛もなしに彷徨《うろつ》いていられるのは、彼女が実力も権力もある『危険人物』だからだろう。

「ここは獣亜人のダンジョンよ。噂だと百階層はあると言われているけど、公式の攻略階数は五十階層くらいね」

「公式？」

「貴族の金に飽かしたゴリ押しで、とんでもない数の犠牲者を出しながら、最下層まで辿り着いたことがあるそうよ。聞いたことがあるでしょ？　古いダンジョンの最奥には、ダンジョンの精霊がいるって」

「……【加護《ギフト》】か」

その話は聞いたことがある。古いダンジョンの最下層には精霊が宿り、辿り着いた者には褒美として望みの【加護《ギフト》】を与えてくれると。

カルラが単独でダンジョンに潜る理由はそれか。師匠の話では、かなり厄介な制約と共に強い力を得られるそうだ。カルラは病気みたいだが、その加護で身体を癒すつもりなのかもしれない。

「一階層は、ゴブリンやコボルト程度しか出ないわ。ほら、やってきたわよ」

「うん」

言われるまでもなく近づいてくる三体の気配には気づいていた。

「アリア、殺してみせて」

「…………」

花を摘むことを強請るような〝お願い〟に、私が無言で腰から抜いた暗器を投擲すると、真正面から咽に刃を受けた一体のゴブリンが、仰け反るように倒れてそのまま息絶える。

『グギャッ!?』

何が起きたのか理解できずに困惑して立ち止まる残り二体に、私は隠密を使いながら音もなく近づき、ゴブリンたちが気づいた瞬間、黒いナイフと細いナイフで同時に二体の首を斬って、その生を終わらせた。

「やっぱりアリアは綺麗……」

命を刈り取って戻ると、カルラが摘んできた花を愛でるようにうっとりと目を細めた。

「人にばかり働かせるな」

「そうね、次は私がやろうかしら」

次に現れた二体のゴブリンは、カルラが同時に放った【火矢《ファイヤーアロー》】と【風刃《ウィンドカッター》】を食らって息絶える。

二重詠唱《ダブルスペル》か……カルラはレベル3までの魔術を使うと言っていた。彼女が使った魔術はレベル1だったが、あの女が使ってきた魔術とは比べものにならないほどの威力があった。

カルラなら、たとえランク4が相手でも殺してしまえるような、そんな気がした。


カルラは本当に案内をしてくれるつもりのようで、最短コースを選んで三階層までの道まで教えてくれる。

「ねぇアリア。どうして魔物はダンジョンの罠にかからないと思う？」

カルラは意外とお喋りだ。戦闘がなくなると、意味のある話や意味のない話も混ぜて、色々と話しかけてくる。

ダンジョンは魔物であり、迷い込んだ生き物の生命力と魔素を得るために、人や魔物を呼び寄せて殺し合わせるが、古いダンジョンは知恵を得て『罠』を仕掛ける場合があった。

そんな複雑な罠ではない。下の階層に落ちる落とし穴や、触れると天井が崩れてくる壁など、単純な仕組みの罠が多いが、そのぶん規模が大きく致命傷になりやすい。

「魔物は罠にかからないの？」

「そうよ。魔物は何故かかからないの。罠の場所を知っているからじゃなくて、どうやら、罠自体が発動しないみたいなの。だから、ダンジョンである魔物が、そう意図しているのだと言われているわ。だから下手に突っ込んでいかないでね。潰れて死ぬのは綺麗じゃないわ」

「なるほど……」

……面白い情報だ。

「ねぇ、アリア、聞いてくれる？　私には『婚約者サマ』がいて、先日初めてお目にかかることができたのよ」

「へぇ」

また話題が変わった。ダンジョンの話も聞きたかったが、話題を戻してくれるとは思えないので言葉にするのはやめておく。

「気のない返事ね。まぁいいわ。あの方はとても可愛らしかったわ。アリアとは違った意味でのお気に入りね」

「それは気の毒にな」

「そんな非道《ひど》いことはしないわよ？　あの方は虫を殺したことさえあるのかしら？　まるで綺麗なお花畑にいるようなあの方を、いつか汚らしく穢す日が来るのが待ち遠しいわ。あ、でも、結婚するまで我慢はするの。逃げられなくなってからのほうが楽しそうでしょ？」

「相手も楽しいといいいな」

「あら、簡単に死なせたりなんてしないわ。これでも可愛い生き物を飼うのは夢だったの。でも、あの方には私の他にも婚約者がいるのよね。でもいいわ。私はどうせ子どもが出来ないと思うから、世継ぎを産んでもらうまで生かしてあげる」

「そうか」

「でも、これ以上の浮気は許さないわ。私は自分の玩具《おもちゃ》に他人の手垢《てあか》がつくのが嫌いなの。だからね、もしあの方が、私たち婚約者以外の女に目を移したら、その女には、あの方の目の前で死んでもらおうかと思っているの」

「浮気なら仕方ないな」

「ね、そう思うでしょ。その時が楽しみで仕方がないわ」

複数の婚約者か……。もしかしたらカルラはかなり高位な貴族かもしれない。それならエレーナと関わることもあるのだろうか。

……もしカルラがエレーナの敵になるのなら――

「羽目を外しすぎるな。お前を止めるような依頼が来たら面倒だ」

私の言葉に何かを感じたのか、カルラが足を止めて真っ直ぐに私を見る。

「アリアなら、私を止められるというの？」

私を射貫くような真っ直ぐなカルラの瞳。少し寂しげで、少し愉しげな、そんな紫色の瞳に私もカルラをジッと見つめ返した。

「それがカルラの望みなら、殺してあげる」

「……ああ、素敵ね。私、いつか死ぬのなら、アリアに殺されて死にたいわ」

ダンジョンの案内は、カルラの体力が回復魔法や薬でも回復できなくなった時点で終わることになった。実際、カルラの顔色はすでに死体のようで、体力値も10程度しか残っていなかったが、こいつが簡単に死ぬのならカルラの親も悩みはないだろう。

カルラはどうしてここまでしてダンジョンへ潜るのか？　ただ殺したいだけじゃない。自分の命さえ懸けて殺したい何かがいるからこそ、その強さが得られたのだとそう感じた。

ダンジョンから出て夕暮れになった外に出ると、いつものことなのか、カルラの迎えに豪華な黒塗りの馬車が待機していた。

そこで彼女とはお別れになる。馬車から迎えに来る執事に気づいて私が適度な距離を取ると、カルラが無邪気な笑顔を浮かべて、こっそりと囁《ささや》いた。

「ねぇ、アリア。あなた、狙われているみたいね」

「……知っている」

この微かな違和感は……ラーダか。カルラがそれに気づけたのは謎だが、彼女ならそれを不思議とも思わなかった。

「殺すのを手伝ってあげましょうか？」

揶揄するようなその言葉に、私は静かに目を細めて威圧を放つ。

「私の獲物に手を出せば殺す」

カルラの強さはラーダに及ばない。でも、カルラが殺すというのなら殺すのだろう。

「ふふ……それはそれで愉しそうだけど、今はやめておくわ。ではまたね、アリア。私を殺すまで死なないでね」

「…………」

不吉な言葉を残してカルラは黒い馬車に乗り消えていった。

もう少しダンジョンで修行をしたい気持ちはあるけど、監視をしているはずのラーダに手の内を晒す必要はない。

それに《闇魔法》のスキルはそろそろ限界だ。私はラーダを油断させるためにも冒険者ギルド近くに宿を取り、短剣術の基礎鍛錬や精神修行に努め、その二日後――ダンジョンから戻っているはずの『暁の傭兵』に会うために、冒険者ギルドへと足を向けた。

ダンジョンの罠

暁の傭兵は、数日に一度ダンジョンから地上に戻ってくる。

依頼された家族の遺品を持ち逃げして、依頼主である貴族の怒りを買った彼らは、貴族では表に出せない品であるのをいいことに、ほとぼりが冷めるまでダンジョンに逃げることを選んだが、それでも消耗品の補充や身体を休めるために、定期的に地上に戻らなければいけなかった。

定期的に戻ると言っても、周期をギルドに教えてもらっているから分かっているだけで、その日に必ず戻る確証はなかったが、私が冒険者ギルドを覗いてみると、魔石と素材の換金をしているそれらしき冒険者パーティーを見つけた。

三十代前後の男三人に女一人の四人組。その中の赤毛の戦士が戦闘力７００を超えていたので、そいつが『暁の傭兵』リーダーのランク４――ダガートだろう。

▼ダガート　種族：人族♂・戦士ランク４
【魔力値：１５５／１５５】【体力値：３２６／３８０】
【総合戦闘力：７３３（身体強化中：９１８）】

外見と装備からターゲットの情報と一致させながら《鑑定》を使ってみる。事前情報と違う場合は、私が感知できないスキルを持っている可能性もあるが、今のところ大きな差異はない。
仲間の三人はランク３だという話だったが、三人の戦闘力は一般的なランク３よりも高いように思えた。

▼ランディ　種族：人族♂・重戦士ランク３
【魔力値：１２１／１２１】【体力値：３７８／４２３】
【総合戦闘力：４４２（身体強化中：５０４）】

▼ダンカン　種族：人族♂・斥候・狩人ランク３
【魔力値：１３５／１３５】【体力値：２５０／２８６】
【総合戦闘力：４０３（身体強化中：４６８）】

▼グリンダ　種族：人族♀・魔術師ランク3
【魔力値：212／248】【体力値：179／217】
【総合戦闘力：541（身体強化中：570）】

私が使っている《簡易鑑定》は、相手の魂の情報を読み取るのではなく、外見の情報……筋肉の付き方や動かし方、身長や体重のバランス、感じられる生命力と魔力の量などから、相手の力量を推算する技能《スキル》で、魔素を色で視ることができて《探知》スキルもレベル3になった私なら、このギルドに居る誰よりも正確に力を読み取ることができているはずだ。

ダガート以外の三人が一般的なランク3より戦闘力が高いのは、私と同じように複数のスキルを持っているからだろう。同じランクでも複数の戦闘スキルを修得すれば、魔力値やステータスに明らかな差が生まれる。つまり彼らはランク4のダガートに頼り切りになるのではなく、全員がランク4パーティーの一員となるべく自らを鍛えてきたのだ。

逆にダガートの戦闘力がヴィーロやセラよりも低いのは、魔力値が低い……つまり、他のことを仲間に任せることで、直接戦闘スキルだけを伸ばした役割分担の結果だと推測する。

これなら確かに、キーラやガイでは手に余る。ラーダでも単独では難しいはずだ。

厄介だが驚きはない。依頼主から恨まれるような事をしていながら今まで無事だったのは、よほど奸計に長けているか、それに見合う実力を持っていると考えていたからだ。

そんな連中がパーティーを組んでいるのなら、私にとって彼らは、ほぼ初めてとなる純然たる格上の相手ということになる。

今までの戦闘も格上が相手だったが、相手が単独であり、私が子どもということで油断を誘い、相手の弱点を衝くことでギリギリだが勝利してきた。でも、冒険者のパーティーは各自の弱点を仲間が補い、長所を生かすことで実力以上の力を発揮する。

おそらくこの戦いは分水嶺となる。私がただの小手先の技だけに頼った暗殺者崩れになるか、暗殺者の力を持った冒険者となるかの分岐点に立っているのだと感じた。

私は他人に注目されない程度の不自然ではない隠密で周囲に溶け込む。

念のため、冒険者ギルドに来た目的を誤魔化すのに、カルラとダンジョンに潜った時の魔石を換金していると、以前話をした職員が私を覚えていたのか、人が好さそうなおじさん職員が換金カウンターまでやってきた。

「そこのあなた、ちょうどいい時にいらっしゃいましたね。前にお話ししたランク4のパーティーが戻ってきていますよ。……ですが、その様子では、もうダンジョンへ潜られているようですね」

「親切な女の子が、無料で案内をしてくれた」

職員に話しかけられたことで集めた視線から逃れるように、ショールで顔を隠しながらそう答えると、おじさんは穏やかな笑顔で頷いた。

「それはよかった。この街はダンジョンがあるせいか、若い冒険者がほとんどいないので、古株の職員や冒険者が気にしていたのですよ。その方とパーティーを組まれることにしたので？」

若い連中はともかく、古参の冒険者からはそんな目で見られていたのか……。それが悪いとは言わないが、正体を隠している身としては下手に絡まれるよりも面倒かも。

「貴族のお嬢様と、臨時以外のパーティーは無理でしょ」

私が何気なくそう答えるとおじさんの顔色が変わる。

「その方は……長い黒髪の、病人のような見た目の少女ではありませんでしたか？」

カルラはこのギルドで要注意人物と目《もく》されていた。詳しいことは教えてもらえなかったが、ここ数年にあった冒険者の失踪なども疑われているそうだ。

やはりカルラは高位貴族のご令嬢だったようで、ギルドでも事情を聞くことすらできない存在らしく、できるだけ関わらないようにと念を押された。

「ここだけの話ですが、数日前に二人組の若い冒険者の姿が見えなくなりましたので、気をつけてくださいね。できるだけパーティーを組まれることをお勧めします」

「考えておく」

私とカルラが殺した二人組もカルラのせいになっているのか……。あいつは証拠《しょうこ》隠滅《いんめつ》とかしなさそうだから仕方ないな。

視界の隅で『暁の傭兵』がギルドから出て行くのを見て、私もおじさんに礼を言ってギルドを後にする。

外に出るとすでに彼らの姿は見えなくなっていたが、重戦士のランディと魔術師のグリンダは隠密系スキルを持っていないらしく、少し離れてはいたけど、ギリギリだがその気配を追うことができた。

姿が見えないまま跡を追うと、彼らは消耗品の補充をするために冒険者用の雑貨屋や薬屋に寄ったあと、そのままダンジョンの近くにある程度のいい宿屋に消えていった。

前回と同じなら、彼らは一泊した後にまたダンジョンに潜るのだろう。消耗品を買い込んでいることから、まだ貴族の追っ手を警戒しているはずなので、その予定で私も見張りを続ける。

「………………」

こうしている今も、ラーダが存在する〝違和感〟を定期的に感じていた。

その違和感を察することができない時は、ラーダが影の中を移動しているか、食事などをしているのだと考えた。

ラーダも人間だ。食事もすれば睡眠もいる。その間に私が移動をすれば、微かだが動く気配を感じ取れるようになってきたので、その感覚を覚えておく。

私が一人でいてもラーダは襲撃してこなかった。ラーダは私がガイを殺したと思っているはずだが、それでも襲ってこないのは何か理由があるはずだ。

暗殺者ギルドの支部同士の繋がりが切れているといっても、よその地域で大きな問題を起こすのは、面子の問題があるので出来ないのかもしれない。

それにガイが消えたことであれほど激高していたラーダなら、私を楽には死なせないために殺す場所は選ぶと考えた。ラーダは自分が渡した資料で私が行動すると思っている。それなら襲撃地点は……ダンジョンの中だ。

＊＊＊

ラーダは影の中から〝灰かぶり〟と呼ばれる子どもを監視していた。

おそらくガイを殺したのはあの灰かぶりだ。突然いなくなることも多い暗殺者という職業柄、ギルドの長であるディーノは不問にするつもりらしいが、その子どもと接触した結果、ラーダは犯人が灰かぶりだと確信していた。

証拠はない。だが、暗殺者としての経験から、灰かぶりに『血の臭い』を嗅ぎ取った。

最初に暗殺者ギルドで《鑑定》をしたとき、灰かぶりの戦闘力は２００にも満たなかったが、魔族の弟子らしく卑劣な手段を用いれば、ガイを油断させることも可能だろう。

だがラーダとしても灰かぶりをすぐに殺すことはできなかった。

北辺境地区支部の長であるディーノは、灰かぶりを兄弟弟子だと言って、まるで保護者気取りだった。おそらくは、灰かぶりの師匠である魔族を手駒《てごま》とするためにも、できれば生かしておきたいと考えて自分たちに釘を刺したのだ。

弟子が死んだのなら魔族の怒りを対象へ向けることができる。だがそれは、たった一回しか使えない爆弾のようなものだ。下手をすれば対象を殺した後に、その怒りがギルドに向けられる可能性もあった。

同じようにラーダも、弟を殺された復讐のためなら、ディーノや魔族と敵対することも辞さないつもりだったが、それでも自分とガイを拾ってくれた前任のギルドマスターには恩義を感じており、率先してギルドを裏切るような真似はできなかった。

灰かぶりは、少女の頃から殺しをしているラーダから見ても不気味な子どもだ。

外見こそ魔力で成長しているとしても実年齢は十歳ほどだろう。それが、半分以上失敗すると思っていた初心者狩りの盗賊たちをあっさりと暗殺し、子どもとは思えないその異様さを見せつけた。

でも一番不気味なのは、その〝雰囲気〟だった。

見た目は精々が十二歳ほどの子どもにも拘《かか》わらず、街で灰かぶりに気づいた者たちがその姿を思わず目で追ってしまうような、ある意味〝蠱惑的〟な雰囲気を持っていた。

灰かぶり本人も気づいていないようだが、もしかすれば、ディーノやガイさえもその雰囲気に惑わされた可能性もあった。今はまだ幼さが目立つが、このまま成人まで成長すればさらに大量の人間を惑わすであろう片鱗は、今の姿からでも見てとれた。

ラーダは、弟の仇である怒り以上に恐ろしさを感じ、ここで殺すことができなければ将来的に、ギルドに禍根を残す存在になるかもしれないと、薄ら寒さを感じていた。

灰かぶりはターゲットである『暁の傭兵』の暗殺を予定通りダンジョンの中で行うようだ。

ラーダが灰かぶりに渡した資料は、不自然にならない程度に改竄してあり、他の連絡員がいるので、街中での灰かぶりの殺害を避けたかったラーダは、ダンジョンの中で暗殺するように仕向けた。

それでも『暁の傭兵』に関する資料は改竄していない。それは灰かぶり単独で彼らを暗殺できると思ったからではなく、灰かぶりの手の内を見たかったからだ。

ラーダは灰かぶりを甘く見てはいない。その戦闘力はともかく、魔族仕込みの卑劣な手段を使うと考えていた。だが同時に、油断すれば痛手を負うかもしれないが、その戦闘力の低さから、ラーダは灰かぶりに自分を殺す力はないとも考えている。

人が単独で知略を用いて戦える相手は、精々ランク1差までと言われている。ランクが二つも違えば刃を躱すことも困難になり、魔術も抵抗《レジスト》できなくなるからだ。

油断はしないが、それでもラーダは自分が直接灰かぶりを殺すことを諦めていない。灰かぶりが返り討ちに遭って死ぬことも望んでいない。灰かぶりの罠を潰し、ターゲットに追い詰められ絶望した灰かぶりを、最後に自分が殺すのだ。

暁の傭兵は予想どおりにまたダンジョンに潜り、その跡を追って灰かぶりもダンジョンへ消えていく。ラーダも影を使い、入り口を守る兵士に見つかることなくダンジョンに潜入すると、ラーダは暁の傭兵を追跡する灰かぶりを監視しながら、わずかな違和感を覚えた。

（……なんだ？）

灰かぶりが子どもにしては隠密巧者《こうしゃ》であることは知っている。だがそれは、『人族にしては』であり、《隠密》《探知》《暗視》などの斥候系スキルは種族による差が大きく現れる。

ラーダのような猫獣人は隠密と暗視に補正が付き、犬系の獣人は探知系に補正が付く。人族は特に暗視系が苦手なので、それは探知にも影響し、そのせいで隠密にも同レベルでさえわずかな差が出てしまう。そのはずだが、ラーダは何故か、ダンジョンに入ってから何度か灰かぶりを見失いそうになっていた。

（……灰かぶりとターゲットの距離感がおかしい。何がどうなっている？）

ラーダは自分の【影渡り《シャドウウォーカー》】の魔術には自信を持っているが、それでも欠点はある。

空間転移系闇魔術の特性として、闇の魔素で完全に隔離しなければ効果は発揮されず、隔離している間は外部の情報が届かなくなる。

拡張鞄などの闇魔術で隔離した空間は生物が生存できる環境ではなくなり、ラーダも影を渡る数秒間しか隔離空間を維持できない。普段は隔離空間の一部を開けて影に隠れるだけにしているのだが、それでも移動するその数秒間だけ外部情報から隔離された。

灰かぶりと暁の傭兵の距離が狭まっている。どうしてあそこまで近づいてランク4の冒険者から見つからないのか？

ダンジョンの五階層へ降り、他の冒険者の姿が見えなくなった頃、状況が分からず焦れはじめたラーダは、情報を得るために【影渡り《シャドウウォーカー》】で彼らの近くまで近づいた。

（……なんだ、これは）

隔離された影の空間を解除したその場所、ラーダの目の前すぐの所に、小さな黒い〝影〟が浮かんでいた。普段のラーダならそれが何か気づけたはずだ。だが、影に潜むために暗がりにいて、焦れはじめていた精神は、その正体に気づくのを一瞬だけ遅らせた。

その瞬間、小さなその影から何かが飛び出し、咄嗟に躱すこともできずに投擲用の暗器がラーダの咽を貫いた。

「……っ!?」

声が出せない。血が気管に流れ込み息ができない。意味が分からず混乱し、とにかく攻撃から逃れるためにラーダが影から外に飛び出すと、突如飛来した鉄の矢と魔術の【氷槍《アイスジャベリン》】が、無防備な彼女の胴体を撃ち抜いた。

思わず地面に倒れるラーダにトドメを刺すように、再び小さな〝影〟が床に現れ、それから飛び出した刃がラーダの右目を貫く。

（これは灰かぶりのナイフ？　するとこの小さな〝影〟はあいつの魔術かっ!?）

その魔術はラーダの得意とする【影渡り《シャドウウォーカー》】によく似ていた。

消えつつある自分の命の灯火を感じながら、残った左目で暁の傭兵の中に並ぶ灰かぶりを鑑定したラーダは、自分たちが最初から騙されていたのだと理解した。

▼灰かぶり　種族：人族♀・推定ランク3
【魔力値：135／210】【体力値：141／148】
【総合戦闘力：374（身体強化中：432）】

アリアはラーダに何をしたのか？　何故、暁の傭兵と共にいるのか？　それは今日の朝にまで遡る。

＊＊＊

暁の傭兵のメンバーは、昼ぐらいに宿を出てそのままダンジョンへと向かった。

重戦士のランディと斥候のダンカンは同室だったようで、朝には宿の酒場を兼ねる一階で共に食事をしていたが、同じく同室だったダガートとグリンダが起きてくるのが遅かったので、結果的にその時間になったようだ。

彼らは少し歩いたところにあるダンジョンに到着すると、近くにあった屋台ですぐに食べられそうな食事を買い込み、そのままダンジョンに潜っていった。一度潜れば数日は出てこない彼らにしては、やたらと荷物が少ないように見えたのは、ダンカンが買い込んだ食料をそのまま鞄に仕舞っていたことから、空間拡張鞄を所持しているのだと理解した。

そうなると中に何が入っているかで戦法が変わってくる。徐々にダメージを負わせるとしても、毒を使うにしても、鞄の中に上級回復薬が入っていたら攻撃自体が無駄になるからだ。

消耗させること自体は無駄ではないけど、そんな余分な攻撃をできるほど余裕のある相手でもない。

戦法としては、最初は魔術師であるグリンダを無力化するべきかと考えていたが、優先順位を変える必要がありそうだ。

でもそれは、後ろからつけてくるラーダを始末してからの話だ。

「チーズを挟んだ奴を一つ」

「まいどっ、銅貨三枚だよっ」

疑いを避けるため、彼らとは違う屋台でチーズと酢漬け野菜を挟んだ黒パンを買って時間をずらす。暁の傭兵たちがダンジョンへ入るのを横目に見ながら、ラーダもついてきていることを確認して、私も店主に銅貨を払ってダンジョンの入り口へと向かった。

前回は子どもだと言うことで止められ、カルラの顔で通ることができたが、今回は若い兵士だったので止められることなく中に入ることができた。

中に入ると当然暁の傭兵たちの姿はすでになかったが、私は迷うことなく気配を消して真っ直ぐ通路を走り出す。

暁の傭兵は、十階層辺りの安全地帯をベースにして活動していると情報にあった。本来の彼らの実力ならもっと深い層にも潜れるのだろうが、彼らの目的はダンジョンで稼ぐことではなく、ほとぼりが冷めるまで安全に時間を潰すことだ。

ならば特に寄り道もせず真っ直ぐに下へと向かうだろうと考え、私はカルラと潜ったときに最短のルートを調べておいた。

特に魔物もいないダンジョンの通路を数分ほど駆け抜けると、かなり前方で数体のコボルトを斬り伏せている『暁の傭兵』の姿を捉えた。

コボルトは直立した野良犬のようなランク1の魔物だ。身長もゴブリンより少し大きい程度で、偶に武器を持っていることもあるが脅威度は本当に野良犬と大差なく、そんな低レベルの魔物がランク4パーティーに敵うはずもないので、欠伸をしながら傍観しているグリンダの前で、三人の男たちが危なげもなくコボルトを処理していた。

ランク1の魔石など回収もせずに奥へ向かう彼らの跡をつけて、私は一定以上の距離を取りながら慎重に奥へと進む。

通常、このダンジョンでは、最短ルートを進んでも一階層に半刻ほど掛かると言われているが、彼らはもう少し速いようで、通常の三分の二程度の時間で二階層へ降りていった。

二階層もほぼ変わらずランク1の魔物だけが現れ、ごく稀にランク2のホブゴブリンが単体で現れる。

三階層になるとランク2の魔物比率が少しだけ多くなり、第四階層になると稀にランク3であるハイコボルトも出るようだ。

五階層になればランク1の魔物はほぼいなくなり、ほとんどが単独のホブゴブリンとハイコボルトだけになる。

この辺りが低ランク冒険者の限界となる。逆に言えばそこまでなら低ランクの冒険者でも攻略できるのだが、ほぼ稼ぎにならないので、必然的にこのダンジョンに挑むパーティーはランク3以上とされていた。

ここまで潜れば他の冒険者の姿はほとんど見なくなる。その日だけ潜るのならもっと低階層で済ませるし、数日潜るのならオークが複数で現れる十階層以降で狩るからだ。

私はここまで戦闘をしていない。ランク2や3の魔物が単独で出てくるのなら彼らの相手ではなかったからだが、さて……この辺りでいいだろうか。

私は性別を偽るために纏っていた外套を脱いで腰の後ろに纏め、髪に施した灰の幻術を解除すると、少しずつ前を進む彼らとの距離を詰めていった。

（……1・2・3……）

タイミングを計って距離を詰めると、その瞬間、斥候であるダンカンが気配に気づいて警戒したように振り返る。

「待て、何かいるっ！」

「待ってくださいっ、魔物ではありません」

ダンカンに声を掛けると同時に、師匠やヴィーロから教わっていた斥候同士の符号を使う。

手振りで『警戒』『襲撃』『進め』と伝えると、ダンカンは驚いた顔をして仲間たちに「そのまま進め」と囁くように伝えた。

「女……？　それも子どもか？」

一瞬だけ振り返ったダガートが小さな声で呟いた。

私が外套を脱いだのは警戒心を薄め、油断をさせるためだ。最近身長が伸びて油断してくれない場面も多くなってきたが、女なら女で油断してくれる。

最初にタイミングを計ったのも、ラーダが影に消える瞬間を狙って悟らせないようにしたためだが、暁の傭兵の斥候は優秀ゆえに私の意図を正確に読み取ってくれた。

「ランディ、足音を立てろ。そこの女、後ろから何か来ているのか？」

私が最初に数十メートルの距離をとって追跡していたように、私とラーダの間合いも同程度はあるので小声なら問題はない。状況を理解して仲間に音を立てさせ、前を向きながら小声で訊ねてくるダンカンに、私も小さく頷いた。

私はあの女の〝知識〟を使い、過剰にならない演技で話しかける。

「はい、影に潜む何かが跡をつけています。最初は私が狙われているのかと、隠密を使って隠れていましたが、それでもついてくるので、あなた方が狙われているのかと思って、声を掛けさせてもらいました」

「お前……俺たちの跡をつけてきたのか？」

「ご、ごめんなさい。途中からですけど、五階層に来たかったので……。少ないですけど、お金なら払えますっ」

「大きな声を出すな。金はどうでもいいが……どうする？」

「その子の戦闘力は200程度よ。私たちを騙して何か出来る強さじゃないわ」

私を鑑定したらしいグリンダが、小さな声でダガートにそう囁いた。

「どうだ、ダンカン。本当になんかいるのか？」

ダガートの疑うような声に、ダンカンが集中するような気配を見せる。

「何もいない……いや待て、本当に〝何か〟いる」

そこに居ると知っていれば違和感に気づけるとはいえ、闇に紛れるラーダの気配を見付けるのは容易ではない。本当に優秀だな……彼らは。一瞬で警戒し、こちらの意図を正確に理解して、即座に行動に移してくれる。

そのランク4パーティーの実力に戦慄すると同時に、彼らを相手にすればギルド構成員にも被害が出ると考え、その始末を師匠に頼もうとしたディーノの慧眼にも感心した。

「もしかしたら例の追っ手じゃないか？　それなら俺たちの敵だ」

派手に足音を立てながらランディが呟くと、軽く頷いたダガートから私への警戒心が薄れていくのを感じた。

「そうだな、こんなカワイイお嬢ちゃんを疑うことはないよな」

自分の容姿はよく分からないが、やはり女で子どもだと警戒はされないようだ。そんなダガートの冗談交じりの言葉にダンカンとランディが微かに笑い、紅一点であるグリンダが拗ねたように軽く私を睨む。

私の拙い演技でも、彼らは『子どもだから』『女だから』と随分と良く解釈してくれた。

「それでどうするの？」

「そうだな……ダンカン、お前なら隠れている奴の場所が分かるか？」

「いや、まだ正確には分からねぇ。お前さんはどうだ？」

ダンカンは私を冒険者の斥候職と認めて、意見を聞いてきた。

「闇に潜んでいて、偶に完全に気配が消えますが、出てくるタイミングはなんとなく分かります。私が魔術で攻撃してみますか？」

「お前さん、魔術師だったのか……」

「それなら任せてみよう。グリンダ、ダンカン、用意しろ」

即座に方針を決めたダガートの小さな声に、グリンダが杖を握り、ダンカンが弓を構える。

本当に彼らは優秀だ。だからこうして、ラーダに気づかれることもなく罠に掛けることができる。

「では、十を数えたあと……いきます」

私は闇魔術の呪文を唱えながら、半分以上は闇魔法で構成するため精神を集中する。

使うのは初めてだが、構成だけは何度も確認して途中まで発動することも確認している。それでも最後までこの魔術を発動させなかったのは、それで〝スキルレベルが上がる〟ことを抑制していたからだ。

「――【影攫い《シャドウスナッチ》】――」

刃は影を渡り、影は命を奪う。

歩きながら唱えた魔法に、握りしめた手の平の影から小さな〝闇〟が生まれた。私はそれを背後に浮かばせるように放り投げ、タイミングを計り、歩きながら数えた十秒丁度に、自分の足下の影に向けて暗器を投げつけた。

これはラーダが使っていた闇魔術、【影渡り《シャドウウォーカー》】の応用魔法だ。ラーダの影渡りは強力な魔術だが、私から見れば致命的な欠陥がある。その一つは消費魔力の大きさで、ラーダはそれを待機状態で維持することで消費を抑えていたが、そのせいで他の魔術が一切使えなくなっていた。

そして一番大きな問題は、影を渡るその間、外部の情報から遮断されることだ。

不意打ちからの暗殺なら問題ないのだろうが、こうして直接戦う場合は、その数秒間の情報遮断は致命的であり、出てくるタイミングと場所を特定されると、それは大きな隙になる。

だから私は、魔力の消費を抑えることと情報遮断を回避するため、影を渡らせるのは武器だけに限定した。そのおかげでレベル４の闇魔術だった【影攫い《シャドウスナッチ》】はレベル３相当の魔術になり、魔力の消費も十分の一程度にまで抑えられた。

『──っ⁉』

一応狙ってはいたが、上手く咽辺りに命中してくれた。絶対の安全圏で不意打ちを受けたラーダは混乱して、さらなる攻撃を避けるために〝安全圏《影》〟から飛び出した。

この状態なら私でも攻撃を当てられるが、さらなる〝罠〟のために背後の彼らに譲ると、グリンダの魔術とダンカンの矢がラーダの胴体に突き刺さる。

【影攫い《シャドウスナッチ》】の制御はまだ難しいが、それでも数秒ほどなら維持できる。まだ残っていた〝闇〟を床に滑らせ、再び足下に投擲した暗器は、真下からラーダの顔面に突き立てられた。

「────ッ」

地に伏したラーダの驚愕に彩られた瞳が私を映す。

まだ生きているか……。だが、ラーダ。お前はここで死ね。

再びダンカンから矢が飛び、ラーダの頭部に突き刺さってトドメが刺されたのを確認して闇を消すと、私の中で何かが成長して魔力と力が上昇した感覚があった。

▼アリア（アーリシア）　種族：人族♀・ランク3　△1UP
【魔力値：１３５／２００】△20UP【体力値：１３８／１４８】△3UP
【筋力：７（9）】△1UP　【耐久：７（9）】【敏捷：10（12）】【器用：８】

《短剣術レベル３》《体術レベル３》△1UP　《投擲レベル２》《操糸レベル２》
《光魔法レベル２》《闇魔法レベル３》△1UP　《無属性魔法レベル３》△1UP
《生活魔法×６》《魔力制御レベル３》△1UP　《威圧レベル３》△1UP
《隠密レベル３》《暗視レベル２》《探知レベル３》《毒耐性レベル２》
《簡易鑑定》
【総合戦闘力：３７４（身体強化中：４３２）】△161UP

予定通りスキルレベルが上がった。《闇魔法》に伴い《魔力制御》のレベルも上がったことで、肉体を制御する《体術》レベルも上がっている。……これならいける。

ラーダの息の根を止めると、男たちが安堵の息を吐き、魔術師であるグリンダは興奮したように私に近づいてきた。

「なに、あの魔術っ⁉　初めて見たわっ！　どうやったの？　ちょっと私に教えなさいよっ！」

「あ、はい。……えっと」

跳びはねるように揺れる大きな胸元に、緑がかった宝石の付いたネックレスを見て、私はそれが探していた『精霊の涙』だと分かった。大きさは違うけど、私が倒した水精霊も同じ物を落としたので、まず間違いはない。

私の目が胸元で揺れるネックレスを見ているのに気づいて、グリンダが自慢をするようにニヤリと笑う。

「あなたも女の子ね。うちの男どもは理解してくれなかったけど、これいいでしょ？　すごく綺麗だし、これって魔術を強化する効果もあるみたいよ。ねぇ、それよりさっきの魔術を教えてよ、ネックレスなら後で見せてあげるからっ！」

「ええ、いいですよ」

目の前で揺れる〝盗品〟にニコリと笑い、私は右の手の平を上にしてグリンダに向けた。

本来なら他の冒険者に手の内を訊ねるのは御法度だ。けれど〝暗殺者〟を撃退して安堵した彼らは、そんなグリンダを苦笑しながらも、その行いを放置した。

「……【影攫い《シャドウスナッチ》】……」

闇魔法を発動して私が手の平に小さな〝闇〟を作り出すと、グリンダがそれを興奮したように覗き込む。

「こんなので、どうやって攻撃を――」

シュパッ！

「――あ？」

その瞬間、左の手甲に仕込んだ小型クロスボウのギミックが短矢を撃ち放ち、影に吸い込まれた矢は〝闇〟を覗き込んでいたグリンダの目から脳まで貫通して、彼女は残った瞳に無表情な私の顔を映しながら静かに崩れ落ちた。

……あと三人。

「えっ、どうしましたか？」

悲鳴をあげることなく即死して、崩れ落ちるグリンダを咄嗟に受け止め、声を掛ける私に、暁の傭兵の三人の男たちが意識を向けた。

「なんだ、どうした？」

「おいおい、グリンダ、興奮しすぎじゃ……」

まだ油断をしているのか、気が抜けて、呆れたような顔をしながら、斥候のダンカンが不用意に近づいてくる。

「――っ⁉」

その瞬間、目を合わせた私の瞳に何を見たのか、一瞬で緊張感を高めたダンカンに、私はグリンダの死体を突き飛ばした。

「なっ⁉」

この時点では誰もグリンダが死んでいると思っていない。突き飛ばされたグリンダを咄嗟に受け止めるダンカンに、私はすかさず抜き放った黒いナイフを大きく後ろに振りかぶる。

「――【二段突き《ダブルエッジ》】――」

「ぐおっ！」

私が繰り出す短剣の【戦技】を、ダンカンはまだ温かなグリンダを抱えたまま、身を捻るように回避した。だが、二連撃の一撃は躱されたが、無意識にグリンダを庇《かば》おうとしたのか、二撃目を受けたダンカンの右腕を大きく斬り裂いた。

……仕留め損なったか。本当に彼らは優秀だな。

私の目を見て気づかれたのだろうが、たかがターゲットの一人を殺した程度で戦闘状態に入ってしまうとは、まだ師匠に及ばない。

「なんだっ、どうなっているっ⁉」

「ダンカンッ！　グリンダはっ⁉」

「グリンダが動かねぇっ！　その小娘は敵だっ！」

暁の傭兵の面々は混乱しつつも、ダンカンの言葉を聞いて戦闘態勢を整える。その瞬間に私がダンカンにナイフを投げつけると、すかさず割り込んだリーダーのダガートが大剣を使ってナイフを弾いた。

「ダンカン、お前はポーションでグリンダと自分の治療をしろっ！」

二人を庇うように剣を構えたダガートが声を張りあげる。

でも私は知っている。このパーティーの回復役は魔術師のグリンダだ。盾役のランディも多少の光魔術を使えるようだが、一般的な冒険者と同様に【回復《ヒール》】しか使えないはずだ。

そして一般的に売られている治癒ポーションの大部分は、治癒の効果が薄い回復寄りのポーションなので、それでは傷を塞ぐことはできても、深い傷を受けた腕の機能は完全には戻らない。

予定ではダンカンを倒して、ポーションが仕舞われているかもしれない空間拡張鞄を奪取するつもりだったが、ままならないものだ。

私は軽く溜息を漏らしながら軽い一振りでナイフの血糊を飛ばし、挑発するように手の平を上に向けて指先で手招いた。

「……貴様っ！」

そんな私の分かりやすい挑発にランディが激高する。

「止めろ、ランディッ！　そいつは何かおかしいっ！」

深手を負った右腕を押さえながらダンカンがランディを止める。

ダンカンは攻撃を受けて私を警戒した。ダガートはパーティーのリーダーとして、冷静に態勢を整えるべく負傷者を護る選択をした。だけどランディは、仲間を傷つけられたことで我を忘れ、仲間の制止を無視して剣を抜いて私に向かってきた。

ここが、私が考える『冒険者パーティー』の弊害だ。

冒険者ギルドがソロではなくパーティーを推奨するのは、仲間たちが力を合わせることで短所を補い、長所を生かして生存率を高めるためだ。

けれど、冒険者はそこで大きく二種類に分かれる。パーティー全体の利益を考え、場合によっては全体のために個を切り捨てることができる『指揮官』タイプと、自分の役割をこなすことだけに割り切る『職人』タイプだ。

職人タイプが悪いとは言わない。彼らは指揮官タイプに率いられることで実力以上の力を発揮する。だが、最初からパーティーで『盾役』という仕事のみに従事してきたランディは、『役割』を離れると実力の発揮が難しくなる。

「逃がすかっ!!」

そのままダンジョンの奥へと走り出した私をランディが追ってくる。

「ランディっ！」

それを止めるダガートの声も届かない。この場合なら、負傷者の治療をしてから全員で跡を追うか、撤退を選ぶのが上策だ。普段ならランディもそれを選んだはずだった。でも、ランディはそれを選ばない。そこに私の仕掛けた最初の〝罠〟が効いてくる。

「戦闘力200程度で逃げられると思うなっ！」

このダンジョンに入った時の私の戦闘力は200を少し超える程度だった。《鑑定》スキルによって見える戦闘力は、個人の探知能力によってその数値に若干の差違が出る。だからグリンダは私の戦闘力を『200程度』と仲間に話し、ランディは自分の半分の強さしかないと思い込んだ。

でも、私の闇魔法レベルが上がり、全身を流れる魔力の経路が増大したことで、身体強化と体術も上昇した今の戦闘力は、ダンカンやランディにも迫るほどに上昇した。

それでも油断できる相手ではない。私の《短剣術》はまだ体格のせいかレベル2のままで、そもそも肌と肉を斬り裂くことに特化した短剣では、ランディのような盾持ちの全身鎧にダメージを与えることは難しい。

追ってくるランディの気配を感じながら手甲のギミックに矢を装填する。

このギミックは、師匠から貰った小型のクロスボウの部品を、ゲルフに頼んで手甲に仕込んでもらった物だ。魔術師である師匠が接近戦での牽制に使用していたこのクロスボウは、トレントの木材にミスリルの芯を通して飛竜の腱を弦に使うことで、矢を装填したままでも使用者の魔力で再生し、弦が伸びることはなかった。

片手でも装填できるギミックもあり、接近戦では投擲ナイフよりも使いやすい。

「追いついたぞっ！」

あまり時間をかけるとダガートが追ってくる。この距離が最善だと判断して、移動から三十メートルほどで速度を落とした私に、ランディが鋼の砲弾のように突っ込んできた。

「――【幻痛《ペイン》】――」

「ぐぎゃぁあああああああっ⁉」

私が放った幻術の激痛に、ランディが潰されたカエルのように呻いて動きを止める。

盾役をこなしてきたランディに痛みの効果は薄いはず。でも、私が格下だと思い込んでいたランディは、こんな激痛を受けるはずがないと油断していた。

「ごっ⁉」

その機を逃さず、レベル3になった《体術》と身体強化を駆使してランディの懐に飛び込み、繰り出した掌底で真下から顎をかち上げ、がら空きになった剥き出しの咽へ、深々とナイフを突き刺した。

盾役は仲間の支援があってこそ実力を発揮する。お前の敗因は、その重い鎧は重い一撃を受けるのには適していても、単独で戦うデメリットに気づけなかったことだ。

「――っ」

ぐりんとランディの眼球が白目を剥いて、筋肉が硬直する前にナイフを引き抜いた私は、仰向けに倒れていくランディを飛び越えるように乗り越え、そのままダガートとダンカンがいる元の場所へと駆け出した。

……残り二人。


「小娘が戻ってきたぞ！」

「ランディは⁉」

「倒れたのが見えたがわからねぇっ！」

元の場所に戻るとグリンダの死体は通路に寝かされ、私の接近を見つけたダンカンが傷ついた右腕をだらりと下げたまま、左手で短剣を構えていた。

そんなダンカンを護るようにダガートが大剣を構えていたが、そこに接近しようとする私に彼が手の平を向ける。

「待てっ、お前はあの貴族の追っ手だろう！　あいつらが何を持っていたのか、分かってるのか⁉」

「…………」

ダガートが戻ってきた私に声を張り上げた。

ここで手を緩める意味はない。時間をかければ混乱した彼らは落ち着きを取り戻し、戦う術を構築するだろう。でも、彼らがすでにある程度の戦闘態勢を整えていたことに気づいて、足を止めた私に、ダガートはわずかに唇の端を吊り上げる。

「聞く耳は持っているようだな……。あいつらはご禁制の『精霊の涙』を持っていた。あれは精霊の魔石で、ファンドーラ法国の聖教会で所持を禁止されているものだ」

「……それが、なんの関係がある？」

どのような条件で落とすのか判明していないが、精神生命体である精霊は、ごく稀に宝石のような魔石を残す。

あの水精霊が落とした魔石は水属性のため、私にあまり恩恵はなかったが、あれは魔石として強い魔力を保持するだけでなく、魔術の属性をわずかだが強化してくれるらしい。そして、その宝石のような美しさのため、一時期、わざと召喚した精霊を殺して魔石を得ようとした時代があったそうだ。

精霊はこの世界の自然と魔素を司る重要な存在だ。その精霊を欲望で狩るような品物を聖教会は許さなかった。

「わからないか？　お前が何を聞いて俺たちを襲ってきたのか知らないが、犯罪者はあの貴族のほうだ！　お前の行動に正義があるというのなら、俺の手を取れっ！」

「ダガートっ⁉」

突然敵である私を引き込もうとしたダガートに、ダンカンが非難の視線を向ける。

「あいつはグリンダを殺した奴だぞ！　ランディだって……」

「現実を見ろ、ダンカンっ。元々グリンダの我が儘《まま》で『精霊の涙』を持ってきたから、貴族と敵対する破目になったんだろっ。俺たちには強い仲間が必要なんだ」

「……ちっ、分かったよ」

精霊の涙を盗《と》ったのは、あくまでグリンダの我が儘。そう諭《さと》されて渋々頷いたダンカンは、私に目を向けると動かない右腕を庇うようにしながら私に近づいてきた。

「……鑑定水晶を使わなくてもお前の実力は分かるつもりだ。お前がただ、貴族に騙されただけなら、俺たちの話を聞いてほしい」

「……わかった」

私が小さく頷くと、ダンカンはわずかに笑みを浮かべ、握手を求めるように武器を納めて左手を私に向ける。

「それじゃ、まずは――」

ガキンッ！

その瞬間、ダンカンが右手に隠し持っていたナイフと、私の黒いナイフの刃がぶつかり、ダンジョンの暗がりを火花で照らす。

「ちっ！」

その瞬間に突っ込んできたダガートの攻撃から、ダンカンを盾にするように位置を変えた。

「こいつっ」

盾にされたダンカンが距離を取ろうとするが、私は本調子ではない彼の右腕を押さえ込み、身体が触れるほどまで接近したダンカンの口内にクロスボウの矢を撃ち込んだ。

「がっ！」

……あと一人。


「ダンカンっ！」

振り下ろされる大剣を転がるように躱して距離を取ると、痙攣しながら崩れ落ちるダンカンを受けとめたダガートは、怒りに歪んだ顔を私へ向ける。

「お前……なぜ、気づいた？」

「何故、気づかないと思ったの？」

そもそも依頼人の貴族がその遺品が表に出せない品だから、衛兵ではなく暗殺者ギルドに依頼したのだと聞いている。

それに依頼されたのは遺品の回収と盗人の始末なので、彼らにどんな理屈があろうと、私は家族の遺品を欲望で盗むような連中の戯言になど、耳を貸すつもりは最初からなかった。

そもそも、芝居などをあまり見る機会のない、平民や冒険者なら騙されたのかもしれないが、あの女の〝知識〟を持つ私からすれば、三文芝居の茶番に騙されるほうがどうかしている。

ダンカンにしてもあの手応えの傷で、上級の治癒ポーションを使ったのなら、あそこまで右腕が使えない状態にはならないと、私は知っていた。

「お前に庇われたままではダンカンの始末は難しかった。戦闘力が下がった状態で近づかせてくれて助かった」

「き、貴様ぁあああああああっ!!」

素直な気持ちを口にすると嘲笑されたと感じたのか、ダガートは事切れたダンカンの死体を怒りのままに投げ捨てた。

「小娘がっ、絶対に許さんぞっ！」

暁の傭兵、最後の一人――ランク4の戦士がダンジョンに吠えた。

さあ、ここからが本番だ。

「うぉおおおおおおおおおおおおっ！」

大剣を構えたダガートが雄叫びをあげながら斬り込んでくる。

私は風圧さえ感じさせるその一撃を肌と気配で察し、髪の数本を引き裂かれるようなギリギリで躱しながら、腰から抜いた暗器を投げつけた。

流石はランク4……私も、回避に影響する《体術》がレベル3まで上がっていなかったら、今の一撃は躱せなかったかもしれない。

「くっ！」

ダガートが至近距離から顔面に投げられた暗器を、首を傾げるように躱す。

その瞬間に私は手の平の〝影〟からペンデュラムを放ち、曲線を描いて飛ぶペンデュラムの刃を仰け反るようにして躱したダガートは、そのまま後退して警戒するように距離を取る。

《闇魔法》がレベル3になったことで、発動させるだけで精一杯だった【影収納《ストレージ》】が実用できる段階まで拡張していた。それでも、ナイフ数本で精一杯だった収納が小さな鞄になった程度だが、私はその中にあえて主武装であるナイフを仕舞わず、暗器とペンデュラムを仕舞っていた。

「……どういうつもりだ？」

追撃してこない私に、ダガートが訝しげな視線を向けてくる。

今の戦いで理解した。ランク4の剣がどれだけ速くても、怒りで単調な攻撃しかできないダガートなら、私は今のままでも戦える。

でも……そんなざまでは私が困る。

「本気で来い」

「……なに？」

私が呟いた一言にダガートが目を剥《む》いた。

でもこれだけは譲れない。これだけ策を弄して、ラーダや暁の傭兵の面々を殺したのは、私がランク4の冒険者と一対一で戦うためだ。

これから私は、一支部とは言え『暗殺者ギルド』という組織を敵にして戦う。だがその中には、ディーノや賢人のようなランク4……そして処刑人ゴードのような、ランク5近い戦闘力を持つ者もいる。

暗殺者ギルドの戦力を徐々に削りつつ私自身が強くなるために、戦闘力を誤魔化してまで時間を稼いできたが、ラーダまでギルドに戻らなければさすがに不審に思われる。

暁の傭兵を始末すれば、ギルドに戻るまでの時間は稼げるとは思う。でも、ギルドに戻った時点で戦闘力を再度調べられたら、疑いはきっと確信に変わる。

疑いが確信に変わる前に罠に嵌める。私が勝つにはそれしかない。

だから私は、それまでにどうしても、『ランク4の戦士』と真正面からの戦闘を経験しておきたかった。最初はラーダを想定していたけど、彼女はランク4でも隠密と不意打ちが主な戦術で、影渡りの謎さえ解けてしまえば、直接的な戦力としてはランク3の上位でしかない。

だからこそ私は、ランク4の接近戦スキルを持つダガートと正面から戦うために、暁の傭兵を囮にしてラーダを倒し、ラーダの死を囮にして暁の傭兵の面々を殺した。

だから、こんな怒りに我を忘れた状態で戦ってもらっては、私が困る。

ダガート……お前はそんな情に厚い人間ではないでしょ？

情婦であるグリンダが死んでも、死人を貶めてまで私を罠に嵌めようとした。

罠に失敗したダンカンの死体を怒りにまかせて投げ捨てた。

冷静になって目の前の私を見ろ。お前の仲間を殺したのは、小娘でも、ランク3の冒険者を殺せる『暗殺者』だ。すべての力を発揮しろ。全力で戦い、お前は死んで私の〝糧〟となれ。

その代わり、お前が勝てば私の命はくれてやる。

「……このガキ、なんて目をしやがる」

ジッと見つめる私の視線にダガートが露骨に口元を歪めた。

一拍を置いたことで頭を冷やしたダガートは、怒りの代わりに闘志を漲らせて剣を握る。

「……お前みたいなガキにはピンとこないだろうが、世の中には、手を出したらいけねぇ輩が存在する」

急に語りはじめたダガートに、私も彼の言葉を聞きながら、連戦で微かに乱れた息を静かに整えた。

「そういう奴らは、どこかがぶっ壊れている。魔物でさえ、相手が自分より強ければ怯えるというのに、そんな奴らは勝つためなら、自分の命さえ平気で懸けやがる」

「…………」

「もうお前を小娘だと思わない。お前はバケモノだ。これからは俺の最大の敵として、全力でお前を殺す！」

私の速度に対抗するため、大剣の柄を短く持ったダガートが爪先でにじり寄り、私もナイフと暗器を構えて、その間合いを外すようにすり足で横に移動する。

ダンッ！

「うぉおおおおおおっ!!」

「はっ！」

ダガートが地を蹴ると同時に私も暗器を投げつける。ダガートはまたも首を傾げるようにして暗器を躱すと、その勢いのまま大剣を袈裟懸けに振り下ろした。

おそらくガードしてもそのまま潰される。一瞬でそう判断した私は、その一撃を躱すために前に出てダガートの懐に飛び込んだ。

「ちぃっ！」

間合いを外されたダガートが咄嗟に大剣の柄を振り下ろす。私は左腕の手甲でそれを受けるが、力量の差で吹き飛ばされた。それを勝機と捉えたダガートは瞬時の判断で大剣を地に落とし、腰の後ろに差した二本の短剣を抜いて斬りかかってきた。

一撃を受けてダメージを受けていたとしても、速度で勝る私を確実に殺そうとするのなら速さのある短剣が最適だ。だが、その判断は正しいが悪手でもある。

ダガートの《剣術》《体術》《防御》スキルがレベル4だとしても、予備武器である《短剣術》までレベル4に達しているのだろうか？

ガキィンッ！

受けた瞬間、理解した。短剣の技量は私と大きく変わらない。それでも体格の差と先ほど受けたダメージのせいで、それを受けたナイフがわずかに横に流された。

「死ねっ！」

接戦の場合や相手を警戒している場合は、隙が生まれるのを最小限に抑えるために【戦技】は使わない。ダガートは私を確実に殺すためにその機を逃さず、素早い突きを繰り出した。

「ふっ！」

溜め込んだ息を噴き出すようにして、私は臆することなく前に出る。

ギリギリで躱したダガートの短剣が私の脇腹を浅く斬り裂く。

格上と正面から戦うなんて愚かなことだが、それでも私は退かない。

ランク4の戦士が私の土俵で戦ってくれるのだ。それを超えるために戦っている私が、ここで退いてどうするっ！

ギンッ！　ギンッ！　ガキィンッ!!

右に黒いナイフ、左に鋼のナイフを構えて、ダガートの二刀流と真っ向からぶつかり合う。

体格も力も技術も場数も、すべてダガートが上だ。私の攻撃は掠りもせず、まぐれ当たりも硬革鎧に弾かれる。ダガートの一撃を受けるだけで私の体力は削られ、肩や腕に少しずつ傷を受けていった。

「さすがに限界のようだなっ！」

「…………」

一般的に、成人前に近接戦闘スキルがレベル３にならないと言われるのは、その技術に子どもの身体では耐えられないからだ。

それは魔力で成長した私でも同じことで、身長だけは伸びても一般的な十代前半に比べたら、まだ筋肉が細い。

でも本当にそうなのか？　一般的に……ということは〝例外〟があるのではないか？

私の脳裏に一瞬、このダンジョンで出会った黒髪の少女が浮かぶ。病人のような顔色で、他者を殺すためだけに生まれたようなあの少女は、その強さを得るために、自分の命さえ投げ捨てるような意志の強さを感じた。

私と彼女と何が違う？　私は体力と力の無さを技と〝知識〟で補い、命を天秤にかけるようにして戦ってきた。

目を凝らせ。相手の動きを理解しろ。

力では敵わない。体力では勝負にならない。

力がないのなら知恵を使え。体力がないのなら技で受け流せ。足りないのなら命を懸けろ。

前を見ろ。目の前に手本となる〝技〟がある。十数年戦い続けてきた戦士がいる。技を盗め、その刃を受けて修行としろ。

今、それが出来ないのなら、ここで死ぬだけだっ！

「むっ！」

攻撃を受ける瞬間に手首を捻り、二本の腕と上半身で威力を受け流し、足腰で衝撃を緩和する。

二撃目、三撃目と受け流し、受けた威力で弓を引くように力を溜めて放ったその一撃は、ついにダガートの革鎧を切り裂いた。

「なにっ⁉」

その瞬間、私の中で〝何か〟が変わった。

ギンッ！　キンッ！　キィインッ！

攻撃を受けるナイフの音が、鉄のぶつかり合う音から澄んだ音色に変わる。

それでも私とダガートの攻防はようやく互角になった程度だ。でも、それまで優位に戦闘をしていたダガートの顔にわずかな焦りが生まれ、それに押されるように短剣を振りかぶる。

「──【暴風《サイクロン》】──っ！」

ダガートが短剣術レベル3の戦技【暴風《サイクロン》】を撃ち放つ。

魔力を用いて擬似的な風の刃を生み出す、離れた場所でさえも攻撃できる戦技で、その利点は魔術系の〝範囲攻撃〟にある。

低レベルでも単発系の戦技を使わず範囲技に頼ったのは、このギリギリの戦いで躱されることを恐れたのだろう。だが、躱すことは困難でも覚悟さえ決めれば近接戦では怖くない。

全身から魔力を放ち、魔術を抵抗《レジスト》する。私は風の刃で肌を切り裂かれながらも、戦技を使ったことで一瞬硬直するダガートに向けて鋼の刃を投げつけた。

「っ‼」

ダガートも投擲なら顔や首が狙われると分かっている。硬直からギリギリ回復したダガートが、顔に目がけて飛んでくるナイフを、またも首を傾げるようにして回避する。だが──

「――がっ⁉」

その回避は何度も目にした。鋼のナイフと同時に手の平の影から放ったペンデュラムの刃は、鋼のナイフを囮にしてダガートの首筋を斬り裂いた。

「ぐがっ！」

でもまだ浅い。まだ致命傷じゃない。私は首を斬り裂かれて体勢を崩したダガートに向けて、黒いナイフを大きく後ろに振りかぶる。

「っ！」

ダガートも私が戦技を使うと考えたのだろう。彼は躊躇もせずに短剣を捨てると、体勢を崩しながらも、前のめりになりながら落ちていた大剣を片手で掬い上げ、そのまま飛び込むように横薙ぎに斬りつけてきた。

でも私は、ここで戦技を使う気は初めからなかった。わざと作った私の隙に飛び込んでくる一撃を、ナイフを振りかぶった勢いのまま、後ろに倒れて回避する。

私は素早く踵を打ち鳴らし、空ぶった勢いのまま前に流れてきたダガートの無防備な首筋に、ブーツの爪先から出した刃を、蹴りつけるように突き刺した。

「ぐがぉあっ‼」

頸動脈から血が噴き出し、口から血を吐きながらもダガートの目はまだ死んでいない。

これがランク４の戦士か……お前も充分にバケモノだ。

そのまま前のめりに倒れてくるダガートの両腕が私の首に伸ばされる。おそらくナイフでは止まらない。あの太い腕なら、最後の力で私の首をへし折り、道連れにすることくらいは出来るだろう。

だがダメだ。

お前は一人で死ね。

「――【魔盾《シールド》】――っ！」

ナイフを投げ捨て、両手に練り込んだ全魔力で光の盾を作り出す。

魔術に対抗するための盾だが、光の粒子を形状化したせいか薄い玻璃《ガラス》程度の物理硬度がある。そのせいで物理攻撃力のある魔術で破壊される弊害が生まれたが、私はそのわずかな物理防御力にすべてを賭けた。

そのまま使えば倒れ込んでくるダガートを防ぐこともできずに砕かれる。でも、私は【魔盾《シールド》】を面ではなく、真横になる〝線〟で出現させていた。

「っ⁉」

宙に固定化した【魔盾《シールド》】が、倒れてくるダガートの勢いと重みで、その太い首を半分まで斬り裂き、玻璃《ガラス》が割れるような幻聴《おと》を立てて砕け散る。

私がその瞬間にダガートの顔面を左手で掴み、まるで本物の化け物を見たような顔をする、まだ意識が残るダガートの首の傷に、私は渾身の力で手刀を突き刺した。

「――――ッ‼」

声にならない断末魔の叫びをあげたダガートが、倒れていた私の上に崩れ落ちて、噴き出した大量の血が私を染める。

完全に事切れて倒れたダガートの頭を膝に乗せ、私はそれを見下ろしながら、戦士を見送るようにそっと呟いた。

「感謝する……私はまた強くなれた」

▼アリア（アーリシア）　種族：人族♀・ランク３
【魔力値：92／２１０】△10UP　【体力値：84／１７０】△22UP
【筋力：７（９）】【耐久：８（10）】△1UP　【敏捷：12（15）】△2UP　【器用：８】
《短剣術レベル３》△1UP　《体術レベル３》《投擲レベル２》《操糸レベル２》
《光魔法レベル２》《闇魔法レベル３》《無属性魔法レベル３》
《生活魔法×６》《魔力制御レベル３》《威圧レベル３》
《隠密レベル３》《暗視レベル２》《探知レベル３》《毒耐性レベル２》
《簡易鑑定》
【総合戦闘力：４４３（身体強化中：５１４）】△69UP

暗殺者ギルド攻略

「アリアちゃんっ、たった一ヶ月でどうしてこうなったのっ⁉」

王都にあるドワーフの防具屋に顔を出すと、いつものように他の客がいない店内で、私の装備を見たゲルフが乙女のように野太い悲鳴をあげる。

私は『影使いラーダ』と『暁の傭兵』を倒し、経験を積むためにランク4であるダガートと正面から戦い、ギリギリで勝利はできたが、私自身のダメージも大きく、その傷を癒すのに二日も費やした。

防具に関しても同様で、戦技や何度も攻撃を受け、全身が血塗れになるほど返り血を浴びてしまった革のドレスは、血の臭いを取るために何度も水洗いをして【浄化《クリーン》】まで使ったせいか、表面が以前とは違ったゴワゴワとした感じになってしまった。

「直る？」

「本当にアリアちゃんはマイペースねっ！　ここまでなると、専用の薬品を使ってオーバーホールをしても、完全には戻らないわねぇ……」

装備の状態を見ながらゲルフが溜息を吐く。今の装備はゲルフに貰った物だが、芸術家系の職人であるゲルフには、作品に思い入れがあったはずだ。

「ごめん……」

「ああ、もうっ、そんな顔しないでいいわよっ。私が勝手に押し付けたんだから」

「でも、ごめん。直せるところまで直してもらってもいい？」

「それなら良い物があるわよ。ふふ。顔を出してって、覚えてくれていて良かったわ」

「……ん？」

ゲルフに腕を引かれて、また店の奥に連れ込まれた。

「これは、思い入れはあるけど気にしなくてもいいの。これは型紙用の試作品。だったら〝本物〟を着ればいいのよ！」

「これは……」

ゲルフが出した物を見て思わず目を見張る。袖のない膝丈ワンピース。それは私が着ていた試作品と同じ形でも、魔物革で作られた『完成品』で、サイズまで完璧に私に合わせてあった。

それだけでなくゲルフは、ガーターベルトで吊り下げる薄手のタイツや、腿《もも》に付けるナイフホルダーまで作ってくれて、ナイフを引き抜くことも考え、スカートの左側に深いスリットまで付けてくれていた。

ちゃんと師匠から貰った左の手甲やブーツも装備できるし、それに合わせて、全身光沢のない黒一色なので見た目の違和感もない。

思ったよりも動きやすく、具合を確かめるようにスカートを翻《ひるがえ》して投擲ナイフを引き抜いていると、真剣な顔で見ていたゲルフが心の底から安堵するように息を吐いた。

「ちゃんと穿いてくれたみたいね……」

「ん？」

ああ、あれのことか、と私も言われて思い出す。

この国の女性下着は以前見たドロワーズと呼ばれる物が主流だったけど、一年前にあのダンドールから流行しはじめたこの下着は、ドロワーズを極端に短くしてフリルを追加した物や、小さな布を横紐で縛る物など、まるであの女の〝知識〟で見たような斬新な下着だった。

王都にも徐々に広がり始めた今では、年頃のご令嬢や新しもの好きな女性冒険者などに好まれ、ゲルフも愛用していると言っていた。

あの女の〝知識〟があっても、それの必要性が分からなかったが、ゲルフが必要だというのなら必須なのだと考え、予備も幾つか買っておく。

「念のため、手甲とブーツのギミックを整備してもらってもいい？」

「良いわよ〜。こっちはあまり痛んでないから、これなら一日で済むと思うわ」

自分でもある程度は出来るけど、やっぱり本職に頼むほうが安心できる。一日ほど掛かるのなら、それまでに王都でやることをやってしまおう。それと――

「程度の良いネックレスを一つ売ってほしいのと、工具を少し貸してくれる？」


用を済ましてゲルフの店を出た私は、商業ギルドに足を向けた。

暗殺者ギルドの仕事の流れは、依頼者が裏社会を通じて暗殺を依頼し、特に貴族絡みで問題がなければ入金後に暗殺者を送る。

暗殺期間は、入金後半年から一年程度で、それ以上経過すると依頼未達成で依頼料は違約金込みで返金される。

意外と真面目に思えるが、こういう業界は貴族が多く絡むので、表社会の下手な商会よりも信用が重視されるのは皮肉に思えた。

暗殺完了後、暗殺者は依頼達成の証拠となる物をギルドに提出する。近場の案件なら暗殺者自身がギルドまで持って帰るのだが、今回の場合は北辺境地区支部の担当ではない王都周辺と言うことで、連絡員に証拠を渡して依頼の完了だけを先に伝えてもらうことになっていた。

私はラーダからの資料にあった商業ギルドの貸金庫に、暁の傭兵から奪った冒険者認識票《タグ》と一緒にネックレスも入れておく。

適当な時間になればもう一人の連絡員が回収して、何らかの手段で依頼が完了されたことを暗殺者ギルドに伝えたあと、報告を兼ねて証拠品をギルドまで持ち帰るはずだ。これで帰還するまでの数週間は、ラーダから連絡がなくても不自然には思われない。

ここで見張っていれば連絡員の顔を見ることができるかもしれないが、私はあまり意味がないと考える。それは、回収に来る者が連絡員本人とは限らず、何も知らない一般人の可能性があること。そして、暗殺者ギルドを油断させるためにも、依頼完了の情報はなんの疑いもなく持ち帰ってもらわないと困るからだ。

情報が届けば油断する。それでも連絡員が戻ったタイミングで、監視員であるラーダが戻らなければ警戒する者も現れるだろう。

連絡員は通常ルートで戻るはずなので、一ヶ月程度は掛かるはずだ。私が近道である渓谷を通ればそこから半月は短縮できる。私はその半月の間に、現地で暗殺者ギルドを倒す算段を立てなければいけない。

それから私は、王都で買うことができる投擲ナイフや携帯食料などを補充して、その一部を回収した本物のネックレスと一緒に【影収納《ストレージ》】に仕舞う。

ネックレスの持ち主はダンドールの隣にあるノルフ男爵だと聞いている。できればすぐに返してあげたいけど、これが終わるまで待ってもらうしかない。時間が取られるのもあるけど、遺品が男爵の手に戻ったら、私がギルドの近くにまで戻ったことを、暗殺者ギルドに悟られる可能性があったからだ。

暁の傭兵は他にも空間拡張鞄のような便利な物を持っていたが、それはダンジョンに置いてきた。裏社会の犯罪者でも、表の彼らは実績のある冒険者なので、彼らの死を事故死とするためにも私がそれを持つわけにはいかなかった。

誰かが勝手に拾って自分の物にするかもしれないけど、その時はその人が第一容疑者となるだけだ。念のためにあの街の冒険者ギルドを覗いておいたが、暁の傭兵が死んだことに気づいた様子はなく、あの奇妙な子……カルラと会うこともなかった。

彼女はあんなことを言っていたけど、本当にまた再会することになるのだろうか……。

翌日、ゲルフの店で装備を受け取り、王都を出立した。

暗殺者ギルドに私が予定より早く帰還したことを悟られてはいけない。暗殺者ギルドの全員を罠にかけるには、私の存在を完璧に隠す必要があった。

暗殺者ギルドは冒険者ギルドや盗賊ギルドと違って正規の人員は少ないが、それでも市井に紛れた監視の目は存在する。でも彼らはギルドの息がかかっているだけで、ギルドの構成員ですらなく、暗殺者ギルドと関わっていることすら知らずに、普通に暮らしている市民もいるはずだ。

彼らは私のターゲットではないが気づかれると厄介になる。だから私は、ギルドのあるヘーデル伯爵領に入る前からレベル3になった隠密を使い、姿を隠して礼拝堂のある街へと潜入した。

昼間は森の中で仮眠を取り、夜に紛れて少しずつ街に向かう。街に入ったあとは、昼間は廃屋に隠れて息を潜め、私は少しずつ這い寄るように礼拝堂へと近づいていった。

ここからは孤独な戦いだ。息を潜めて姿を隠し、闇の中で牙を研ぐようにして、ひたすらに時が来るのを待つ。

生活魔法の【流水《ウォータ》】があれば渇きを覚えることはない。レベル2の《暗視》があれば完全な闇でも不自由はない。

食事はここに来る前に錬金術で作っておいた丸薬で済ませる。これはポーションを作る材料を、煮出して液体にするのではなく粉末にして、塩や蜜と魔力で練り合わせた物だ。ポーションほどの回復量はないけど持続性があり、一日に十粒も食べれば一週間くらいなら体力と体調を維持できる。旨くはないが、粗食と空腹感なら、あの孤児院にいた頃から慣れている。

普通なら街に入って一日で到着できる距離の場所に三日も掛けて侵入した。

レベル3の《隠密》スキルでも、色を視る暗視と合わせて人のいない場所を選べば、レベル4以上の効果を発揮した。実際にレベル3相当の隠密系スキルを持つ『監視の物乞い』の横を通っても気づかれなかった。

今回もレベル4のスキルがあればだいぶ楽はできるのだろうが、私は将来的に自分がレベル4になれるとは限らないと考えている。時間さえかければ到達できる『一般人の限界』であるレベル3と違って、レベル4は本当に才能のある者しか取得できない、大きな壁が存在していた。

それでも、私はランク4のダガートを倒せたことで、ランクと戦闘力は強さの目安でしかなく、本当の〝強さ〟とはそのレベルで得た力の〝使い方〟だと理解して、やり方次第では暗殺者ギルドとも戦えると確信を得た。

今、向かっている目的地は、ギルドがある礼拝堂の地下墓地だが、馬鹿正直に入り口から侵入するわけじゃない。

前回ギルドに戻ったとき、私は地下の隅々まで見て回った。あのギルドは廃坑を利用しているので奥に広く、入り組んでいるので、何カ所か通気孔が設けてある。

そこから毒を流すことも考えたが、彼らもプロだ。違和感を覚えれば即座に協力して逃げ出し、警戒を強くしてしまうだろう。だから私は、彼らに仲間同士で協力させないために、気づかれずに内部に侵入する必要があった。

探知を使った方向感覚と歩数で距離を調べて、通気孔の位置はあらかた記憶している。地下墓地にある該当箇所を闇に紛れて細かく調べていくと、丸二日掛かったがようやくすべての通気孔を見付けることができた。

その過程で必ずどこかにあると思っていた脱出口を発見した。何十年単位で使われた形跡はないが、私は簡単な罠を仕掛けるだけで、放置でいいと考えている。

そこは炭鉱の最深部で炭鉱事故が起きた原因がある場所で、侵入するにも危険なのと、私の予想通り事を起こせばそこが一番致死率が高くなる場所だからだ。

私は発見した通気孔の一つ『二十一』と書かれた石室に忍び込み、拳大の通気孔の周りにある石を外して、暗器を使って土を掘る。武器をこういうことに使いたくないが、あまり時間は掛けられない。この街に入ってからすでに五日が経過し、連絡員がギルドに到着するまであと十日ほどしかなかった。

意外と土は軟らかく、私はさらに三日ほど掛けて穴を広げ、ようやく暗殺者ギルドの内部に侵入することに成功した。

ゴソッと天井の石が落ちて通路に転がる。

他の場所ならその音で見つかっていたかもしれないけど、この場所だけはそんな心配はなく、私はここに〝彼〟以外誰もいないことを知っていた。

「……グアアアア」

通気孔のある細い通路からその部屋に入ると、腕ほどの太い鉄格子に阻まれたその奥にいた異形の影が、警戒するように唸り声をあげていた。

向けられるその濁った瞳に、私はそっと小さく微笑んだ。

「処刑人ゴード……あなたに〝自由〟をあげる」

＊＊＊

できる準備はすべて終えた。

ヘーデル伯爵領、暗殺者ギルド北辺境地区支部の本拠地へ侵入してから数日後……私は一度街から離れ、再び正面から街に入り、ギルドのある礼拝堂へと向かった。

その途中にあった屋台で、モロコシの粉を焼いた生地に野菜を挟んだ物を頼み、久しぶりにまともな食事を摂る。

街の様子は最初に見た時と変わらない。朝早くに住宅地区から職人地区へと大量の人が流れ、夕方に戻っていく。住宅地区の遠くから子どもたちの声とそれを叱る母親らしき声が聞こえ、職人地区からはハンマーで金属を叩くような音が絶え間なく響いていた。

平和な街……でもその地下には、この国の裏の一つである暗殺者ギルドが存在し、その存在のおかげで、それを知る者たちから恐れられ、その平和が保たれているとは、この街で笑っている平民たちは誰も知らない。

「「…………」」

礼拝堂の近くで座っていた『監視の物乞い』と目が合い、私が指先で銀貨を一枚弾いて放ると、それを宙で掴み取った物乞いは銀貨の感触にニヤリと笑う。

「羽振りがいいな、灰かぶり」

「ちょっと、景気づけにね」

普段ほとんど口を開かない私が軽口を叩いたことで、物乞いが少しだけ驚いた顔をした。

この街に生きるギルドに関係のある人々……そして知らずにその恩恵を受け取っている人たちからすれば、私は潜在的な敵になる。

彼らからすれば私は平和を脅かす『破壊者』であり『悪』である。それが悪いとは言わない。彼らに戦う理由があり、私を〝敵〟とするのなら、私はそれらすべてと戦う覚悟がある。

暗殺者ギルドは私の敵になった。敵となった者はすべて殺す。

巨大な組織を相手にするというのは、そういうことだ。


礼拝堂の脇から地下に降り、墓石を模った正規の入り口から中に入る。

誰の姿も見えない。でもギルド内には、多くの人間が気配を消して存在しているのが分かった。

ラーダと渡り合ったのは無駄じゃない。私は彼らの気配を消しているという違和感を感じ取れるようになっていた。

そのまま奥へと進み、とある一室の扉を叩くと、なんの気配も無いわずかな〝違和感〟がある部屋の中から「どうぞ」と声が返ってくる。

「おおっ、我が愛する兄弟弟子よ。連絡員から便りは届いていたよ。本当に傷一つなく全員を始末するだけでなく、『精霊の涙』まで回収するとは……さすが、我が師の愛弟子だね」

「問題ない」

連絡員から報告を受け取っていても、私のような子どもがランク4の冒険者を、パーティーごと倒せるとは本気で思っていなかったのだろう。

倒せて精々一人か二人、私が負けそうになった時点で、私を囮にしてラーダにダガートたちを始末させ、瀕死になった私を救い出して私と師匠に恩を売る。……これまでの情報を統合すると、おそらくディーノはそんな画を頭で描いていたのだろう。

彼が驚いた顔をしているのは、私がこんなに早く戻ってきたからではなく、大きな傷もなく五体満足で戻ってきたからだ。ちゃんと依頼品である『精霊の涙』も回収したと報告を受けたことで、ディーノも疑りはしなかった。

「本当に末恐ろしいかぎりです。それと、これが今回の報酬になります。本来なら連絡員が証拠と依頼品を持ち帰ってからになりますが、あなたなら問題ないでしょう。ですが念のため、お二人が戻ってくるまで待機をお願いしますね。昨日から珍しく少し蒸すようですが、ゆっくりと身体を休めてください」

「分かった」

小さな革袋を受け取り、軽く振って大きさと重さを感じ取る。

この感覚だと大金貨が二十枚と言ったところか。依頼料の半分近くが仕事をした人間の手に入るから、元の依頼料が大金貨四十枚以上ということになる。

貴族だから払える金額だな……。おそらく取り返した『精霊の涙』の金額を超えていそうな気もするが、それだけ遺品が……家族が大事だったのだと思った。

まぁ、それがランク4パーティーを倒す報酬に値するかどうかは別の話だが。

「それにしても、よくこれだけ早く戻れましたね？　二人の連絡員より早く戻れるとは、どうやったのですか？」

報酬を受け取り部屋から出ようとする私に、ディーノがまた声を掛けてきた。でも片方は連絡員ではなく〝監視員〟でしょ？

「ダンドールの南にある渓谷を通ってきた」

「あそこは、バランスの良い冒険者パーティーでも難儀する場所ですが……その戦闘力で切り抜けたので？」

「…………」

やはり鑑定されたか。外套を纏って、できるだけ誤魔化すようにしてきたけど、これだけ近くでディーノほどの経験があれば大まかな戦闘力は知られてしまう。

「戦いをすれば強くなるのは当然でしょ？」

「随分と激しい戦いをしてこられたようですね。……アリアさん。あなたとは是非これからも良い関係を続けられることを願っていますよ」

「…………」

頼まれた依頼だけでなく、これからも手を貸せと言われているのか、それとも下手な事は考えるなという警告か……。

少なくともディーノは、私がガイを殺したと薄々感づいている。それでも、それを放置しているのは、私とキーラの確執を知っていて仕方がないと考えているのと、師匠に対する切り札を手元に置いたほうが得だと考えているからだ。

だが、ディーノが私の言葉を信用した理由は、私が依頼品を素直に渡したことで、まだ手駒として〝使える〟と考えたからだろう。

だけどもう遅い。すでに私の〝罠〟は動きはじめている。


ディーノの執務室を後にした私は、いつも通り微かな〝臭い〟がする地下を、与えられた自分の部屋へと向かう。下手に動き回って私の戦闘力に気づく人間を増やす必要もない。それにこのギルド内はすでに〝危険な状態〟にある。

与えられた部屋に戻ると出掛ける前に仕掛けた印がなくなり、すでに誰かに侵入された形跡があった。中に盗られる物は置いていないが、下手に入って罠でも仕掛けられていたら面倒だ。だが、そう考えてその場から離れようとしたその前に、中にいた人物が自分から外に出てきてくれた。

「あら、お帰りなさい、灰かぶりちゃん。そんな所で何を突っ立っているの？」

「お前こそ何をしている？」

中にいたのは、ギルドで最初に会ったゴスロリ女――キーラだった。

私との諍いを避けるためにディーノが隔離しておいたはずだが、どうやら私を待ち構えていたらしく、私の問いかけに真っ赤な唇をチロリと舐めて薄く笑う。

「ボロボロになって逃げ帰ってくるあなたを、慰めてあげようかと思っていたんだけど……ラーダには会わなかったのかしら？　せっかく私がお膳立てしてあげたのに、思ったよりも使えない女ね」

キーラはわざとらしく肩をすくめると、一歩下がって自分が塞いでいた部屋の入り口を空けた。

「とりあえず入ったら？　汚い部屋だけど、今日は暑いし、ここに立っているよりマシでしょ？」

「汚い部屋には入りたくないな」

使ってない部屋が汚いのはお前のせいだろう。私が簡単に拒絶すると、キーラが一瞬だけ苛ついた顔を見せた。

「……いいから入れ、クソガキ。仕掛けているのはイタズラ用の玩具だけだから、そんな怯えなくていいのよ？　ほら」

キーラが散らかされていたゴミを踏むと、扉の真正面にある棚からクロスボウらしき矢が飛び出し、私の頭の脇を掠めて背後の壁に突き刺さる。

「安心して入っていらっしゃい。それとも私が怖いの？」

「………………」

私は溜息を吐くようにして小さく口の中で呟くと、部屋の中に足を踏み入れる。

その瞬間――

ダンッ！　と軽い音がして頭上からクロスボウの矢が放たれた。以前なら……ここに来たばかりの私ならそのまま射貫かれていたはずだ。

一般的に、レベル4の《体術》スキルがあれば撃たれた矢を躱し、レベル5の《体術》スキルなら、撃たれた矢を掴み取ることが出来ると言われている。
・・・・・まだレベル3でしかないが、複数の近接戦闘スキルを修得した今の私なら、撃たれるタイミングと狙われた箇所さえ予測できれば〝対処〟はできる。
「――【影攫い《シャドウスナッチ》】――」

最初から眉間に出現させると決めていた【影攫い《シャドウスナッチ》】で、私はクロスボウの矢を受け止めた。

空間系の闇魔術は『闇属性の魔素』で対象を覆わなければいけない。ラーダの【影渡り《シャドウウォーカー》】は自分自身を闇で包み、私の【影攫い《シャドウスナッチ》】は闇を通り抜けることで薄い皮膜のような魔素で包み、魔力で繋がった影へ転移させる。

腹や手足のような致命傷にならない場所を狙われていたら対処できなかった。

予想が当たっても、わずかにタイミングがズレていたら、眉間を貫かれていたかもしれないが、死の恐怖さえ克服できれば難しいタイミングじゃない。

「……え？」

クロスボウの矢に真下から腹を射貫かれたキーラが、愕然とした顔で自分の腹と私を見る。

キーラは本当に分かりやすい。お前だけは何も信じられないという，確信じみた〝信頼〟だけは絶対に裏切らないでいてくれた。だから分かりやすい挑発をされたので、キーラの影に魔力を伸ばして繋げていた。

出会った時は厄介で危ない奴だと思っていたけれど、あのダンジョンで本物の〝危険人物〟と出会ってしまった後では、キーラの危険さなどぬるま湯みたいなものだ。

「な、なんで躱して……なんで矢が私に？　……なんで……なんで、お前、その戦闘力——がっ⁉」

叫ぼうとしたキーラを、セラに習った歩法とヴィーロに習った殴打術を使い、猫手にした拳で素早く打って咽を潰す。

鑑定してようやく私の戦闘力に気づいたのか。もう少し注意深く観察する癖をつけていれば、鑑定などしなくても大まかな強さは分かるのに。

キーラは本当に変わらない。その性根も実力も、その相手を見下す傲慢さも。

「――ぅっ！」

キーラが慌てて両手の袖口からナイフを出し、それを以前見て知っていた私は、両手の影から出したペンデュラムの暗器でキーラの手首の腱を斬る。

そのままキーラの背後に回った私は、わずかな声も出せないように、ペンデュラムの糸を彼女の首に捲いて、へし折るほどに締め上げた。

「――っ！　――っ！」

キーラが首の糸を外そうともがくが、腱の切れた両手ではそれは叶わない。

キーラの瞳が命乞いをするように背後を振り返り、無表情に首を絞める私を映す。

この世界の『強者』と呼ばれる人間は驕りが過ぎる。油断が過ぎる。甘えが過ぎる。

何故、敵が情けをかけると考える？

何故、自分だけが死なないと思う？

何故、自分の優位を誇るためにわざと手を抜く？

何故、一度でも敵対した相手が、常に自分を殺そうと狙っているのだと思わない？

「――っ⁉」

最後に恐怖の表情を浮かべたキーラの首をへし折り、音を立てないようにそっとベッドに横たえた。

頃合いだ。これから……暗殺者ギルドの全員を始末する。

＊＊＊

「ラーダはどうしました？」

アリアが予定よりも早く戻ってきたその数時間後、連絡員を請け負ったギルドの構成員が帰還した。

だが、アリアの監視のために送り出した、この暗殺者ギルドでも実力者の一人である『影使いラーダ』はまだ戻ってきていない。

ギルドの長であるディーノの訝しむような視線に、仕事を終えて戻ってきたばかりの連絡員が怫然とした顔をする。

「こちらは灰かぶりが暗殺を終えてからラーダとは会っていない。ギルド長、灰かぶりのほうから何か報告は聞いてないのか？」

「いいえ……」

この連絡員は戦闘力こそ低いが探知スキルと隠密スキルに優れ、風魔術で離れた場所の会話さえ聞き取れる、諜報活動ではギルドでも上位になる人物だ。

戦闘面ではラーダがいたので諜報活動専門の彼を一緒に送ったのだが、戦闘力がランク２になる彼ではダンジョン内に一人で入ることができなかった。

暗殺が行われたダンジョンの中で何があったのか？

確かにアリアの戦闘力は初めて会った頃より驚くほど成長していた。まだ十歳程度の子どもがたった四ヶ月であそこまで戦闘力を上げるなど、ディーノも師事したあの魔族の弟子だとしても尋常ではない。

だが、最大で５００程度の戦闘力では、よほど上手くやらないと、ランク４パーティーの相手は難しいはずだ。ディーノはラーダが手を貸して倒したのだと考えていたが、もしかしたら、そこでラーダはターゲットに返り討ちにでも遭ったのだろうか？

だが、それならアリアが報告しないのはおかしい。そもそも闇に紛れたラーダを発見することなどディーノでも容易ではない。

相手がランク4パーティーなら発見される可能性も確かにあるが、それはラーダの存在を誰かが示唆しなければ難しいはずだ。

（……裏切った？）

誰かが裏切った。個人主義的な暗殺者は勝手な行動をすることが多く、誰でも裏切る可能性はあるが、そのためにディーノやその父であった前ギルド長は、賢人の力を借りて、『処刑人ゴード』という〝枷〟を創り上げた。

個人主義だからこそ、暗殺者は自分たちの命に拘る。

ギルドに所属しているのも『安全』と『金銭』を同時に得られるからで、ギルドに帰属意識を持っていないことは長であるディーノが一番理解していた。

だが、だからこそ暗殺者たちは、自分の命を守るためにギルドと敵対したりはしない。彼らにそれをする利点がないからだ。

構成員同士の諍いで殺しあいに発展する場合もあるが、その場合でもこの連絡員にラーダを倒す理由も技量もなく、この古株である連絡員の男はギルドにおけるラーダの重要性を知っていた。

それならば、ラーダが死んだと仮定して、彼女を害した人物の目的とは何か？

ギルドの構成員は利己的であるがゆえにギルドと敵対する必要はなく、実力者であるラーダと敵対する危険と、殺すことで生じる不利益を知っている。

ギルド内にいながらそれを考慮しない人物は、ディーノには一人しか心当たりがなかった。

「なあ、ギルド長。とりあえず持ってきた物だけでも受け取ってくれ」

「あ、ああ、そうですね」

考え込んだディーノに放っておかれた連絡員の男が不機嫌そうな声をかけると、ディーノは現実に引き戻されて頷いた。だが――

「冒険者認識票《タグ》と……これが、依頼品の『精霊の涙』ですか？」

「ああ。俺も実物を見るのは初めてだが、聞いていた特徴と一致する。……何かおかしい部分でもあったのか？」

「……いえ」

中級精霊の魔石と聞いていた。だが、少し小さくはないか？　ネックレス自体も程度は良い物だが、とても大金貨数十枚もする魔石を飾るには、ふさわしくないと感じた。

誰かが意図して差し替えた？　だが精霊の魔石自体は本物で、だからこそ連絡員も依頼品の確保をディーノに報告した。

本物を本物に差し替える意味はない。もしそれをするとしたら、その人間は〝誰〟か？

ディーノはギルドと敵対する不利益を考慮しない人物を一人だけ知っている。

灰かぶりの暗殺者、アリア。

ディーノがセレジュラとアリアを互いに人質に取り、脅迫することで協力させた兄弟弟子。

あの戦闘力ならラーダを罠に嵌めることもできるはず。戦闘力に気づいた時点で人質の存在を思い出させるように釘を刺したが、キーラのような相手と小さな諍いを起こすのならともかく、師であるセレジュラを人質に取られている状況で、ラーダを害し、ギルドと敵対するような行動を取るとしたら、何が理由なのか？

ギルドと敵対して、ギルドの暗殺者に一生怯え続ける日常に耐えられる人間はまずいない。過去に暗殺者ギルドそのものを潰そうとした為政者もいたが、その時も暗殺者たちは闇に隠れ、時間が掛かってもその為政者を殺してきた。

暗殺者ギルドという巨大な組織に敵対する愚か者はいない。

闇に生きる暗殺者を表側の力で完全にねじ伏せることは不可能であり、だからこそ貴族たちも、その存在を恐れながらも共存する道を選ぶしかなかった。

だから、どれほど状況的に怪しく思えても、親代わりである師を人質に取られた幼子がギルドに刃向かうなど、常識的にあり得ないことだった。

ディーノは、暗殺者ギルドというある意味非常識な世界で生きながらも、大人として生きてきた常識の枠組みでアリアを見てしまっていた。

ディーノは知らなかった。前世の記憶を持ったたった一人の女が、利己的な理由だけで少女に知恵を得る機会を与え、その結果、自分たちの平穏を乱す『敵』をすべて皆殺しにして正そうとする、精神的な『怪物』がこの世界に生まれてしまったことを――。

「確かめます」

ディーノはアリアの真意を確かめるべく部屋から出る。そこで想像通りアリアにギルドと敵対する意志が見えるのなら、その場で自ら排除するために。

だが、その判断は少しだけ遅かった。

＊＊＊

この世界で『強者』と呼ばれる人間はそれほど多くない。

戦闘系スキルレベル１――『ランク１』は、十代前半の子どもでも数年修行すれば修得することはできる。ランク１は一般的には初心者であるが素人ではなく、新兵程度なら充分な実力であり、数人いればランク２の魔物にさえ対処できた。

数年軍務に勤めた兵士でもその大部分がランク２であり、ランク３ともなれば部隊長にも抜擢される『実力者』として見られていた。

構成員のほぼ全員が『単独で戦える戦闘員』である冒険者ギルドでも、その八割近くがランク１と２であることを考えれば、強者の希少性が分かるだろう。それが『ランク４』以上になると、人口が一千万近いクレイデール王国でも数百人程度しかいないはずだ。

それは暗殺者ギルドでも例外ではない。冒険者と違い、暗殺者は強者と無理をして戦う必要もなく、求められるものは、情報を集めて時間をかけてでも的確に相手を殺す判断力であり、盗賊ギルドと同様に個人的な武勇を誇る者は少なかった。

この北辺境地区支部でも、エルフの呪術師『賢人』、ドワーフの狂戦士『シャルガ』、獣人の影使い『ラーダ』はランク４の実力者で、ギルド内でも〝別格〟として畏怖されてきたが、キーラやガイのようなランク３もギルド内では稀少であり、彼らが実力者と見なされていたのは、構成員のほとんどが隠密系技能を重視した盗賊系斥候職だったからだ。

暗殺者ギルド北辺境地区支部の構成員の多くは、市井に紛れて暮らしている。

自分がギルドに関わっているとも知らずに、監視員として使われている市民は別にして、普段は市民として普通の仕事をして、一般人の暗殺依頼があったときだけ、暗殺者に戻る者も一定数存在していた。

だが彼らは自分で仕事を取ることはなく、他の構成員の顔さえ知らず、依頼さえなければ表向きは一般人と変わらない。

それらを管理するのもギルドの仕事であり、現在このギルド内にいる構成員は、互いの顔さえ知らない構成員たちに必要な仕事を割り振り、情報をまとめて管理する者と、一定以上の戦闘力を持って暗殺をする一線級の暗殺者であり、北辺境地区支部の〝中枢〟とも言える者たちだった。

現在、北辺境地区支部には八十名近い構成員がいる。彼らは『魔族の弟子』で『灰かぶり』と呼ばれる子どもが新たな構成員となり、戦闘力２００近い実力を持っていることを知っていた。

戦闘力がランク2から3程度である彼らは、情報こそが武器になると知っている。だからこそ、灰かぶりは子どもとしては強いだけで、一般的に見ればランク２の上位程度の実力しかないことを理解していた。

だから彼らは油断した。

子どもだから癇癪を起こすことはあっても、子どもだから大した事は出来ないと。

子どもだから暴れても、子どもだから他の強者には敵わないと。

子どもだから……関わらなければ自分たちとは関係ないと、暗殺者として致命的な油断をしてしまった。

分かりやすいスキルレベルと戦闘力の数値は、弱者にとって強者を無闇に畏怖する原因になり、強者にとっては致命的な〝驕《おご》り〟となる。

「……ん？」

その中年の男は、一瞬違和感のようなものを覚えて首を傾げた。

男は、各地にいる連絡員から暗殺依頼を受け取り、その情報を集めて仕事の難易度から構成員に割り振る役目をしている〝斡旋人〟の一人だ。

ギルド内に彼の部下は五人いる。現地に赴いて情報を集めることもあり、全員が何かしらの隠密系技能を持っていたので、いつものように誰かが隠密を使ったまま近くを通ったのかと考えた。

「……今日は蒸すな」

比較的涼しい、地下にあるギルド内でも季節によっては蒸すこともある。暑さのせいか頭に少し霞がかかった感じとなり、そのせいで注意力が散漫になったのかと、室内にあるソファーに向かおうとしたその瞬間――

「がっ⁉」

男はまともに歩くこともできずに、顔面から固い石の床に倒れ込んだ。

(何が起きている⁉)

まさか毒でも盛られたのか？　だが男は毒耐性のスキルを持っている。一般人が即死するような毒でも、致命傷になる前に気づけたはずだ。

ギルド内の臭いもいつもと変わらない。無味無臭の毒もあるが、そういう物は効果を発揮するのに時間も掛かるので、もしその毒が盛られたのだとしても、遅効性なら自分でも対処できると考えた。

「……くっ」

男は這いずりながら薬品のある棚のほうへと向かう。それがあればなんとかなる。そう信じて床を掴むように這い出した男は、背後でこの部屋に誰かが入ってくる微かな気配に気づいた。

部下の一人だろうか？　無意識に助けを求めようと身を震わせた瞬間、彼は殺気もなく首にめり込んでくる刃の〝冷たさ〟を感じて、その意識は闇に沈んだまま二度と戻ることはなかった。

＊＊＊

ギルド内に毒を流した。師匠の授業で基礎だけを習ったもので、配合はほぼ私のオリジナルになってしまったけど、上手く発動したようだ。

この毒は《毒耐性》スキルがあっても効力を発揮する。

そもそも毒耐性スキルは、あらゆる毒素に無条件で対抗するスキルではなく、身体が毒だと認識した瞬間にそれ以上の吸収を妨げるスキルだと師匠は言っていた。私もそれを確かめるために自分で毒を飲んで検証もした。

毒耐性スキルは身体に害の無い物には効果を発揮しない。そうでないとポーションや食事の吸収まで妨げてしまうからだ。

今回、私が作った毒は混合毒であり、一つだけでは神経の緊張を緩和させる『薬』にしかならない。私は侵入した一週間前から、飲料水にこの〝薬〟を微量に混ぜ続け、時間をかけてギルド員に摂取させた。

身体に一旦吸収させれば、薬品が内臓で分解されるまで毒耐性でも防げなくなる。それから始末する者達がいる部屋の前で第二の薬品を散布し、それを吸い込んだ者の血液中で毒素が発生するようにしたのだ。

即死させるほどの強い毒性はないが、この神経毒は内臓機能を低下させ、血液の流れを妨げる。そうして身動きが取れなくなった者たちのトドメを、一人一人丁寧に刺していくと、しばらくしてギルド内が徐々に騒がしくなっていった。


「もう気づかれたか……」

思ったよりも早かったな……。私がわざわざ戻ってから毒を撒いたのは、たとえ姿を見られても、毒の散布を素早く行えるからだ。

できるだけ時間差なく気づかれないように毒を撒きたかったが、たぶん、私が殺した人間が見つかったというよりも、散布した第二の毒が拡散して、撒かれていなかった場所でも半端に毒の効果が現れたのが原因か。

それでも想定の範囲内だ。半数近くは殺せたか動けないはずだから、これからは動きが鈍った連中を積極的に殺しに行く。

隠密で気配を消し、両手の影からペンデュラムの刃を出した私は、滑るように音もなく通路を駆け抜ける。

「お前――」

出合い頭に遭遇した見知らぬ女にペンデュラムを投げつけ、咄嗟に躱した女の動きが毒で鈍っていることを確認して、すれ違うように首筋を斬り裂いた。

再び走り出した私は、所々に点るランプの明かりや魔術光を、ペンデュラムや【暗闇《ダーク》】で消していく。ほとんどの構成員は《暗視》を持っているはずだが、それでもギルド内に明かりが点いているのは、人族がレベル1までの暗視しか使えないからだ。

それでも戦闘に大きな支障がなければ、新たに明かりを点すことはしないはず。それは彼らの常識から、暗闇が自分たちの味方だと思っているからだ。

彼らはまだ自分たちの敵の〝姿〟を想像できていない。相手が自分よりも暗闇に慣れていると考えてもいない。それは私にとってわずかだが有利に作用する。

ヒュンッ！

「ぐあっ！」

「貴様っ⁉」

毒でわずかに動きが鈍り、朦朧とした頭は、現実で攻撃を受けていると理解していても、暗闇は私を敵だと認識するのを、わずかな間だけ阻害した。

ほんの一瞬……一秒かそこら。殺すにはそのわずかな隙で充分だ。

毒へと変わる薬品を滲ませた布を周囲にばら撒きながら、私は出合い頭に遭遇するギルド構成員を次々と殺し、部屋の中で動けなくなっていた者も確実にトドメを刺していく。

中には動けない振りをしていた者もいたが、最初からペンデュラムで攻撃すればなんの問題はなく、あきらかに戦闘力が高めの者は、【影攫い《シャドウスナッチ》】を使ったクロスボウで耳から脳を貫いた。

ドゴォンッ‼

通路の奥にあった木箱と酒樽が砕け散り、巨大なハルバードで残骸を薙ぎ払うようにして現れたそのドワーフは、私とその周りで死んだ仲間を見るなり、血走った目を向けて怒声を張りあげた。

「貴様が裏切り者かぁあっ！　灰かぶりぃいっ!!」

▼シャルガ　種族：岩ドワーフ♂・ランク４
【魔力値：１３５／１５０】【体力値：３９３／４５０】
【総合戦闘力：８２５（身体強化中：９７９）】

『狂戦士シャルガ』……ここまでやればさすがにバレるか。予定より少し早いが、彼の声で私の裏切りがギルドに知られてしまった。

瓦礫を蹴散らすように突進するシャルガに、私は外套の内側から抜き手を見せずにナイフを投げ放ち、シャルガはそれをハルバードの柄で打ち払う。

大きな武器で器用だな。だが、それ以上に臆病だ。さすがにランク４の戦士では毒の効き目が薄いと判断した私は、それ以上刃を交えることを止めて予定していた地点まで走り出した。

「逃がさんぞ、灰かぶり！」

巨大な武器を持ち全身鎧を着た格上と、まともに打ち合うほど酔狂じゃない。

私を追ってくるシャルガの目の色が変わり、向けられた圧力が増す。

狂戦士は突如狂ったように暴れはじめ、肉体の限界を超えて死ぬまで戦い続けるという。おそらくはそれがシャルガの奥の手か。確かにそれだけの力ならランク５とも戦えるだろう。だがそれと引き換えに、彼は周囲への警戒心をおざなりにした。

シャルガは強い。だがお前は、どうしてこの場所に他の構成員がいないのだと思う？

さあ、〝お前〟の敵を連れてきたよ。

ミシ……ッ！

ドゴォオンッ！

私が通り抜けた後の通路の壁が軋み、一斉に亀裂が奔《はし》る。

その瞬間、土壁をぶち抜いて飛び出した手足の長い〝異形〟が、私を追ってきていたシャルガとぶつかり、響くような金属音を打ち鳴らした。

「ゴードっ⁉」

「ガァアアアアアアアアアアアアアアアアアアアアアアアアッ‼」

元炭鉱であるギルドを震わせるような叫びをあげ、枷から解き放たれた『処刑人ゴード』が『狂戦士シャルガ』に襲いかかる。

ガキィイインッ！

ゴードの爪とシャルガのハルバードがぶつかり、激しく音を打ち鳴らす。

「ゴードっ！　くそっ、賢人！　こいつを大人しくさせろっ！」

巨大なハンマーを打ち付けるようなゴードの攻撃を捌きながら、シャルガが通路に叫んだ。

だが、その声は誰にも届かない。このような非常事態の中でも、ゴードのいるこの区画にだけは誰も近寄らないからだ。

私はギルドに侵入してからずっとこの区画に潜伏していた。

この場所が他の構成員が滅多に近寄らない、隠れるのに適した場所であるのも理由だが、一番の目的は『処刑人ゴード』を解放することにあった。

異形の姿をしていても、私はゴードが元人間だと考えた。おそらくは賢人が呪術と薬品を用いて創りあげたキマイラのようなものなのだろう。

薬物に脳まで侵され、獣と成り果てたゴードに、人だった頃の記憶や感情が残っているのか分からない。賢人が呪術で思考の自由さえ奪い、ゴードを戦うだけの獣と変えたのは、ギルドの要請だけではなく闇エルフである師匠への対抗心もあったはずだ。

だからといって、私はゴードの身の上に同情しているわけじゃない。だけど――。

こんな奴らにいいようにされて悔しくないの？　憎くないの？

そんな言葉を囁きながら、私は時間をかけて少しずつゴードの呪いを解きほぐし、出来る限りの薬物を中和した。

もちろんそれは簡単な作業ではなかった。師匠から授業で習った呪術とは、特定の魔素そのものに己の魔力で書いた簡易精霊語を打ち込み、対象となる生物の魔力と接触することで効果を発動させる技術だ。他の魔術に比べて効率が悪く廃れはじめている技術だが、発動さえしてしまえば、呪いを受けた対象の魔力で半永久的に効果を発揮する。

呪いを解除するには、呪いを受けた魔素からその命令を読み取り、相反する精霊語を用いて相殺していくしかなく、私に出来たことは、ゴードが身に纏う呪術の魔素に、対抗する魔素をぶつけて少しずつ相殺していくことだけだった。

私では呪いそのものを打ち消すことは出来なかったが、それでもゴードを縛る命令形の呪縛はほぼ無効化できたはずだ。

あとは最後に残ったわずかな枷を打ち破る『餌』があればよかった。

その餌とは……『憎しみの対象』だ。

だから私は、その餌になり得るギルドの上位構成員をここへ呼び込んだ。

「ぐぉおおおおおおおおおおおおっ!!」

「ガァアアアアアアアアアアアアッ!!」

三メートル近い巨体であるゴードの攻撃を、その半分しかないドワーフのシャルガが、筋肉を膨張させながら受け止める。

シャルガとゴードは共にランク4の戦闘力を持っているが、ゴードは薬物と呪術の影響かランク5に近いステータスがあり、シャルガも狂戦士化することで力を増しているが、徐々にシャルガの顔に焦りの色が浮かびはじめた。

シャルガ……〝違う〟でしょ?

「ぬおっ!? 貴様っ！」

操糸で軌道を変えたペンデュラムの刃が、ゴードと戦っていたシャルガの鎧の隙間から皮膚を斬り裂いた。

「どうした狂戦士《バーサーカー》。そのままでは死ぬよ？」

私の言葉にシャルガは目を見開き、さらに焦りを強くする。

そんなざまでは私が困る。お前には本気になってもらわないといけないのだから。

彼が『狂戦士』と呼ばれるようになったのは、このドワーフの過去に何かがあったからだ。

シャルガは明らかに暗殺者向きではない。彼ほどの実力があれば、表舞台には立てなくてもマフィアの用心棒など幾らでも腕を活かす場所があったはず。

そんなシャルガがこの穴蔵に閉じ籠もり、全身鎧を脱ぐこともなく、武器を抱えて周囲を威嚇しながら酒を呷っていたのは、きっと彼が『臆病』だからだ。

力があっても臆病だから戦えない。だから、怒りにまかせて窮鼠のように暴れ回ることでしか、自分を護れなかった。

だが彼は怒りに身を任せながらも、最後の段階で常に理性を残していた。今も怒りで戦いながらも意思が通じているのがその証拠だ。先ほども、暴れるゴードを倒すことよりも、まず賢人に救いを求めたのは何故？

シャルガは死ぬのが怖かったからこそ怒りに身を任せ、死ぬのが怖かったからこそ最後の一線を越えることはなかった。

「さあ、どうするの？　でも――　本当に……〝死ぬよ〟」

＊＊＊

シャルガは人族の里で生まれた岩ドワーフだった。

幼い頃より頑強さだけには自信があったシャルガは、人族の幼なじみと共に冒険者となり、三人の仲間たちの盾として活躍していた。

だが、まだ年若く、調子に乗った彼らはダンジョンの奥深くへと進み、強大な魔物と遭遇してしまった。それでも仲間たちと力を合わせれば生還することは出来たかもしれない。でも、強い魔物との戦闘経験に乏しく、シャルガが優秀であったことから、初めて生命の危機に曝された人族の幼なじみたちは、一人で食い止めるシャルガを置いて逃げようとした。

シャルガが普通の冒険者ならそこで終わっていただろう。だが、その瞬間、生命を失いそうな極限の恐怖がシャルガの中で、裏切られた怒りとなって燃えあがり、手の武器をそのまま友人だった仲間の背に投げつけていた。

シャルガが正気を取り戻したときには、仲間の一人と魔物が引き裂かれるように死んでいた。

最後の記憶は、背を斧で割られた友人に魔物が襲いかかり、シャルガが自分で投げた斧を拾ったところで切れていた。

狂戦士現象《バーサーカー》。戦場などで恐怖と怒りに我を忘れた者が、肉体のあらゆる枷を外して死ぬまで暴れ回ると言われていた。

シャルガが正気を取り戻せたのは、人族よりも頑強な岩ドワーフだったからだろう。シャルガは幼なじみの友人を死なせてしまったことを恐怖し、ボロボロの身体でダンジョンを逃げ出した。

だが、そこで待っていたのは、先に逃げ出した二人の仲間たちだった。彼らはシャルガが死んだ友人に斧を投げつけたところを見ており、自分たちが先に見捨てたにも拘わらず、シャルガを友人殺しとして責め立てた。

シャルガは恐怖した。友人を殺したことに。それを友人から責められることに。そしてシャルガは、その恐怖から逃れる術をたった一つしか知らなかった。

友人を皆殺しにしたシャルガは逃げるように裏社会へと落ちていった。

盗賊や山賊の用心棒をして、自分を守るためなら無辜《むこ》の市民さえ殺した。その組織が自分を切り捨てようとする動きがあれば、確かめることもなく皆殺しにもした。

たとえ闇に落ちても……いや、堕ちたからこそシャルガは、仲間を裏切るような行為を許せなかった。

だがそうしているうちに裏社会からも狙われるようになり、表の世界でも手配をされたシャルガは、最後に強ければ出自を問わない暗殺者ギルドに流れ着いた。

だが、そこもシャルガの安住の地ではなかった。

ある日、国家の密偵と思しき男が捕らえられて、ギルド長と賢人の手により、語るのもおぞましい拷問と改造が行われるのを目にしたシャルガは、暗殺者ギルドにも恐怖した。

密偵の男は、シャルガから見ても勇気ある立派な人物だった。それが尊厳を貶められ、子どものように泣き叫びながら獣へと変えられる様子は、正気では耐えられないものであった。

その日からシャルガは酒保の奥へと引き籠もった。全身鎧を脱ぐこともできず、武器を構えたままで酒を呑むしか、自分の心を守ることができなかった。

＊＊＊

「――――ぅぁああああああああああああああああああああ!!」

最後の一押しに、ついにシャルガの目から理性が失われ、悲鳴のような雄叫びをあげた。

「ぐぉおおおおおおおおおおおお!!」

叫ぶように吠えたシャルガが巨大なハルバードを風車のように振り回し、周囲の土壁ごと粉砕しながらゴードの巨体を弾き飛ばした。

「ガァァアアアアアアアアアアアアアアアア!!」

「ああああああああああああああああああっ!!」

ゴォオオオンッ！

巨大な鉄をぶつけるような音を立て、周囲の壁を壊しながらシャルガとゴードの二人が防御もせずに殴り合う。

それでいい。でも、まだ足りない。

「――【重過《ウェイト》】――」

私は彼らの所へと駆け寄り、闇魔法を発動する。

レベル1の闇魔術で、物の重さを一割ほど変えるだけの魔術だと思われていた【重過《ウェイト》】だが、実際は加重を任意の方向へと変える魔術であり、闇魔法のレベルが1上がるごとに効果が一割上昇していた。

三割程度なら変わっても大差はない。だが、同レベルの《体術》スキルがあれば話は変わる。

「うぉおおおおおおおおおっ！」

私が近づいた瞬間、本能で敵を察したシャルガが腰から手斧を投げつけた。

狭い通路に唸りをあげて手斧が迫る。横には躱せないそれを、私は壁を駆け上がるように天井さえも駆け抜け、戦い続けている二人を頭上から斬りつけた。

「ぬぉおおおおおおおっ!!」

「ガァアアアアアアッ!!」

私の刃は二人を少し傷つけただけ。でも、その小さな一撃は、私を二人の戦いの〝舞台〟へと押し上げた。

飛び越えることで位置を変え、私は二人にナイフを投擲しながら元来た道へと逆走する。そしてシャルガとゴードも互いを牽制するように戦いながら、私の後を追ってきた。

そのまま私が二人を引き連れるようにして、シャルガが扉を壊した最初の広間に戻ると、裏切り者である私を捜していた数名の構成員と遭遇した。

「貴様、灰かぶり！」

「ゴードっ⁉」

「シャルガまで！」

私だけでなく、引き連れてきた二人に気づいた構成員たちが、目を見開いて息を呑む。

「どぉりゃあああああっ！」

「ガァアアアアアアアアアアアアッ‼」

二人の狂人はギルドの構成員などお構いなしに戦い続け、ゴードの巨体と巨大なハルバードがぶつかり、それに巻き込まれた数人の構成員が首や背骨をへし折られるように弾かれた。

毒がギルド全体に回り、構成員たちの動きが鈍くなっている。

私は構成員たちの間を潜り抜けるように隙を見れば殺し、追ってきたシャルガとゴードが彼らを枯れ穂のように薙ぎ倒す。

ここまで乱戦になれば、誰も一人を狙い続けることはできなくなる。少しでも気を抜けば即座に命が散るこの戦場で、私が毒で弱っていた数名にトドメを刺すと、そこにあの男が現れた。

「アリアぁあああああっ‼」

ガキィンッ！

その憎悪に満ちた叫びと、殺気に反応するように私が黒いナイフを振り抜き、その男の振るう銀の短剣と緋色の火花を散らす。

「遅かったな、ディーノ」

「やってくれたな……っ」

ギチギチと刃が噛み合い、拮抗するその刃の向こう側で、私の言葉にディーノが怨嗟の呻きを漏らした。

「貴様……セレジュラの命は惜しくないのか……!?」

憎悪に歪み、震えるディーノの瞳に、冷たい目をした私が映る。

「師匠を利用しようとする〝全員〟を殺せば、それで終わりだ」

私がそんな簡単な答えを言葉にすると、その意味を理解したディーノが、まるで狂人でも見るような瞳を私へ向けた。

「最初から……そのつもりで？」

「当たり前だ」

小指に巻いた糸を引いて手甲のクロスボウから矢を放つ。それをギリギリで回避したディーノは私と蹴り合うようにして飛び離れ、私たちは距離をあけて再び睨み合う。

五ヶ月前、初めて会った時、私たちには別の道もあった。

だけど、お前が師匠《セレジュラ》を利用しようとした瞬間に、私たちの道は決まってしまった。

「ディーノ……。お前は最初から私の〝敵〟だ」

＊＊＊

ディーノが暗殺者ギルドに所属したのは十歳の時だった。

北辺境地区支部のギルド長である父と酒場の女給仕との間に生まれた彼は、それまで母親と共に市井で暮らしていたが、とある事情によって母親から父へ引き渡された。

父親の職業は決して褒められるものではなかったが、母親は父親の本当の仕事を幼い息子に話さず、悪い人を懲らしめてお金を得る仕事だと伝えていた。

幼いディーノは父に憧れ、悪人を――自分と違う意見を持つ者を正論でねじ伏せ、彼の〝正義〟を理解できない者には暴力を振るうようになっていった。だが、彼の正義は他の子どもの反感を買い、幼いディーノはさらなる暴力で叩き伏せられる結果となった。

ディーノが最初に歪んだのはその頃だ。彼は自分の正義のため、強くなる努力を始めると同時に、その鬱憤を晴らすため、『自分より弱い悪』に過剰な暴力を振るうようになった。

最初は彼に暴力を振るった者たちの飼い犬や家畜を攫って、いたぶるように殺していた。鬱憤を晴らすと同時に、正義を理解しない者たちへの彼なりの制裁だった。

その行為は成長するほどに激化し、悪さをしたという子どもを殺して、歪んだ笑みを浮かべている息子を見た母親は、ついに彼を放り出すように父親へと引き渡した。

父の正義の正体が暗殺者ギルドだと知って、自分の正義が揺らいだディーノはさらに歪んだ。

だが彼は、自分の考える正義が大多数に認められないと悟り、法に逆らってでも悪に刑を執行する暗殺者ギルドそのものを肯定し、傾倒していくことになる。

前ギルド長は息子に興味がなかった。父としてディーノが求めるものを与えながらも彼を見ておらず、誰もディーノの歪みに気づかなかった。


ディーノが十二歳の時、『魔族』と呼ばれる闇エルフの女がギルドに加入した。

セレジュラは美しい女だった。だがそれ以上にその強さに憧れた。悪しき魔族を抜けて、正義である暗殺者となったセレジュラは、ディーノの理想とする〝正義〟だった。

ディーノは父に頼み込み、彼女の弟子となることで、自分が求める〝正義〟を執行する強さと、憧れた彼女そのものを求めた。

消極的ながらもセレジュラの教えもあり、ディーノは一年足らずで風と土の魔術を得ることはできた。だが、彼の才能は一般的なものを超えることはなかった。

それは一般的に充分な実力でも、闇エルフであるセレジュラからすれば才能に乏しく思えたのだろう。諦めた哀れみのような視線を『蔑み』と感じたディーノは、憧れの強さの分だけ歪んでしまい、自分に〝痛み〟を与えたセレジュラにさらに固執するようになっていった。

憧れた強さを持つセレジュラを屈服させ、痛みを与えたい……。

その執着が――暗殺者ギルドに〝滅び〟を呼び寄せた。

＊＊＊

「アリアぁああああ!!」

ようやく〝私〟を理解したディーノが、血を吐くように私の名を叫ぶ。

▼ディーノ　種族：人族♂・推定ランク４
【魔力値：１４５／１８０】【体力値：２２３／２９０】
【総合戦闘力：７９５（身体強化中：９３３）】

ガキィンッ！

ぶつかり合う刃の火花が、暗闇に包まれたギルドを花火の如く照らし出す。

「【飛礫《ストンブリット》】っ！」

元炭鉱である剥き出しの岩肌から幾つもの飛礫《つぶて》が降りそそぐ。

ディーノから土系の魔素の〝色〟が視えていた私は即座に飛び離れ、飛礫の上を飛び越えるように回避した背後から複数の悲鳴が響いた。

「ぎゃあっ⁉」

「ぐあっ！」

女盗賊と戦った経験から私は土魔術のタイミングを知っていた。それを察して、私の隙を窺っていた連中を巻き込み、その首をナイフで斬り裂いていく。

おそらくディーノの魔術は、あの女盗賊と同じレベル３はあるはずだが、女盗賊よりも発動は速くても射出速度で劣っている。発動の速さだけなら、さすがは兄弟子と言いたいところだが、彼の魔術には〝威〟が足りない。

「くそがぁっ！」

仲間を巻き込んでしまったディーノが呻き、私へ憎悪の刃を向ける。でも、仲間を巻き込んでしまったのは……。

「怒りで我を忘れた、お前の失態だ」

「アリアぁあああああああっ！」

煽るような私の指摘に、ディーノはさらに冷静さを欠いていく。

毒を撒いて戦力を削り、シャルガとゴードを争わせて乱戦に持ち込んだが、私が有利になったわけじゃない。毒に耐えた生き残りの暗殺者たちが集まってきている。残りは十人前後だが、その中にはラーダのような暗視や探知に補正を持つ獣人もいる。

毒で動きが鈍っているとしても、そのほとんどがガイやキーラと同じランク3の連中だろう。

「…………」

私は覚悟を決めるように感情を心の奥底へ沈め、周囲を威圧するように目を細めた。

本当ならこんな運任せの策なんて好きじゃない。でも、たった一人の子どもが組織相手に戦うというのは、そういう覚悟がいる。

出てこい。

見ているんでしょ？

私が来たその時からずっと、私を殺すことを考えていたのでしょ？

お前は、師匠に関わるすべてのものが憎いから――

「――【魔盾《シールド》】――ッ!!」

それが〝視えた〟瞬間、魔盾を発動しながら飛び下がるように退避する。

「逃がすかっ！」

「死ね、灰かぶりっ！」

瞬時に反応した二人の暗殺者が投げナイフと弓を撃ち、私の腕や肩に掠めて少なくないダメージを受けながらもさらに距離を取った、その次の瞬間――

「ぎゃああああああっ⁉」

「ひぃいいいっ！」

「ぐぁあああっ！」

奥側にいた数名の暗殺者が黒く染まり、身動きできなくなった彼らの身体が、枯れ葉のように干からびて崩壊する。

その間にも迫ってくる、複雑に色が混ざり合った気持ちの悪い魔素を、魔盾で防ぎながら回避する。それでも防ぎきれなかった『呪い』を受けた外套が、脱ぎ捨てると同時に風化したように崩れ散った。

「……これを躱すか。忌々しい闇エルフの弟子め」

最奥の暗がりから、暗い色のローブに身を包んだ森エルフの老人――呪術師〝賢人〟が姿を見せ、暗い瞳を私へ向けた。

呪い……呪術は、非効率な技術ではあるが、効率さえ無視して時間と場所を限定すれば他の魔術を凌駕する威力を持つ。そもそも取るに足らない技術なら、師匠がわざわざ授業で講義するはずもない。だから私が最も警戒していたのは、ゴードではなくこの賢人だった。

「賢人っ！　なんのつもりだっ！」

彼も回避できたのか、ギルド構成員を巻き込んだ攻撃を放った賢人に、ディーノが怒気を露わにすると、賢人は彼を一瞥して鼻で笑う。

「若造が……人族如きが儂の上に立ったつもりか？」

「なっ……」

賢人にとってギルドは研究の場であり、その場を維持するために尽力はしても、そこにいる者たちは仲間ではなかったと言うことか。

絶句するディーノを無視するように賢人は私だけを瞳に映す。

「どうやって躱した？　闇エルフの弟子よ」

「……お前は必ずそうすると思っていた」

闇エルフと森エルフという、同種族でありながら互いを嫌悪する関係以上に、己の半生をかけた〝呪術〟を否定した師匠を賢人は絶対に許さない。

だから私は、賢人が攻撃を仕掛けてくるのを待っていた。

キーラと同様にそう確信はしていても、他者を巻き込んでまで攻撃してくるかどうかは賭けだった。師匠もそうだが、エルフ族は誇りを重視する。森の外に出たエルフはそれほどでもないが、それだけ師匠への憎しみが強かったということだ。

だけど、その味方を巻き込んででも私を殺したいという賢人の執念が、邪魔だったギルド構成員をほぼ無力化した。まだ生き残りはいるだろうが、この場に出てこないのなら、よほど戦いに自信がないか、警戒心の強い連中だろう。

「ぐぉああああああああああああああっ!!」

何処かから断末魔の叫びが聞こえた。

先ほどの呪いの影響を受けてしまったのだろう。片足を黒く染めた狂戦士シャルガが、ゴードの爪に心臓を貫かれて崩れ落ちる。

「ガァアアアアアアアアアアアアアアアアアアアアアアアアアアッ!!」

その勝者である処刑人ゴードが、自分を呪いで縛っていた賢人に気づいて、怒りの叫びをあげた。

だけどゴード自身も無傷じゃない。本気のシャルガと戦い、全身に深い裂傷を負っているだけじゃなく、その右腕が呪いを受けて黒い塵となっていた。

「……〝命令〟も受け付けんか。本当に忌々しいな、闇エルフとその弟子よっ」

ペキンッ。

ゴードの呪いを書き換えたのが私だと気づいた賢人が顔を顰め、枯れ枝のような自分の指を一本掴むと、そのまま自分でへし折った。

「〝地に伏せよ〟」

「グガァアアアアアアアアアアアッ!!」

賢人に飛びかかろうとしたゴードが、血反吐を吐きながら床に押し潰された。

「……対価式呪術か」

呪術の中でも師匠が最も効率が悪いと考え、おそらくこれが、師匠が賢人と反目する原因となったものだ。

魔術とは自分の魔力を対価として〝現象〟を起こす技術だが、呪術の場合はその〝対価〟の割合が大きくなる。魔術としての呪術なら〝魔力〟とそれを設定するまでの〝時間〟を対価にするが、それを突き詰めていくと、悪魔などの精神生命体に〝己〟を対価とするようになるそうだ。

エルフ種は老人にならないと言われているが、それは老化する前に病気や事故で死ぬからだ。そんな森エルフである賢人の外見が老人になっているのは、おそらく自分の〝寿命〟を対価にしている。

賢人はそのような呪術の『最後の対価』を未払いにすることで待機状態にしておき、指を折るという自傷行為を最後の対価として呪術を発動させたのだ。

残りの指の数……あと九回、同様の規模の攻撃ができるとすれば、まともに賢人と戦っても勝ち目は薄い。

それにディーノのこともある。彼は今、私と賢人を相手に手を出しかねているが、賢人が味方でなくても、敵対はしないと分かれば、私を逃がさないように立ち回るはずだ。

私はまだ不利な状態にある。だが私は逃げるつもりはない。

それに……、そろそろ命を懸けた最後の〝罠〟が発動したようだ。

「──？」

「……これは」

賢人が微かに眉を顰めて振り返り、ディーノがそれに気づいて入り口の方角に顔を向けた。

私がこのギルドの正規入口から入る時に、最後の〝仕掛け〟をしておいた。

今日は何故か暑かったでしょ？

今日は何故か蒸したでしょ？

それは、私がこの地下ギルドにある通気孔をすべて潰したからだ。

元が廃坑であるこの場所は、数百年前の事故により多数の犠牲者を出して、巨大な墓地と礼拝堂が作られた経緯がある。その事故を調べた結果、岩肌から湧き出した天然ガスにランプの火が引火したことによる事故だとわかった。

今でも微弱なガスは湧き出している。いつも感じる微かな臭いはそのせいだ。それでも人体に影響するほどではなく、ガスが湧き出す地点に通気孔さえ作っておけば、ランプに火を点しても問題はなかった。

それでもランプ自体が少なかったのは、全員が暗視を持っているせいもあるが、過去にギルドを創った人間が、またガスが溜まることを恐れていたからだろう。

数日前から通気孔が塞がれたギルド内では徐々にガスが溜まりはじめて、意識が朦朧としていた者もいたはずだ。だが長年ここで暮らしていた彼らは多少のガスの臭いには慣れており、それを危険なものだと意識できなかった。

そして、毒が充満し、シャルガとゴードが暴れ、賢人が呪術を無差別に使うようになれば、戦闘力のない〝誰か〟は、逃げ出すと考えた。

入り口から入るだけなら動かない。だが、誰かがその入り口から外に出ようとした瞬間、仕掛けておいた糸が外れて火種が油に引火する。

私にも感じられるようになったこの焦げた臭いは、入り口側から火の手が回ってきているのだろう。私が初めからこの手を使わなかったのは、初手に使えば、いかに個人主義の暗殺者どもでも、全員が団結して脱出する可能性があったからだ。だが、もう遅い――。

「ここが貴様らの棺桶だ」

私がそう呟くと、生き残っていたわずかな者が唖然として、この地下ギルドに火を放ったのが私だと理解したディーノがよろめくように後ろに下がる。

「……狂っている」

そこまでしなければお前たちと戦うことすらできなかった。火の手が回り、湧き出したガスに引火するまでが、このギルドにいる全員の命の残り時間だ。

お前たちは全員ここで死ね。

「貴様ぁあっ！　貴様ぁあああああああああああああっ!!」

ガキィンッ！

恐ろしい速さで飛び込んできたディーノの短剣と、それを迎撃する私の黒いナイフが激しい金属音を打ち鳴らす。

「この〝私〟のギルドをっ！　よくもっ!!」

「そうか」

二度三度と刃を打ち鳴らしながら私は素っ気なく言葉を返す。

ディーノのような人間にとって『組織』とは、対外的な自分を象徴する『ステータス』のようなものだったのだろう。それを維持するために〝長〟として個性的な者たちを纏め上げ、コレクションのように人材を集め、そうして師匠の平穏にまで手を出した。

それほどまでに大事だったお前のギルドは、もう風前の灯だ。

だけど、あえて言ってやろう。

「自業自得だ」

「ああああああああああああああああっ!!」

ガキンッ！

血を吐くような苛烈な攻撃に、私は弾かれるように飛び下がる。

ディーノの短剣はおそらくミスリル製だ。ヴィーロも同じモノを使っていたのでその特性は知っている。

ミスリルは地下にある銀鉱脈が濃い魔素に長期間晒されることで生まれる。私の魔鋼製のナイフに比べてわずかに硬度で劣るが、魔力伝導率が良く、魔剣と同様に精神生命体にもダメージを与えることができた。

今の状況なら武器の差は無いに等しいが、私のナイフは切れ味重視で威力が低く、私自身が戦闘レベルでディーノより下になるので、彼の攻撃を受け続けるにも限界があった。

「邪魔じゃ、ディーノっ！」

ペキン……。

自分の指をへし折った賢人から、また気味の悪い混沌の〝色〟をした魔素が流れてくる。

「くっ！」

見なくても、〝呪い〟に気づいたディーノが転がり避けるように距離を取り、私もその警告があったおかげで、【魔盾《シールド》】を使いながらギリギリの範囲で安全圏に離脱した。

「貴様……っ！　儂の呪詛が視えておるのかっ⁉　その盾といい、貴様ら闇エルフに連なる者どもは、本当に忌々しい！」

立て続けに呪術を回避した私に、賢人が呪うように言葉を吐き捨てる。

賢人も無意識かもしれないが、ギルドという『研究の場』を残すためにはディーノがまだ必要だと、彼を巻き込むことを躊躇っていた。そのおかげで私はランク4の二人を相手にして戦えているが、それも色々な意味で長くは続かないだろう。

入り口から燃えあがった炎は、ここからでも熱気を感じるほどに広がり続け、地下のほぼ中央となるこの場所にまで、黒い煙が流れ込み始めていた。

私は毒消しを染みこませた首のショールを口元まで引き上げる。

あの女の〝知識〟が確かならここも長くは持たない。だけど、それ以上に彼らは焦っているはずだ。今は私への憎しみが勝っているので戦うことを優先しているが、冷静になってしまえば自分の命が脅かされていることに気づくはずだ。

憎しみに支配されれば冷静さを失い、冷静さを取り戻せば焦りが生まれる。

だから彼らが正気に戻る前に決着をつける。

「ディーノ、貴様はさっさと退路を確保せい！　邪魔じゃっ」

「煩い！　私にそんな口を利くなっ！」

「安心せい、闇エルフの弟子は儂がこの手で――」

ヒュンッ！

「そんな暇は与えない」

「くっ！」

弧を描くように二本のペンデュラムを投げつけると、その一つが慌てて回避するディーノの首筋を浅く斬り裂いた。

私の基本戦術は奇策と奇襲だ。そのためにペンデュラムも幻術も、ほとんど彼らの前では見せていない。でも、出し惜しみはここまでだ。ここですべてを使って全員の脱出が不可能になるまで、こいつらをここに留めてみせる。

ペキン……。

「〝腐り果てよ〟！」

また賢人から呪術が放たれた。私が〝呪い〟を目で視て避けていると分かったからか、賢人は威力よりも範囲を広げてきた。

賢人の呪術をまともに食らえば、下手をすれば即死もある。呪術は使う場所と時を選び、条件さえ揃えれば恐ろしい技術だが、それでも弱点はある。

呪術はあくまで〝受け身〟だからこそ無敵であり、今の賢人のように対人戦で使うには速度が足りない。

そしてこれは私だけになるが、お前は必殺のはずの呪術を見せすぎた。

「なんじゃと⁉」

複雑に絡まった混沌の魔素。私は走りながらそれを避けると同時に、目に視える魔素に合わせて自分の魔素をぶつけて相殺する。

水には土を、火には水を、光には闇を……複雑に絡み合った呪術の構成すべてに合わせることは不可能だが、避けきれないわずかな範囲……その一瞬だけなら、生活魔法をレベル3になった《魔力制御》で使うことで、呪術を構成する一部の魔素を消し去り、その範囲を無効化できた。それはゴードの呪術を地道に解呪してきた成果だった。

「アリアぁああっ！」

広がった呪術の範囲はディーノにまで届いていた。

迫りくる私に対して、ディーノが迎え撃つか呪いを避けるか、一瞬の迷いを見せた瞬間、私は温存していた〝奥の手〟を解き放つ。

「――【幻痛《ペイン》】――」

「ぐがあっ⁉」

格上相手には効果の薄い【幻痛《ペイン》】でも、初見なら一瞬は止められる。

ディーノの足下に滑り込むようにすれ違いながら彼の脇腹をナイフで斬り裂き、通り過ぎた瞬間、賢人の呪術がディーノの左腕と左足を腐らせた。

「ぎゃあぁあああああああああああああああっ⁉」

断末魔のような悲鳴をあげて、ディーノが崩れ落ちるように倒れ込む。それでも――

「ああああああああああああああ‼」

ディーノの怒りと憎しみは、死にかけながらも残った右腕に短剣を振りかぶらせた。近すぎて躱せない。だがそのとき微かな音が私に届く。

カラン……ッ。

ディーノの懐から落ちた、見覚えのあるネックレスが私の足下まで転がり、咄嗟に唱えた【流水《ウォータ》】が、周囲の熱と水の精霊石の力で大量の水蒸気を噴き上げる。

「――っ⁉」

「ハァア！」

視界を塞がれたディーノの投げた短剣が私の横を飛び抜け、踏み込んだ私の黒いナイフがディーノの顔面を縦に斬り裂き、それを見た賢人が複数の指を掴んで、一気にへし折った。

「闇エルフの弟子がっ！」

賢人の怒りを表したような三種の呪術が襲いかかり、水蒸気から飛び出し、ギルド内を駆ける私を追い詰める。

いくら速度の遅い呪術でも、このタイミングでは躱せない。

でもね……どうして私がここに来るまでの〝明かり〟を、すべて消したと思っているの？

「なに⁉」

三種の呪術に巻き込まれた〝私〟の姿が消えた。

獣人やエルフのような暗視に強い連中がいると知っていても、あえて明かりを消していたのは、人族対策だけじゃない。ホブゴブリン戦で使った暗視を騙す人型の幻覚――【幻影《シャドウ》】を使い、水蒸気を目眩ましにして、私はその人型の魔素だけを走らせていた。

エルフの暗視限界はレベル２でも、この状況でなら一度は騙せると狙っていた。

「ぐぼぉっ⁉」

その一瞬の隙を衝き、あらぬ方角から飛来した二本のペンデュラムが、賢人の首を斜めから貫いた。

だが――

「ぬぉおおおおっ！」

どう見ても致命傷だが、それでも賢人は喉と口から血を噴き出しながらも、闇に潜んだ私を見つけて、呪術を放とうと指に手を掛けた。

「フゥッ！」

この距離では次は躱せない。一瞬でそう判断した私は隠密を解き、肺の空気を絞り出すようにして迎え撃つことを決めた。

お前の執念には感服する。ならば私も真っ向から受けて立つべく、スカートを翻し、腿に括り付けた投擲ナイフを両手で引き抜いた。

身体強化で引き延ばされた体感時間の中、賢人が呪術を発動させる自分の指を握りしめ、私がナイフを投げ放つ。

このタイミングでは相打ちか――

ザシュッ!!

「……き……貴様……」

私のナイフは賢人の咽や胸に突き刺さり、賢人の呪いは私に届くことはなく……。

「ガァアア……」

放たれた呪いは割り込んだ巨体に阻まれ、すべて防がれていた。

「ゴード……」

私の盾になるようにして呪いを防いだゴードは、ボロボロの身体に残った左手で、賢人の枯れ木のような首を掴む。

「こ、の……実験動物がぁああああああああああっ!」

「ガァアアアアアアッ!」

ゴードの執念が賢人を勝り、その手が賢人の首を握り潰すように引き千切る。

賢人にトドメを刺し、立ち尽くすゴードのその瞳には、わずかだが〝理性〟の光があった。

「ゴード……お前の〝勝ち〟だ」

お前は……最後に『自分』を取り戻したんだね。

私の零した言葉に振り返る彼の瞳が私を映し、呪いで身体が崩壊していく中で、ゴードが少しだけ笑った気がした。


ドォオオンッ!!


突如、その奥から爆発音が響くと、溢れたガスに引火した炎がゴードと賢人を飲み込んでいく。

おそらくはガスが溜まる最奥の脱出口を使おうとして、最後の罠を開いた者がいたのだろう。遠くからまだ生き残っていたギルド構成員の悲鳴と断末魔が聞こえてくる。もう誰も逃げられない。このギルドは終わったのだ。

「……満足……ですか?」

「……ディーノ」

半身を呪いに冒され、顔面を斬り裂かれてもディーノはまだ生きていた。

広がる炎が茜色に染める地獄の中で、身動きできずに倒れ臥すディーノと私は見つめ合い、彼は微かに皮肉めいた笑みを浮かべた。

「……こんな子どもにギルドが潰されるとは……セレジュラを救えて満足ですか? ですが、あなたも終わりです。もう……誰も逃げられない。アリア……あなたは勝ちましたが、我らの愛する師は、あなたを失ったことを永遠に後悔するでしょう」

情が深い師匠だからきっと悲しむ。だから私の勝利ではないとディーノは嗜虐《しぎゃく》的に嗤《わら》った。

最後までお前は歪んだままだったな……。

「言いたいことはそれだけ？　じゃあ、サヨウナラ」

淡々とクロスボウのギミックに矢を装填する私に、ディーノの顔が徐々に歪み、その見開いた瞳が冷たく見下ろす私と放たれた矢を映して、彼は二度と動くことはなくなった。

「あの世へは、お前らだけで行け」

＊＊＊

ゴドォオオオオオォンッ!!

ガラァアアアァアアアンッ!!

あの炭鉱のさらに地下にはガス溜まりがあったのだろう。

地下で響いた爆発は、岩盤と石造りの巨大な礼拝堂を揺るがし、炎に包まれ崩壊する尖塔から鐘が零れ落ちて、瓦礫で鳴り響く鐘の音が唖然として見つめる住民たちの耳を打つ。

「…………」

私はその様子を、離れた建物の影から見つめていた。

私は誰も脱出できないはずの地下から脱出することができた。それは私にとっても賭けだったが、それなりに勝算はあった。

私を救ったのは、ラーダが使っていた【影渡り《シャドウウォーカー》】だ。

レベル4の闇魔術だが、それを構成し直した【影攫い《シャドウスナッチ》】を使い馴れていたことで、すべての魔力を

使い果たすことになったがギリギリ発動することができた。

影渡りは自分の魔素が繋がった影にしか移動できない。私はそのために、すべての通気孔の穴を塞ぐ際、私の魔力を通す〝糸〟を、数カ所に通しておいた。

そこから影渡りを使い、墓地の玄室まで移動はできたが、自分のレベルを超える魔術を使ったことで魔力が枯渇して衰弱死しかけた。

でも、以前の教訓から魔力回復ポーションを常に一本持っていたことが幸いし、なんとか動けるまで回復した私は崩壊する礼拝堂からも脱出することができた。

暗殺者ギルド北辺境地区支部は潰した。それによって他の支部や、関わりのあった貴族がどう動くか分からない。でも――


「それは覚悟の上だ」

最後に崩れ落ちる礼拝堂を一瞥して、私は闇の中へと姿を消した。

闇からの誘い

師匠の家を出た時は冬の初めだった。季節は春を通り越して初夏になり、あと一つ季節が過ぎれば私は九歳になる。

五ヶ月をかけて暗殺者ギルドを潰した私は、その日のうちに北辺境地区支部があったヘーデル伯爵領を離れて、ダンドール辺境伯領の隣にあるノルフ男爵領へと向かった。

その貴族が、私が暗殺した『暁の傭兵』が遺品を奪った依頼主だ。別に今更、暗殺者としての仕事に目覚めたわけじゃないけど……〝遺品〟……両親を事故で亡くした私にとって、それはなんだか特別のような気がして、できれば家族に返してあげたいと思っていた。

チャラリ……。

「…………」

無くさないように仕舞っていた遺品のネックレスを、【影収納《ストレージ》】から取り出して眺める。

『精霊の涙』――現世から消滅する精霊からごく稀に得られる精霊の魔石で、宝石としても扱われるこの石は、元々純度の高い魔石なので、簡単な魔法陣を仕込むだけで護符としても作動する。

そのせいで高値となり、呼び出した精霊を狩ろうとした者たちが、返り討ちにあって死亡する事故が相次ぎ、この世界の理を制御する精霊を狩ること自体を重く見た聖教会――その総本山であるファンドーラ法国によって、『精霊の涙』は売買どころか所持をしているだけでも罪になると定められた。

それに強制力があるわけじゃないけど、多くの光属性魔術師を擁する聖教会に表だって反発する権力者はいない。

これをどうしてノルフ男爵が持っていたかなんて興味はない。当時の金額でも依頼料である大金貨四十枚以上の価値は無かったはずだから、それほどの大金を払ってでも取り戻したい『家族への想い』があったのだろう。

念のために警戒して大きな街には寄らず、森を通り小さな町を経由して、一週間ほどかけてノルフ男爵の住む街へと到着したが、暗殺者ギルドの残党と遭遇することはなかった。

警戒をしすぎた？　……いや、私がギルドを潰したことに気づいた者は少ないとは思うけど、注意をするに越したことはない。

ゲルフのお店で買った魔物革の外套は戦闘で消滅したので、普通の店で買った外套を纏っている今なら、外見の特徴だけで私を追うことはできないはずだ。


銀貨一枚を払って街に入り、屋台で頼んだ汁物を食べながら街の様子や領主のことを訊ねてみると、屋台の恰幅のよい女店主は暇だったのか色々と教えてくれた。

「あそこの丘の上にお屋敷が見えるだろ？　あそこがご領主様のお屋敷さ」

「へぇ……」

通りからも見えるその屋敷は、ダンドールという都会に近いせいもあって、以前メイドとして潜入したセイレス男爵家のお屋敷よりも立派に見えた。

「ダンドールのような大きな街から来たなら、小さく見えるかもしれないけど、ここも悪くないよ。ここ数年は少し税金が高くなったけどね」

「何かあったの？」

私が声のトーンを落として訊ねると、噂話が好きそうな女店主はこちらに顔を近づけるようにして、囁くように声を潜める。

「確か二年くらい前だったかねぇ……ご領主様の前の奥様が、他領に向かう途中の馬車で、山賊に襲われてお亡くなりになったんだけど」

「……前の？　山賊？」

「おっと、そこら辺も知らないのかい？　今の奥様は後妻だよ。それで、その後に騎士様やら冒険者やら集めて、大規模な討伐隊を組んで山賊は討ち取ったんだけど、ご領主様はだいぶ無理をなさったみたいで、ちょっと評判の悪い商会に金を借りたそうだ」

「……大変だったんだね」

その時に『暁の傭兵』に遺品を奪われ、暗殺者ギルドへの依頼料を払うために、その商会から金を借りたのか。

「どこまで本当か知らないよ？　だけど、その後に商会の娘が後妻としてお屋敷に入ってね、それから税金が高くなったから、ご領主様も後妻を断れなかったんじゃないか、って噂になったのさ」

「なるほど……」

「まぁ、街はそこまで悪くないから、お嬢ちゃんも冒険者なら、頑張って街を潤しておくれってことさっ」

そう言って女店主が豪快に笑う。……でも。

「私が〝女〟って分かるの？」

「そんな格好をしていても、お嬢ちゃんほど綺麗なら一目で分かるさ」

「…………」

念のために足首まで覆う外套を着て、ショールで顔半分を隠していても、もう女にしか見えなくなっているのか。

それはともかく、得られた情報としては男爵の評判は悪くない。多少税金が高くなっても誰も悪く言っていないのは、それだけ良い統治をしてきたのだろう。

税金が高くなったのは、その後妻が金を回収するためにやらせたのだろうか。

商会の評判が悪いと言っても、回収が難しい金を貸すには、それだけの利点を求めるのは商会として当然なので、私としては思うことはない。評判が悪い商会から金を借りたのも、暗殺者ギルドに依頼をしたのも男爵の判断なのだから、これからどうするかは男爵が決めることだ。

私はただ、ケジメとして〝遺品〟を返しに来ただけだ。

他の情報としては、男爵には一人娘がいるそうだから、男爵本人よりもその娘に渡すほうが簡単かもしれない。


とりあえず、男爵の屋敷とやらを確認しておこう。

一応冒険者として街に入ったのだから、冒険者ギルドに顔を出すのが自然なのかもしれないけど、偽名でもギルドに寄れば私が立ち寄った記憶が残るかもしれないので、この街ではあまり寄り道はしないほうがいい。

遺品を返すとしても真正面から返すのではなく夜まで待つことにした。私の目で視ても屋敷に魔術的な護りはなく、忍び込むのに問題はなさそうだ。

そんなことを考えながら一旦この場を離れようとしたその時、不意に背後から声を掛けられた。

「あなた、もしかして冒険者さん？」

「……うん」

声を掛けてきたのは、若干着古した感のあるワンピースを着た若い女性だった。彼女が近づいてきているのは気づいていたけど、歩き方も気配も一般人と変わらなかったので、気にするほうが不自然かと思って放っておいた。

「ああ、やっぱりっ。そんなに若いのに雰囲気が違うから、そうじゃないかって思ったの」

私が頷くと、その女性ははしゃぐように手を叩いて朗らかに笑った。

「……誰？」

「あっ、ごめんなさいっ、ぶしつけでしたわね。私は、この地の領主の娘でノーラと申します」

「領主の……お嬢様？」

まさか目標とこんなあっさり遭遇するとは思わなかった……。

朗らかな雰囲気から一転して、貴族らしいカーテシーを披露したノーラに思わず呟きを漏らすと、すぐに彼女は雰囲気を戻して慌てたように手を振った。

「気にしないでね、貴族と言っても小さな地方領主の娘だから、えっと……」

「それで、〝冒険者〟に何か用？」

「あ、うん、そうね……女性の冒険者がいたら、お話ししてみたいと思っていたの。よかったら、少し時間をいただけるかな？」

「……分かった」

本来なら関わるべきじゃない。でも、彼女の『話したい』という言葉に何故か焦燥感のようなものを感じて、私は承諾してしまった。

けれど私は失念していた。地方の小さな領主の娘で、貴族とは思えないほど気さくな人とはいえ、ノーラは万を超える領民を束ねる男爵家のご令嬢なのだ。

そんな貴族のご令嬢との〝お話し〟が、こんな道端の立ち話で済むはずがなかった。

「私が淹れたお茶でごめんなさいね」

「……オカマイナク」

屋敷の中の応接室らしき場所でノーラ自らがお茶を淹れてくれた。

屋敷に入ってしまったのは仕方ない。前向きに考えよう。それよりもどうして使用人ではなく彼女がお茶を淹れているのか？

王族などに侍女として仕えるのなら、男爵の娘でもあり得なくはないが、貴族とは思えない服装で、伴もつけずに一人で外出していたのも関係があるのかもしれない。

「私ね……もうすぐ結婚しなければいけないの。貴族の娘だから、親の決めた相手と添い遂げることに異論はないのだけど……少し弱気になっているのね。色々な場所に行ける冒険者に話を聞きたかったの」

「……何を聞きたいの？」

私が請われるまま当たり障りのない『冒険者』の話をしてあげると、ノーラも少しずつ自分の話をしてくれた。

彼女には幼い頃から婚約者がいたそうだ。婿《むこ》に入る予定の男爵家の三男とは、互いに憎からず思っていたそうだが、昨年、あることが原因で婚約者が変わってしまったらしい。

「彼もご両親に話をしてくれているみたいだけど……ダメよね。私も彼も貴族だもの。家には逆らえないわ……」

ノーラは明るくそう言って……寂しげに笑う。

「そうか……」

私には恋愛の機微は分からない。けれど、ノーラがまだ以前の婚約者を想っていることは、なんとなく分かった。

「ノーラさん、何をしてらっしゃるの？」

その時、扉がノックもされず開かれ、派手な感じの二十代後半の女が応接室に入ってきた。

「お義母さま……」

「あら、誰か来ていたのね」

その女……たぶん、噂に聞いた商会から来た後妻だろう。

ノーラとは違う仕立ての良いドレスを着たその女は、外套を脱いでソファーに腰掛ける私を見て、一目で冒険者だと理解すると、「ふん」と鼻で息を吐き、私を無視してノーラとの話を続けた。

「商会へのお使いは終わったのかしら？　あなたは私の弟と結婚するのだから、ちゃんと挨拶はしてきたのでしょうね？　ライナスが次の男爵となるのだから、今のうちに媚《こ》びを売っておかないと後悔することになるわよ」

「はい……」

「こんなところで、そんな小娘と……」

言葉の途中で後妻の声が止まる。

私は何もしてない。会話どころか威圧さえしてない。

「………」

けれど、私に目を向けたその女は、無言のままジッと見つめる私の〝瞳〟に何を見たのか、わずかに足が下がり、その顔にわずかに怯えが奔る。

「ふ、ふんっ、躾のなってないガキねっ！」

バンッ！　と叩きつけるように扉を閉めて、女は早足に部屋を出て行った。

「……ご、ごめんなさい」

「気にしてない」

後妻の態度に驚きながらも、申し訳なさそうに謝るノーラに私は軽く首を振る。

本当に気にしなくていい。私も気づけたことがあったから。


ノーラと別れ、男爵の屋敷を後にすると、しばらくして私の跡をつけてくる数人の気配に気づいた。

二人か……タイミング的にあの後妻が手を回したにしても短絡的すぎる。でも、少ししてその数が一人減ると、しばらくして四人になり、最終的には十人ほどに増えていた。

「出てきたら？」

わざと裏路地に足を踏み入れ、人気のなくなったところで声を掛けると、少し驚いた気配がして男たちが姿を現した。

「いやいや、さすがだ。君が〝灰かぶり〟だね？」

「……お前たちは？」

現れた男たちは、どこにでもいるような目立たない平民の服装をしていたが、その発する気配が一般人ではないと告げていた。

私の正体を知り、私を『灰かぶり』と呼ぶ人間は限られている。けれど、こんな子ども一人にこれだけの手勢を集めたのだから〝穏便〟な話し合いではないはずだ。

その中で声を掛けてきた、一人だけマシな格好をした二十代半ばの男は、気取った仕草で貴族の真似事のように頭を下げて、は虫類のような笑みを見せた。

「盗賊ギルドから、君を迎えに来たよ」

「…………」

どうして盗賊ギルドがここに？　私を迎えに来たとはなんなのか？　そもそもどうやって私のことを知った？

知りたい情報は多々あるが、その答えは意外なところから返ってきた。

「なっ⁉　どういうつもりだ、ライナスっ！」

彼らの後方にいた男が声をあげると、最初に声を掛けてきたライナスと呼ばれた若い男が、ニヤけた顔で振り返る。

「ああ、君の情報には本当に感謝しているよ。何しろ、暗殺者ギルド北辺境地区支部の壊滅という重大情報を、こんなに早く知ることができただけではなく、それを為した重要人物の情報までもたらしてくれたからね」

「それはっ、お前たちが仇を討つのを手伝ってくれるとっ！」

「ふふ、そうだったかな？」

ライナス……その名に聞き覚えがあるな。

それよりも後ろの男の声にも聞き覚えがあると、そちらに目を向けると、そこには血が滲んだ布を顔と身体に巻いた男が、灼けるような憎しみの瞳を私に向けていた。

ああ、この男は……。

「〝物乞い〟か」

「〝灰かぶり〟ぃいいっ!!」

ギルドの外にいた監視兼案内役。そうか、この男は生き残ったのか。

「お前やラーダと王都に行った連絡役が、火だるまになりながら外に出てきて、死ぬ間際にお前の裏切りを教えてくれたっ！　ギルドに向かった外の連中もみんな礼拝堂の崩壊に巻き込まれた！　お前のせいで！」

「そうか」

「お前がぁあああっ!!」

私が感情もなく言葉を返すと、物乞いは激高して短剣を引き抜いた。

どうやら入り口に仕掛けた発火の罠を開いたのは、見たこともない連絡役の男だったようだ。そこから私の情報が外に漏れたのだとしたら、即死する罠にしなかった私の落ち度だ。

それでも外の周囲にいた連中もほとんど死んだことと、私がギルドを潰した張本人であることがバレたという情報は、気になっていたので知ることができて良かった。

「ぐぼっ!?　なっ……お前っ」

監視の物乞いが突然口から血を吐き、愕然とする彼の後ろから、盗賊の一人が貫通するまで腹を刺し貫いていた。

「君には感謝しているが、会話の途中で割り込んでもらっては困るな。やれ」

ライナスがパチンッと指を鳴らすと、その周りにいた数人が物乞いの首や胸を刃物で刺し、物乞いは最後に私のほうへ手を伸ばして、その瞳から光が消えていった。

「盗賊は、殺しをしないんじゃなかったの？」

殺された物乞いを一瞥して私がそんな呟きを漏らすと、盗賊たちの意識が私へ戻り、ライナスが気取った仕草で前髪を払う。

「よく知っているね。だけどそれは一般人に対してだけだよ。それにこいつは、君に手を出そうとしたのだから当然の結果だね」

「………」

もう用済みだから始末したようにしか見えないな。

「どうして私がここにいると分かった？」

「その前に、君は『精霊の涙』を持っているかな？　それは元々、我々が『暁の傭兵』から買い取る手筈になっていたのだよ。それを渡してくれないか？　もちろん、彼らに払うはずだった報酬を、そのまま君に支払おうじゃないか」

なるほど、こいつらの狙いは〝これ〟か。

連絡員から物乞いが聞いたのだろうか、私が軽く頷いて、一瞬だけ手品のように【影収納《ストレージ》】からネックレスを見せると、ライナスの瞳が目に見えて輝いた。

「報酬は？」

「大金貨三十枚。それと、私たちと契約してくれたら、さらに十枚支払おう」

私が金額を訊ねたことで脈ありと感じたのか、一瞬だけ口元に下卑た笑みを浮かべたライナスは、

『契約』という言葉を口にした。

「どういうこと？」

「ふふ、君のような手練れを仲間にしたいと思うのは当然じゃないか。暗殺者ギルドを潰しても、他の支部はまだ生きているし、あの支部の生き残りも君の命を狙い続けている。けれど、盗賊ギルドと暗殺者ギルドには相互不干渉の密約があってね。個人としてはあまり意味はないが、我らの食客になれば暗殺者ギルドも簡単に手出しはできない。どう？　悪い話ではないと思うけど？」

「なるほどね……」

……そういうことか。

私を保護するという名目で私を縛り、戦闘面で手練れの少ない盗賊ギルド専属の暗殺者に仕立てるつもりなのだろう。

「このネックレスはそんなに高値ではないと思ったけど？」

「売買できないとなると、尚更に欲しがる人も出てくるということだよ。君も男爵に直接売りつけようとしていたのだろうけど、残念だったね。あの男爵家にもう纏まった資金はないし、たとえ男爵の手に渡っても、いずれは我らの手に入る予定にはなっているけど、できれば依頼人には早めに渡したいじゃないか」

「………………」

だから高値をつける自分たちに寄越せとライナスは言う。

私がこのネックレスをノルフ男爵に売りつけると考え、待ち構えていたのか。まぁ、金だけが目的の盗賊ならそう考えるのも当然か。

情報はだいぶ出揃った。でも一つだけ、男爵家に遺品を返しても、それが盗賊ギルドの手に渡るという理由はなんだろう？

私は身体強化で思考を加速させ、得た情報を組み直して考察する。

ああ……そうか。

「〝ライナス〟……男爵令嬢《ノーラ》の新しい婚約者」

私がそう呟くと、ライナスの目がわずかに見開かれた。

「……もうそこまでの情報を手に入れていたのか。ふふ……さすがだね。それでこそ我々の仲間になるに相応しいっ。お察しの通り、男爵家はもう盗賊ギルドの手の内だよ。さあ、私の手を取りたまえっ！」

ライナスが爽やかな笑みを浮かべて私に手を差し出した。私もそれに合わせて一歩踏み出す。

でも私はライナスの手を取ることはなく、そのまま手の平の【影収納《ストレージ》】から出した暗器で、ライナスの首に斬りつけた。

「ぎゃあああああああああっ⁉」

少し浅かった。わずかに間合いが空いていたせいで、ライナスに回避する隙を与えてしまい、私の刃はライナスの顔面を斬り裂くだけに留まった。

「な、何をするっ⁉　盗賊ギルドの庇護がなければ、君はっ！」

「そんなものは求めていない」

ノルフ男爵令嬢ノーラの婚約者。男爵が金を借りた商家から来た後添えの弟。

おそらくは、その商家自体が盗賊ギルドの傘下なのだ。精霊の涙を確実に手に入れるために商家から手を回した？　それとも男爵家そのものを手に入れるために前妻の死を利用した？

たぶんその両方だ。山賊に襲われた前妻の死でさえ、盗賊ギルドが手を回した可能性が高く、暁の傭兵も、最初から盗賊ギルドと繋がりがあったと考えたほうが自然だ。

だとするのなら、今回、ノルフ男爵を襲った不幸は、初めから金と地位のすべてを手に入れようとした盗賊ギルドが仕組んだことになる。

私が……ノーラの母親を欲望のために殺したお前らの手を取ることは、絶対にない。

「や、殺《や》れっ！　相手はガキ一人だっ！」

付け焼き刃の態度から、粗野な本性を見せたライナスの叫び声に、八人の盗賊たちが刃を抜いて身構えた。

私の年齢や見た目から、子どもを食客に迎えることを面白くないと考えていた者もいるはずだ。あっさりと刃を抜いた盗賊たちの顔には私への侮りが透けて見えた。

「………」

盗賊たちの戦闘力は下が150前後で最高でも350。ライナスを含めてそのほとんどがランク2ほどの戦闘力があり、三人だけランク3の実力を持っていた。そのうちの一人は体力値と魔力値から考えると魔術師だろう。

その中で奥にいた一番戦闘力が低い若い男が、ナイフを構えた私を見て顔を引きつらせた。

おそらくこの男は、《鑑定》か、鑑定水晶を使って私の戦闘力を見ていたのだろう。でも反応が遅い。気づいた時点で仲間に警告しておかなければ意味がない。

「気をつけろ、こいつはっ」

「――【幻痛《ペイン》】――」

「ぐがっ⁉」

その男が余計なことを言う前に【幻痛《ペイン》】で黙らせ、私の放ったナイフが硬直したその男の眉間に突き刺さる。

「なっ⁉　油断するなっ！」

「散れっ！」

私の隙を窺っていた盗賊たちが、あっさり一人殺されたことで本気になり、なりふり構わず襲いかかってきた。

「馬鹿な奴めっ！　これだけの人数に勝てると思うな、灰かぶりっ！」

一人の男が慣れた手つきでナイフを構えて突っ込んでくる。だが、あまりにも遅い。

どれだけ戦闘力が高くても、どれだけランクが高くても、所詮は盗賊であり、彼らの力は一般人を脅して威勢を張るための技でしかない。

私は繰り出された男のナイフを、目を逸らさずに首を傾げて躱し、そのまますれ違うようにして男の首を斬り裂いた。

残り七人――

「――【影攫い《シャドウスナッチ》】――」

握りこぶし大の〝闇〟を地面に落とし、そこに飛びかかってきた男の股間を、真下から矢で撃ち抜いた。

「ひぐっ⁉」

そのままペンデュラムの刃を男の喉に突き立て、すぐに引き抜かれた刃が血煙をあげて宙を舞い、その刃が仲間を殺されて唖然とする若い男の顔面を斬り裂き、そこに飛び込んだ私の黒いナイフが男の顎下から脳を貫いた。

残り五人――

「――【火炎槍《ファイアジャベリン》】っ！」

魔術師らしき男から【火炎槍《ファイアジャベリン》】が放たれる。だが、あきらかに焦りすぎだ。直撃すれば私も即死するだろうが――

「――【魔盾《シールド》】――」

パリィンッ！

私が唱えた【魔盾《シールド》】が、魔力が足りずに硝子が割れるような幻聴と共に砕かれる。でもこんな稚拙な構成なら一瞬持てば充分だ。

「ぎゃああああああああああああっ！」

魔盾に逸らされた火炎槍が、私の背後から隠密で迫っていた盗賊を直撃した。

全身を炎に包まれ、転げ回る男を飛び越え、私は余波で燃えだした外套を脱ぎ捨てるように、次の呪文を唱え始めていた魔術師の視界を塞ぐ。

「なっ⁉」

そこに複数のナイフを投げつけると、くぐもった悲鳴が聞こえ、外套が地に落ちた時には喉を貫かれた魔術師の死体が転がっていた。

残り三人――

「この小娘がぁあっ！」

「死ねぇぇえ！」

残っていたランク3の二人が、怒りに我を忘れて突っ込んでくる。

「――【重過《ウェイト》】――」

私は【重過《ウェイト》】を唱えて壁を駆け上がり、前にいた男を飛び越えるようにして、その後ろにいたもう一人に闇魔法を放つ。

「――【幻痛《ペイン》】――」

「ぎっ⁉」

痛みで動きを止めたその男にナイフを投げて戦力を奪う。すると着地した背後から、飛び越えられた男が顔を真っ赤にして飛びかかってきた。

「ふざけやぎゃっ⁉」

飛び越した時に張られていたペンデュラムの糸に気づかなかったその男は、自分の勢いと自重で首を絞められ、その瞬間に後ろに回った私は男の後頭部を蹴りつけるように糸を引き――

ゴキン……ッ！

骨が砕ける音がして男の首がへし折れた。

気がつくと立っている者は誰もいなくなり、最後の一人であるライナスの姿は、いつの間にか消えていた。

……逃げたか。でもそれも想定内だ。

私は【幻痛《ペイン》】と腹部に刺さったナイフで悶絶している男の顎を蹴り、腰のポーチから毒薬を取り出して男の傷口にぶちまけた。

「ぎゃぁあああああああああああっ⁉」

私が作った、あの女盗賊が使っていた激痛毒の擬い物を受けて、顔中から色々と垂れ流したその男は今の自分の状況が信じられず、痙攣するように首を振る。

さぁ、色々と話してもらおう。

お前は理解する必要はない。でもこれだけは覚えておいて。

暗殺者ギルドは、私と師匠の敵になったから私が潰した。そして――

「お前たちも〝私の敵〟になった」

＊＊＊

「ひぃ、ひぃっ」

ライナスは血塗れの顔面を押さえて裏路地を走りながら、何故こんなことになったのか思い浮かべた。

自分はこんな田舎の男爵領で燻っている男じゃない、ライナスは常にそんな思いを胸に抱き、共にスラム街出身である姉と二人で、何年も夢を語るようにして成り上がる術を模索していた。

この街にある暗殺ギルドの長に才覚を見込まれ、拾われたのは幸運だった。

ライナスと姉はこの地の男爵が『精霊の涙』という希少な宝石を持っている事を知り、それを欲して情報を持ち込んだ上級貴族との繋がりを得ることで、金と地位を同時に得ることを計画した。姉を男爵家の後添いにするだけでなく、その娘まで手に入れようと考えたのは、ライナスの劣等感の顕れだろう。

計画は完璧だった。男爵に精霊の涙を取り戻させるため、冒険者『暁の傭兵』を紹介したのは盗賊ギルドの息が掛かった者だったが、彼らを殺すために暗殺者ギルドへの依頼料を貸したのも、ライナスたち盗賊ギルドだった。

ライナスたちは最初から、暁の傭兵を暗殺者ギルドに始末させるつもりでいた。

『精霊の涙』は、暗殺者を退けた暁の傭兵が直に売りに来るのでも、暗殺者ギルド経由でノルフ男爵の手に戻っても、いずれすべてが自分たちの手に入るはずだったが、いつの間にか状況が変わり、信じられないような情報が舞い込んできた。

暗殺者ギルド北辺境地区支部の壊滅。しかもそれを為したのは、暁の傭兵を始末したという暗殺者の少女だった。

暗殺者とはいえ、子どもにそんなことが出来るのか？　情報をもたらしてくれた暗殺者ギルドの生き残りによると、その少女は魔族の弟子らしく、卑劣にもギルドに毒を撒き、火をつけて皆殺しにしたと言っていた。

しかも『精霊の涙』は今、その暗殺者――〝灰かぶり〟の手にあるらしい。

そのときライナスは、これを恰好の機会だと考えた。

なんの理由があってギルドを裏切ったのか知らないが、盗品を捌く手段のない灰かぶりは、男爵にそれを売りに来るはずだ。子どもでもそれだけ卑劣な真似ができるのなら、盗賊ギルドの傘下に入る利益を十分に理解できるだろう。

生き残りや他の支部に報復されることを仄めかし、庇護するという名目で、その戦力と威名を手に入れる。

実際の〝灰かぶり〟の実力が低くても構わない。暗殺者ギルドの支部を壊滅させた人間がいるというだけで、この街の盗賊ギルドは裏社会で一目置かれるようになる。


最初の計画は完璧だった。だけどライナスは、ギルドの人間を皆殺しにできる子どもの精神と実力が、自分たちの理解の範疇を超えていることに気づけなかった。

実際に会った灰かぶりは、十二歳前後のまだ幼さが残る見目の良い少女で、彼女が暗殺者ギルドを潰したと聞いてはいても、実際に彼女を見た盗賊たちは、その見た目の可憐《かれん》さに誤認した。

こんな少女が〝強者〟など、あり得ない。……と。

灰かぶりの少女は突如ライナスたちに牙を剥いた。敵対した瞬間に仲間たちが次々と殺された。

盗賊が荒事を得意としなくても、それは『冒険者と比べて』であり、元がチンピラやスラム街出身者が多いことから、山賊などよりよほど腕が立つ。

しかも今回は脅しも兼ねるために、ランク2や3の戦える者を十人ほど連れてきていた。だが、戦いは瞬く間に終わった。一瞬の躊躇もなく、野に咲く花を摘み取るように容易く、舞うように命を刈り取っていく姿は、恐ろしくも美しくさえあった。

実際、彼女は美しかった。顔を斬り裂かれた痛みさえ忘れて見惚れるほどだった。

だが、その可憐とも言える容姿で躊躇いなく命を摘み取っていく姿は、まるでこの世のものではない『死神』のように見えて、死の手が差し迫る恐怖に、ライナスは殺されていく仲間を見捨てて逃げ出していた。

陽はまだ高く、表通りに出て衛兵に訴え出れば、商会の番頭という表の顔を持つライナスは助かるかもしれない。

けれど、ライナスにも裏社会に生きる者の矜持があり、裏の人間同士の諍いでそんな真似をすれば、この世界で生きていけないことも理解していた。

そんな〝言い訳〟が頭をよぎり、衛兵に訴えることはしなかったが、実際は『そんなことをしても無駄』だと、心の何処かで気づいていた。

あの少女は絶対にライナスを殺しに来る。

必要なら、邪魔をするすべてを皆殺しにしてでも、必ず殺しにやってくる。

灰かぶりの瞳を見た瞬間、ライナスは裏社会に生きる者の本能でそう理解してしまった。


「あ、開けろっ、開けろっ！」

自分が番頭を務める商会に戻り、ライナスは裏口の扉をけたたましく殴りつける。

「ら、ライナスさん⁉　その怪我は……」

「五月蠅《うるさ》い、どけっ！」

裏口を開けた男を押しのけ、ライナスが建物の奥へと駆け込んだ。

この商会は、この男爵領の盗賊ギルドが昔から隠れ蓑として使っていた商会で、男爵を罠に嵌めると決めた際に盗賊ギルドの拠点をここに移し、今ではほぼ全員が盗賊ギルドの構成員に代わっている。

「店を閉めろ！　〝あれ〟が来る‼」

まだ夕方にも拘わらず慌てて店を閉めさせ、数少ない何も知らない従業員を追い出すと、倉庫から武器を集めて戦う準備を始めた。

店の奥で治療もせず、ガタガタと震えながら武器を握るライナスに、残っていた十数人の盗賊たちは困惑して顔を見合わせる。

戦いの準備をしろと言われても、この商会にいた戦いに長けた者はライナスが連れ出しており、ここにいるのは精々ランク1か2程度の、隠密系や詐欺の得意な人間しか残っていない。

しかもライナスが説明をできる精神状態でなかったために、店の盗賊たちが困惑していると、奥のほうから筋肉質の上半身を見せびらかすように、上半身裸の壮年の男が半裸の女たちを侍らしながら現れた。

「何事だ、ライナスっ！」

「親父っ！」

その男はこの男爵領の盗賊ギルドの長で、スラムから姉弟を拾った親代わりの人物でもある。

「た、助けてくれ、親父っ！　あれが……あの女が来るっ！」

「女だぁ？」

怯えた血塗れの顔で、縋《すが》るように怯えた声を出すライナスに、盗賊ギルドの長は呆れた顔で溜息を吐いた。

「どうやら下手を打ったようだな。……仕方ねぇ、おい、使いを出して冒険者崩れの連中を──」

「……親父？」

指示を出し始めた途端、動きを止めた盗賊ギルドの長に、ライナスが訝しげに振り返る。

だが、そこに見た、長の喉に刺さった二本のナイフと、右目に突き刺さった短矢の周りがどす黒く変色していく様に、ライナスは声にならない悲鳴をあげた。

長の巨体が地響きを立てながら仰向けに倒れ、そのあまりの出来事に誰も理解が及ばず、長の隣にいた情婦たちさえ唖然としていると、その場にいた全員が閉めきられた室内に感じた、微かなそよ風に誘われるように振り返る。

「────ッ!?」

いつの間にか天窓の一つが開いていた。その窓の外──暗くなり始めた群青色の空に浮かぶ月を背に、灰で髪を汚した一人の少女が、この場にいる盗賊たちを凍るように冷たい、翡翠色の瞳で見下ろしていた。

「お前たちを殺しに来た」

＊＊＊

ノルフ男爵領の街中で大量の殺人が起こった。

まずは裏路地で見つかった九つの死体。そのうちの八人は死体を検分した衛兵の何人かが、とある商会の人間だと証言し、兵士たちがその商会に向かうと、朝になっても開かなかった店の中で、会頭の男と番頭のライナスを含めた二十数名が全員、死体となって発見された。

死者は合わせて三十余名。この男爵領で起きた最大の殺人事件ではあったが、商会内部からは犯罪に関与した資料と、盗賊ギルドと関わりのある書類が見つかり、全員がほぼ一撃で殺されていることから、裏社会の抗争として表沙汰になる前に処理された。

その商会が、この街での盗賊ギルドの本拠地だとしても、盗賊はまた各地から押し寄せ、再び街のどこかにギルドが作られるだろう。

その中には当日ギルドに顔を出していなかった幸運な者も多くいたはずで、彼らは新しく来た盗賊に怯えた顔でこう語るのだ。


『〝灰かぶり姫〟には関わるな』――と。

＊＊＊

この街の盗賊ギルドが壊滅した数ヶ月後、ノルフ男爵の屋敷では、領主の一人娘であるノーラの結婚式が行われていた。

その相手は新しく婚約者になっていた商会の番頭ではない。元々の婚約者であり、お互いに想いを通い合わせていた男爵家の三男と、彼女はようやく想いを遂げることができたのだ。

彼は一人娘であるノーラの婿養子としてノルフ男爵家に入り、これから次のノルフ男爵として、今の男爵から統治を学んでいくことになる。

花嫁姿のノーラに、しみじみと涙ぐむノルフ男爵の隣に夫人の姿はない。

ノルフ男爵は数年前に亡くなった妻の小さな肖像画を抱えており、その後に家に入った後妻は、彼女の実家である商家が廃業すると同時に離縁され、その前から恐怖に錯乱状態だった彼女は、離縁と同時にこの男爵領から逃げ出し、ダンドールへと向かう山中で山賊に襲われて命を落としたとされている。

結婚式で幼なじみの青年と微笑み合うノーラの胸元には、元が分からないように少しだけ装飾された『精霊の涙』のネックレスが揺れていた。

世間話で声を掛けた使用人たちの話によると、そのネックレスは母親の形見だったそうで、精霊使いだった母親の祖母が精霊より貰った物らしい。つまりは、聖教会が禁じたような、精霊を殺して得た忌まわしい品ではなかったのだ。

「…………」

私は幸せそうなノーラを見届けてそっと背を向ける。

この街の中で色々とやってしまったせいで、いつどうやって返すか悩んだけど、結局単純に、彼女の部屋に忍び込んで枕元に置いてきた。

一応、『仇は討った』と書き置きは残したけど、今から思えば余計なことだったかもしれない。

チャラリ……。

私は手の中にある、もう一つの『精霊の涙』だった焼け焦げたネックレスに視線を落とす。

連絡員を騙すために加工して、あの戦いの中で回収できた物だけど、精霊の涙はすでにその役割を終えたように、ただの石になっていた。

この石は、私が倒した水精霊が落とした物だ。この水の精霊石がなければ、あの炎の中で焼かれていたかもしれない。滅多に手に入らないはずの精霊の魔石を、どうしてあの水の精霊は残してくれたのだろうか……。

滅びを求めていたのかもしれない。でも真実はあの水精霊にしか分からない。

「……考えても仕方ないか」

ここを離れる最後にもう一度だけ振り返る。……ノーラは幸せそうだ。私が残した言葉は区切りにはなるのだろうが、彼女はもう後ろを振り返るべきじゃない。

その時、同じタイミングで振り返ったノーラと偶然視線が合ってしまい、かなり離れていたにも拘わらず、私を覚えていたらしいノーラは少しだけ目を丸くして、満面の笑顔で手を振り、私も軽く手を振り返してその場から離れた。


この数ヶ月で私はようやく九歳になった。

身体もまた少し成長したが、暗殺者ギルドや盗賊ギルドの支部を潰すことができたとはいえ、まだ本当に強くなったとは言えない。

色々な人たちとの約束を果たすためには、まだ強さが足りない。

私を襲い、エレーナを害する可能性があるグレイブとの決着もまだつけていない。

セラのいる組織ともまだ決別したままで、敵か味方かも分からない。

散発的に、暗殺者ギルドの残党が襲撃してくることもある。そのせいでいまだに師匠の所へは帰ることもできない。

私はまだ、私を縛ろうとするすべてを退けられるほど強くない。

でも、もう逃げるのは止めた。隠れるのも止めた。

殺しにくるのならいつでも襲ってこい。お前たちが強ければそれだけ私も強くなる。

私は戦う。師匠やエレーナとの約束のために、私は貴族のしがらみにさえ縛られない強さを身につけ、裏社会の人間からも恐れられる者になろう。

粋がった子どもの妄想かもしれない。……でも、私は〝それ〟を手に入れる。

そのために私は『暗殺者』ではなく『冒険者』として生きよう。対人戦だけではなく本当の強さが欲しいから。

パキンッ！

宙に放り投げた、偽名《アーニャ》を名乗った認識票《タグ》を斬り捨てる。

私は冒険者のアリアだ。

だから――


「出てこい」

暗くなった街道でそう呼びかけると、闇から滲み出るように黒ずくめの人影が現れた。

おそらくはどこかの支部の暗殺者か。全身を隠しているせいで正確な鑑定は出来ないが、それでも発せられる雰囲気からランク４ほどの実力は感じられた。

その暗殺者が黒い片手剣を抜き放ち、私も黒いナイフを引き抜いて、同時に刃をぶつけ合う。

「私はもう何からも逃げない」

＊＊＊

とある街の薄暗い裏路地にて、波立つ長い黒髪を靡かせたその少女は、病人のような酷い隈の浮いた紫の瞳を穏やかに細めて小汚い男を見下ろしていた。

その男は、まだ十二歳ほどに見える少女相手に地面に転がされ、顔中から脂汗を流しながら、怯えた顔で口を開く。

「ほ、本当だ、これ以上は何も知らないんだっ、信じてくれ！　俺は旅商人から『灰かぶり姫』と呼ばれる女の噂を聞いただけなんだ！」

男は、王都にある盗賊ギルドの人間だった。その男がどうして、このような状況に陥っているのか？　それは、目に前にいる貴族令嬢がとある『少女』の情報を求めて、その男が運悪く流れてきたその〝噂〟を知っていただけだった。

その噂の真偽は定かではない。だがその十代前半だというその少女は、たった一人で暗殺者ギルド支部の人間を皆殺しにして、盗賊ギルドとも敵対しているという。

これだけを聞くならただの酔っ払いの与太話だが、かなり北で起きた出来事だというのに、旅商人や盗賊たちの噂話だけで王都にまで届いた。

荒唐無稽な話だが、その〝威名〟と共に、北から来た商人が商談相手を引き込む与太話としては、十分に魅力的な話題だった。

話している人間も聞いている人間も、まだ誰もその話を本気で信じてはいない。だが、その貴族令嬢――カルラ・レスターだけは、その話を聞いてうっとりと視線を宙に巡らせた。

「やっぱり生きてた。……アリア」

あの少女はやると決めたら、どんな障害があってもやり遂げるだろう。この苦痛に満ちた世界で、アリアはただ一人、自分という存在を認めて、『殺してあげる』と約束してくれた。

カルラは目を開いたまま夢を見る。

思い浮かべるのは、幼い頃一度だけ父に連れられて見た、魔術学園の卒業パーティー。

男爵家以上の貴族とそのパートナーのみが王城に招かれ、きらびやかな衣装を纏い、はにかんだ笑みを浮かべて意中の相手の手を取り、華やかに踊る。

その華やかな夢の光景が一瞬で血の色に染まる。

その中で……カルラの婚約者である王太子や、上級貴族の子息たちが血の海に倒れ臥し、炎に包まれた城下の街が彩る晴れの〝舞台〟で、きらびやかな衣装を纏ったカルラとアリアが、お互いの姿だけを瞳に映して殺し合うのだ。


「————ッ！」

カルラの白魚のような指先で頭を鷲掴みにされ、指の隙間から溢れる緋色の炎に焼かれた盗賊の、声にならない悲鳴が奏でる裏路地で、カルラは白馬の王子様を夢見る少女のように、陶然とした声を闇に零した。


「早く、私を殺しに来て……アリア」

お星さまに願いを

暗い暗～い闇の中、終わりの見えない……けれど、確実に死へと続く絶望の道に、あなたは銀の翼の天使のように現れた。

「それがカルラの望みなら殺してあげる」

「……ああ、素敵ね。私、いつか死ぬのなら、アリアに殺されて死にたいわ」

レスター伯爵家は、旧クレイデール王国時代から続く魔術の名家でした。

父はクレイデール王国の筆頭宮廷魔術師で、祖父も、曽祖父もそうだったと、お母様は兄たちや私に聴かせて、立派な貴族、魔術師になりなさいと言って育てた。

その伯爵家の末娘――カルラ・レスターとして生を享けた私は、物心が付く頃から三人の兄と共に魔術の訓練を課せられた。

厳格だけど立派なお父様。お綺麗で華やかなお母様。才能豊かな兄様たち……けれど、私は兄たちほどの才能はなく、三歳になっても小さな火を点すことしか出来なかったのです。

でも、兄様たちは優しかった。沢山いる屋敷の使用人たちも出来損ないの私を慰めてくれた。

お父様やお母様も厳しかったけれど、兄様や使用人たちが、私に期待をしているからだと慰めてくれたので、私は厳しい訓練に耐えられた。

でも、違った。皆の優しさは、そういう意味ではなかった。

「カルラ……お前に施術を行う」

お父様は突然そう言うと、私を使って様々な実験を始めた。

錬金術で作られた様々な薬品を飲まされ、外から見えない頭皮や内臓にまでも魔術的な刻印を施され、その状態で魔術の訓練として、お父様の弟子である使用人たちから魔術を浴びせられ、死にかければ光魔術の実験と称して、死なない程度に癒やされた。

その中でもお父様の関心は、すべての属性を得た人間がどうなるかということだった。

その訓練に私は必死に取り組んだ。日々増え続ける魔力に、痛くても苦しくても悲しくても、まだ家族の愛があるのだと信じていたから、それに必死に縋りついた。

その結果、私は四歳にして魔術の全属性を得るに至った。その実験結果にお父様はわずかに笑みを浮かべたが、それと同時に落胆《らくたん》もした。

全属性を得た私は、その代わりに大人になるまで生きられるか分からない身体になり、他家に嫁ぐことで貴族同士の繋がりを得る、貴族令嬢としての役目もできなくなったからだ。

「ふん、役立たずになりおったか、カルラ。それでもよい、実験は終わりだ。子は生せずとも繋がりとして、お前を王太子の婚約者として王家に送り込むと決まった。せめて他の婚約者が王太子の子を産むまで生きているのが、お前の最後の役目だ。これ以上、私を失望させるなよ」

「……はい」

すべて、違った。私が感じていたものは、すべてまやかしだった。

お父様は厳格な人格者ではなく、魔術と歴史のあるレスター家以外に、なんの興味も持っていないだけだった。

身体を壊して寝込みがちになり、病人のような肌に酷い隈を浮かべた私を、お母様はまるで酷いものでも見たかのように顔を顰めて、二度と抱きしめてはくれなくなった。お母様は、筆頭宮廷魔術師の優秀で綺麗な子どもという、自分を飾るアクセサリーが欲しいだけだった。

痛くて苦しくて、癒えることのない苦痛の中で、生きることだけを命じられた私は、安楽に死ぬことだけを求めて屋敷の書庫に籠もるようになった。

古い歴史のあるレスター家の書庫には、魔術に関する数千冊の蔵書があり、私は死ぬことを求めながら、それでも迫り来る死から目を背けるように、あらゆる本を読み込んだ。

お父様の弟子である使用人たちは価値をなくした私に笑顔を見せることはなくなり、まるで家畜の世話をするように、書庫に籠もる私に食事だけを与え続けた。

そして私が書庫に閉じ籠もるようになって一年と少し経った頃……。


「やあ、カルラ。本当にこんな所にいたんだね」

「……にい…さま？」

私の唇から言葉を忘れたみたいに掠れた声が漏れた。久しぶりに会った一番上の兄様は、貴族の子弟が通う魔術学園の最上級生で、最も優秀であると使用人たちから噂されていた。

「にい……さ」

バシ……ッ。

優しい兄に伸ばした私の手は、兄の手で無情に弾かれた。

「そんな汚れた手で触れないでくれるかな？　酷い格好だ。スラムの孤児でも、もっとマシな顔をしているだろうね」

「な……ぜ？」

「不思議かな？　僕たちにとっては当然のことなんだけどね。兄妹でお前のような出来損ないがいないと、自分の才能と比較できないだろ？」

兄様たちの優しさは、最初から本物ではなかった。でも、それをわざわざ、死にかけの妹に言いに来たの？

「父上はお前を生かせと言われたが、いずれ死ぬとしても、私が王太子の世で筆頭宮廷魔術師となったときに、この私が、王太子の隣にいるお前に頭を下げるのは、どうしても許せなくてね……。そこで、カルラに最後の役目として私の魔術の的にしようかと思ったのさ」

「…………あ」

その瞬間――私の中の〝何か〟が完全に壊れた。

私が愛した家族は、誰も私を愛してはいなかった。最初からそんなものはなかった。

そうだ。あの本に書いてあった。その本にも書いてあった。隠された棚にあった禁書と呼ばれる幾つもの本にもそう書いてあった。

この世界は、醜くて残酷なだけの場所なのだ。

その時、私の中にあった『人間のカルラ』が死んだのだ。

「私は成人前にレベル3の魔術を覚えることができたんだ。教師は数十年ぶりの快挙だと言っていたけど、当たり前だよ。僕は魔術の名門、レスター家の嫡男なんだからね。カルラを殺したら、父様は怒るかもしれないけど、優秀な僕が必要だったと言えば、きっと許してくれるさ。さあ、これが僕の魔術だ――」

兄様は私に手を向けて魔術を唱え始める。【火炎槍《ファイアジャベリン》】――人間など簡単に殺してしまうレベル3の火魔術だった。でも――

「――なにっ⁉」

放たれた兄様の【火炎槍《ファイアジャベリン》】が、私の手から放つ魔力で止められていた。

どうして……？　こんなものなの？　どうしてこんな稚拙な魔術構成しかできないの？

本を読めばすべて書いてあるのに。身体で魔術を受ければすべて分かるはずなのに。

肌を焼かれる痛み。骨を凍てつかせる苦しみ。激痛を伴う稚拙な治癒……。

自分が壊されていく恐怖。

愛する人たちに手を払われる絶望。

全部、自分で魔術を受ければ簡単に分かることなのに……。

兄様は、今まで何を勉強していらしたの……？

人を壊すなんて、本をめくるのと同じくらいとっても簡単なことなのに。

隠されていた禁書には、人を苦しめて殺すだけの魔術が、沢山載っていましたのに。

ああ……不勉強で可愛らしいお兄様。それでも私はあなたを愛しておりますわ。

綺麗なあなたは、こんな醜くて汚らしい世界でいるのはお辛いでしょう？

私が少しだけ、私が受けた〝お勉強〟を教えてあげる。

「――【火炎槍《ファイアジャベリン》】――」

「ひっ、ぎゃあああああああああああああああああああああっ⁉」

私が詠唱破棄で放った【火炎槍《ファイアジャベリン》】が兄様の火魔術を飲み込んで、兄様を生きたまま松明《たいまつ》へと変えた。

「ごめんなさい、兄様。初めてなので加減ができなかったの」

生きたまま燃やすなんて、兄様を苦しめてしまったわ。せっかくの蔵書を燃やしたくなかったので加減したのだけど、上手にできなかったの。

「でも、兄様もいけないのよ？　あんな、ちまちまと詠唱をするなんて、可愛いらしい真似をするんですもの。つい高ぶってしまったわ。出来の悪い妹を許してね」

肺まで焼かれて、もう声を出すこともできずにのたうち回る兄様を、私は微笑ましく思いながら見つめた。

「どうなさったの？　魔力で全身を覆わないと焼け死にますよ？　声を出せないのなら、詠唱破棄で魔術を使わないと苦しいだけですよ？　不出来な妹でさえ出来たのだから、優秀な兄様なら出来ますわ……もう聞こえていないのかしら？」

じっくりゆっくりと燃やしてあげたのに、仕方のない兄様ね。私は微笑みながら動かなくなるまで見守っていた兄様の、炭となったその頭を踏み潰す。

「では、ごきげんよう、兄様。来世でも兄様の妹になりたいわ。そうしたら今日の続きをいたしましょう？　きっと愉しいわ」

私がそう呟いてすぐ……お兄様のお声が聞こえたのかしら？　この書庫に走ってくる複数の足音が聞こえてきた。

　バンッ！

「なんだこれはっ⁉」

「死体⁉　この靴は！」

「坊ちゃま⁉　お前が、やったのかっ！」

焼け残った足首から誰か分かるなんて、とても優秀な使用人なのね。でも、主人の娘をお前呼ばわりは減点よ。

「――【土煙《ダスト》】【石弾《ストンショット》】――」

頭の中で二つの構成を作って同時に撃ち放ち、一瞬で視界を塞がれ、動きを止めた使用人たちの頭を石弾が撃ち砕いた。

「良かったわね。悪い使用人でも、これでもう、お父様に怒られないわ」

血が本にかからなくて良かったわ。私は焼け残った兄様を拾って、そのまま血塗れの廊下に出ると、屋敷にいるはずのお母様と他の兄様を探し始めた。

「――【旋刃《ギロチン》】――」

久しぶりに出た書庫の外は以前と変わりなかった。それでも魔力で成長し始めているから見える景色が違っていた。

「それとも、私が少しだけ変わったから、世界が輝いて見えるのかもしれないわね？　あなたもそう思うでしょ？」

出合い頭に襲ってきた、首だけになった使用人にそう訊ねる。

でも、せっかくお母様と会うのに、兄様とこの使用人のせいで煤《すす》と血に汚れてしまったわ。汚れていたから【浄化《クリーン》】で綺麗にしたのに、どうしようかしら？　いいえ、せっかく娘が玩具《おもちゃ》を持って会いに来たのだから、きっとお許しになってくれるわ。

「さあ、行きましょう、兄様」

兄様と使用人の一部に声を掛けて再び廊下を歩き出す。

そうして兄様と使用人を花束のように抱えた私が中庭に辿り着くと、東屋でお茶を愉しんでいらしたお母様が、久々にあった娘を見て上ずった声を漏らした。

「あ、あなたっ」

丁度良く、二人の兄様もいらっしゃるわ。一番下の兄様は、まるで女の子のように可愛らしいから、お母様の一番のお気に入りなの。でも、下の兄様？　この程度で顔を青くするなんて、上の兄様と使用人が可哀想ですわ。そんなお顔をしていたらお母様も悲しむと思うの。

だから――

「――【氷槍《アイスランス》】――」

「――ぎっ」

下の兄様のお顔が氷の槍で消し飛び、お母様と真ん中の兄様は、お顔がなくなった兄様を見て、奇妙な姿勢で硬直する。この使用人のお顔ならお貸ししますよ？

そして、まるでお人形のようにぎこちなくそれを見下ろしていたお母様から、次の瞬間、はしたないほどの悲鳴があがり、屋敷内に響き渡った。


「あら、お父様、お帰りなさいませ」

「……カルラ、貴様」

使用人の誰かがお父様に知らせたのね。三日に一度しか家に戻らないお父様が慌てて戻っていらしたわ。

そのお父様は、私よりも酷い……同じくらいかしら？　酷い顔色で椅子にもたれるお母様と、蒼白な顔色で介抱する真ん中の兄様を見て、私を強い瞳で睨みつける。

真ん中の兄様はお父様が戻ったことで、ようやく私を睨むように見ることができたけど、私が微笑みかけるとぎこちなく視線を逸らした。上の兄様がいなくなったから、真ん中の兄様が次の当主よ？　嬉しいでしょ？　大好きなお母様のたった一人の息子になれたのだから、もっと喜んでもいいのに……シャイなのかしら？　新しい発見だわ。

「カルラ……何故、こんなことをした？」

「あら、お父様。こんな風に育てたのは、あなたでしょうに。ふふ」

貴族令嬢らしく口元に手を当てて上品に笑うと、お父様の顔色が怒気で赤黒く変わる。

「お前はっ」

「よろしいの？」

お父様の魔力が手に集まるのを感じて、私はそう声をかけた。

「……何がだ」

「私をここで処分なさるのなら、私は最初に兄様を殺しますわ」

お父様が私を殺す前に兄様を殺す程度はできそうよ？　そんな意味を込めた私の言葉に、半分気を失っていたお母様が目を剥き、兄様の顔色が見事なほどに土気色《つちけ》に変わる。

「私を王太子に嫁がせ、手駒としたいのでしょう？　それをここで、手駒と後継者を同時に失くして、また最初からやり直しますの？」

「……何が望みだ？」

私の言葉に、お顔を真っ赤にしたお父様が、歯が砕けそうなほど食い縛りながらも、唸るように声を漏らした。

「とりあえず、自由にさせていただける？　安心なさって。ちゃんと王太子に嫁いで、貴族令嬢の務めを見事果たしてみせますわ」

「その知識をどこから得た？」

「何を仰いますの……？　〝お勉強〟をしたに決まっていますでしょ。才能のない私は勤勉だけが取り柄なので」

比喩《ひゆ》ではなく本当に死ぬつもりで学べば、ちゃんと身になりますから。

「……好きにしろ」

「あら、嬉しい」

お父様はレスター家と世間体が大好きですもの。必ずそう言ってくださると思っていたわ。もの凄く渋い顔をしていらしたけど、私はお父様の癒やしになればと思い、心から満面の笑みを返しておいた。

さて……。

「湯を使いたいわ。誰か」

私がそう言って周囲を見渡すと、青い顔をした使用人たちが一斉に下を向く。反抗的な使用人たちはみんないなくなってしまったけど、失礼ね……そんな殺人鬼を見たような顔をするなんて。軽い冗談でも返せないのかしら。

「カルラお嬢様。私がご案内いたします」

するとそんな使用人の中から一人の老執事が前に出た。

確か……家令のジョセフだったかしら？　彼のことは覚えているわ。使用人たちの中で彼だけは私に部屋に戻って食事をするように促してくれたもの。

怯える使用人たちに代わって、老い先短いジョセフが犠牲になろうとしているのでしょうけど、残り短い寿命もさらに減っていそうな顔色ね。でも、いいわ。どうせ私のほうが先に死ぬと思うから。

「案内しなさい、ジョセフ。それと出自は構わないので、何人か使える使用人を集めて。よく調教しておくのよ？」

「……かしこまりました」

ジョセフの後について、私は恐怖で怯える皆と、立ち尽くしたまま私を睨むお父様の視線を背に受けながらこの場を後にした。

強くならないと駄目ね……。ランク5の魔術師であるお父様が本気で排除を考えれば、私は死んでいたでしょう。死ぬことは望みではあるけど、お父様を殺していないのに死ねないわ。

家族も、使用人も、レスター家に関わる人間は私が殺してあげましょう。

特にお父様は、大事な大事なレスター家が、消えてなくなる絶望の中で死んでもらわないといけないの。

私は死ぬ。それは変わらない。でも、私の人生を弄《もてあそ》んだ、愛する家族と、それを容認したこのクレイデール王国は、私の死に付き合ってもらう。

ああ……楽しみね。私が死ぬまでに何人殺せるかしら？　できることなら国ごと国民ごと皆殺しにしてあげたいけど、どうすればできるかな？

でも……できることなら、誰の手でも死にたくない。

特に正義を振りかざして私を殺そうとする気持ち悪い連中になんて、絶対に殺されたくないわ。

だから私は、整えられた死の香りがするベッドの上で、お星様に祈るように私の王子様が現れることを願った。

「いつかきっと、素敵な方が、私を殺してくれますように……」

誰かがきっと狂った私を止めてくれると信じて……。


あれから三年……私は最低限の貴族令嬢としての務めを果たしながら、王家が所有するレスター領の大規模ダンジョンへ潜り続けた。

誰かと一緒に組むことはできないから深い層まで潜れないけど、それでも魔術の使い方は格段に上手になった。ランク4になればもう少し楽になるのだけど、魔力で成長しても八歳の身だと難しいわ。

ダンジョンに潜るのは、最下層にいる、願いを叶えるというダンジョンの精霊に会いたかったのもあった。もしかしたら運命を変えることもできるのかしら……。

この国の、私の婚約者となる王子様とも会ったけど、とても可愛らしい人だった。あんなお花畑にいるような子が次の王様だなんて、まるでおままごとね。あれなら私と同じ歳のお姫様のほうが立派な王様になるわ。

それでも、あの可愛らしい王子様を酷く穢《けが》してあげられるのは、少しだけ、これから生きていくための励みにはなったわ。

それでも彼は、私の〝王子様〟じゃない。

彼ではどうやっても私を止めることはできないから。

いつか現れる。お星様に願った私だけの王子様がきっと現れる。

その時は、燃えさかる王都を舞台として、私たちは殺し合うの。

きっと現れる。

きっと……。

そして……私は、気まぐれで立ち寄った冒険者ギルドで、運命の人に出会った。

「ねぇ、よかったら私がダンジョンを案内してあげましょうか?」

お師匠さまと無愛想弟子

闇エルフの私がこの国に流れ着いてから、どれくらい経っただろうか。

人族には魔族なんて呼ばれている私だから、ここに定着するまで色々とあったが、今ではそれで良かったとも思っている。

そんな私にも師匠と呼んでくれる子がいる。魔族軍にいたときは自分のことばかりで、若い連中の世話なんてほとんどできなかったが、この国に来て弟子と呼べるような存在ができた。

まあ、一人は弟子なんて言いたくないが、厄介になった暗殺者ギルド長の息子に魔術を教えたら妙に絡まれるようになっただけだ。

身体のこともあってセイレス男爵領にあるこの森に居を構えたが、その後に突然やってきたのが、あの馬鹿弟子だ。年の頃は成人したばかりの女で、ギルド長の息子より少し上だったと思う。

最初は警戒したよ。森に居を構えたばかりなのに、どうやってここを知ったのか？　いずれ暗殺者ギルドの仕事で知り合いになった堅気の商人には知らせるつもりだったが、他に知っているのはギルド長だけだったからね。

そんな警戒をする私に、その女はどや顔でこう言ったのさ。

『あんた、魔族の魔術師でしょ？　私、知っているんだから。あと何十年かしたら、ヒロインを助けて魔術を教えることになるんだから、私にも教えてよ』

……その時の気持ちは言葉に言い表せないよ。魔族の正体を暴いたら殺されるとか考えなかったのかねぇ……。あまりにも馬鹿で、その馬鹿さ加減が哀れに思えて、思わず弟子にしちまった。

正直、あいつが話す『オトメゲーム』や『ヒロイン』はまったく理解できなかったけど、やる気はあったんだよ……空回りしていたけど。覚えが悪くて、最初は光魔術を教えてくれって言っていたのに、得意分野ばっかり覚えて、こりゃ、野に放ったらすぐに死ぬな、と思って短剣術も覚えさせたが、ある程度のことを覚えさせるのに五年も掛かった。

本人は、十代のうちに『冒険者でびゅー』とやらをしたかったと文句を言っていたが、知ったこっちゃないね。

それから冒険者として出て行ったのに、食うに困ると戻ってきて、作り置きのポーションを勝手に持っていくことが続いた。まあ、ポーションの数本なら構わないが、いつまで経っても独り身なのを指摘すると、あの馬鹿弟子は『私はモジョだから』と、訳の分からんことを言っていた。

それが見知った知識だけで、あんなもんを作れるのだから、真面目にやっていれば魔術師としては大成しなくても、一端の研究者にはなれたはずなんだがね……。

だが、その情熱のせいであいつは消えて、その代わりにあの子を私のところへ寄越した。


「師匠《セレジュラ》、水汲みは終わった」

「次は薪《まき》割りだよ。飯の後に訓練するから、半刻で終わらせせな、無愛想弟子《アリア》」

アリア。あの馬鹿弟子が拗《こじ》らせたあげく、身体を乗っ取ろうとして運命が狂っちまった、可哀想な子どもさ。……まぁ、あの子は子どもとは思えないほど、あっさり割り切っているけどね。

本人は苦労を苦労とも思っちゃいない。最初はあの馬鹿弟子の記憶を見たことで影響があるかと思っていたんだが、ありゃ違うね。

本来なら純粋な心を残したまま強く真面目な子になったと思うんだが、大人の記憶を〝知識〟と割り切って、無垢《むく》なまま子どもの自分を見限った。

強くなるという目標があるあの子は強い。子どもなら無知故に新しい事柄に気を逸らしながら、少しずつ物事を学ぶもんだが、あの子は脇目も振らずに自分から茨の道に足を踏み込んでいる。そこが、同じ知識があっても、どこか生きることを舐めていたあの馬鹿弟子との違いだ。

本当に……馬鹿な弟子だよ。

その点、アリアは真面目すぎるほど真面目なんだが、情操教育をすっ飛ばしたせいで色々と何か足りない。私も気づいたときには訂正しているんだけど、あの子は言われたら大抵のことは普通に出来るから、周囲にいた大人はつい子ども扱いするのを忘れちまったんだろうね。

普通の子どもは、生活魔法で水瓶満杯に水を汲むことなんて出来はしない。薪割りだって、普通の子どもなら途中で力尽きるだろう。私も最初は出来ないことを前提にして色々とやらせてみたら、弱音一つ吐かずに終わらせていた。

まあ、それはいいさ。良いことだからね。だけどこの子は、逆に普通のことができていない。

食に関しては自分の成長に必要な物をしっかり理解して、しっかり食べるのは良いことさ。だけどあの子は、食材に拘らない。

うちで自家製の薬草酒なんかを作っているんだが、私の身体に良いからって、酒瓶にぎっしり詰まった大量の肉食蜂《にくしょくばち》を見せられたときは悲鳴をあげそうになったよ……。

でもまあ、問題はあるが最近はマシになったほうさ。最初の頃なんて、自分から弟子にしてくれって来たのに、警戒心が手負いの野良猫並みだったからね。

馬鹿弟子が使っていた部屋をそのまま使わせたんだが、普通、ベッドがあるのに部屋の隅っこで毛布にくるまって寝ているなんて思わないよ。しかも、部屋の前を通っただけで目を覚ました気配が伝わってきたから、これまでどんな酷い環境にいたんだか。

……さて。今日も無愛想弟子が作った創作料理でもいただこうかね。

「それじゃあ、今日の訓練は森の中でするよ。ついておいで無愛想弟子」

「……了解」

森の中に行くという話をするとアリアの返事が少しだけ遅れた。私は詳しいことを話しちゃいないが、あの子は私の身体が、ガタが来ていることに気づいている。

魔力が大きくなり属性魔術を使うようになると、心臓に属性に沿った『魔石』が生成される。一般的に魔石を持つ動物が『魔物』と呼ばれる存在であり、魔物は魔石が大きくなることで巨大化し、本能的に魔石を強化することで強くなると知っている魔物は、魔力を持つ人間を餌として求めるようになった。

魔物は属性が無くても魔石と身体を同時に肥大化させることで大きな魔力を得る。でも魔物化することのない人間は、無属性では一定以上の魔力を得られず、属性の魔石を得ることで魔力を増やした。だから人間は多くの属性を得ることが優秀だと考えているが、魔石は属性を増やすごとに肥大化して心臓を圧迫する。

属性が一つや二つなら大丈夫。三つでも、戦士系でなければ問題はない。でも、四つ以上の属性を得れば激しい運動はできなくなる。幼い頃に四属性の魔石が生成されたら、それだけで死んでしまうこともあるはずさ。

全属性なんて馬鹿な真似をすれば、常に苦痛の中で短い生を送ることになるだろうね。四属性を持った私も戦場で何十年も戦い続けたせいで、長い時間戦える身体ではなくなった。

「なんて顔をしてるんだい、私は大丈夫だからシャキッとしなっ」

「うん」

森の中で低ランクの魔物を狩るくらいなら問題ないさ。

アリアはここに来たときには、すでに単独でランク2の魔物を倒せるくらいの実力はあった。身体の小ささやステータスの低さを知恵と魔術で補い、子どもの身体を活かした子どもらしくない戦い方をしていた。

子どもとしては強いが、やはり子どもの限界があったんだ。

アリアは、あの子が言う『同類』とやらのお姫様の所でまともな食事をしてきたそうだが、それでも同年代の子どもに比べて痩せていた。これまで栄養が足りなかったところに、増えた魔素を栄養素にして急成長はしたが、それでもスラム街の子どもと同じくらい軽かった。

私が食事には必ず肉を使えと指示を出したせいか、ここに来てから随分と貧相さは解消されている。

今は基礎ばかりやらせているが、魔術や近接のスキルレベルを上げれば、身体はさらに成長するはずだ。

人族が幼い頃に魔力を増やすと急成長する原理はいまだ解明されていないが、魔石が肥大化することで巨大化する魔物と同じ原理なのかもしれないね。

魔物化した動物は長寿になるので、魔力が高い人間が若い外見を保てるのも、魔力を得た人族の身体が、私のような亜人《エルフ》に近くなっているのかも。

アリアは肉が付いてきたことで身体が重くなったとか、重心が変わったとか言っているが、それはおそらく、魔素以外の栄養素が足りたことで第二次性徴が始まっているんだと思う。

この数ヶ月で肩や腰回りがだいぶ丸みを帯びてきた。私は闇エルフだから人族の身体がどのくらいで成長するか正確には分からないが、あの子は随分と早いんじゃないか？

通常、人族の子どもが魔力で成長するのは最大で三歳程度だと言われている。でも、同じ子どもでも成長に差があるように、来たときは少年っぽさもあったが、次に成長し始めたら女の子にしか見えなくなるんじゃないかと思っている。

「………」

ちょいと不安だね……。

私は幼い妹しか育てたことはないし。その妹も氏族に預けたままだったから、大人になる女の子にどんな教育をすれば良いのか分からない。

そもそもこの子は、幼い女の子が母親に教えてもらうような事を色々とすっとばしたせいで、女の子の常識がない。馬鹿弟子が経験した〝知識〟はあるようだが、それを理解できているとも思えないし、あの馬鹿弟子がまともな少女時代を送ったとも思えないんだよ。

この娘にどうやったら、人並みの〝恥じらい〟を持たせられる？

たぶん次に成長すれば、中身は八歳でも周りは若い女として見てくるはずだ。考え方は八歳どころか歴戦の傭兵並に殺伐としているのに、恥じらいを感じる心が幼児並なんだよ！

しかも、この子、人族の中ではかなり美形だろ？　そんな娘が無防備に手足を晒していたら、成人前のガキどもなんてあっさり人生踏み外すんじゃないかい？　物理的にっ。

まだ子どもだと馬鹿にできない、目を引く何かをこの子は持っているんだよ。

でもまぁ、ある意味良かったかもね。この外見で、本来の無垢なまま成長していたら、若い貴族でも血迷っちまうかもしれないからねぇ……。

まだ出会って数ヶ月だというのに、親バカ目線になって自分でも笑っちまう。

「──師匠」

おっと気を逸らしていたね。アリアに囁くような声で現実に引き戻された。

前にいるアリアが指を使った手信号で『前方』『敵』『警戒』と私に注意を促す。

この手信号は、冒険者の斥候が使うもので、その利便性から冒険者ギルドだけでなく、傭兵ギルドや盗賊ギルド、暗殺者ギルドでも使われるようになった。

アリアがそれを習ったという冒険者の斥候は簡単なものしか教えなかったらしいが、私がさらに実戦的なものを教えておいた。

まぁ、私のほうが師匠として上と言うことだね。

「無愛想弟子、行きな」

「了解」

私の声に反応してアリアが音もなく飛びだした。

相手は魔狼《まろう》が二体。親子かつがいか……とりあえず感知ができる範囲に子がいる気配はない。おそらくは子を作るために流れてきた個体だろう。

魔狼は狼が魔素によって魔物化したもので、通常の狼より二回りはデカい。強さや凶暴さはそれに準じて大きくなるが、生態自体は動物と変わらないランク2の魔物だ。

『グルゥ』

微かに草を踏む音でも気づいたのか、魔狼の一体が唸り声を漏らす。その瞬間に放たれたアリアの暗器を唸った魔狼が避けると、暗器は軌道を変えて魔狼の足先を斬り裂いた。

『ガァアアッ！』

攻撃を受けたことに気づいて、もう一体の魔狼がすかさずアリアに襲いかかる。

「――【触診《フィール》】――」

『ギャイン！』

魔狼の身体能力はアリアを超えている。だが、矢の如く飛び出した魔狼はアリアの魔法で目を触れられ、一瞬怯んだところを、鼻先を掴むように手を添えたアリアが、その背を転がるように避けながら首に糸を巻きつけた。

アリアは、そのまま乗馬のように首を絞めながら魔狼の首に黒いナイフを突き立て――

「――【幻痛《ペイン》】――」

『ギャンッ！』

横から飛びかかろうとした最初の魔狼に【幻痛《ペイン》】を放ち、硬直した魔狼に飛びかかったアリアが、大きくナイフを振りかぶる。

「――【突撃《スラスト》】――っ」

アリアの放った短剣の【戦技】が魔狼の首を切り飛ばした。

攻撃を仕掛けてから数十秒しか経っていない、理想的な不意打ちと殲滅《せんめつ》だ。子どもでも強敵とだけ戦ってきたアリアは、潜ってきた修羅場《しゅらば》が違う。

「……どう？」

「まぁ、上出来さ。あえて言うなら、【触診《フィール》】は目の他にも狙う場所を考えな。犬種は目よりも鼻が利く。魔物の特徴も覚えておきな」

「わかった」

アリアが二体の魔物と戦ったばかりとは思えないほど落ち着いて頷いた。構える必要もなかったかと私も手に溜めていた魔力を身体に戻す。

アリアが使った暗器や糸は、この子の能力を聞いて家にあった物を使わせた。糸は魔物蜘蛛の物だが、あまり魔力の通りが良くないね。糸はこの子専用に調達したほうがいいだろう。アリアに狩らせれば修行にもなるね。

本当に子どもにしたら出来過ぎなくらいだ。アリアは力がない。リーチも短い。一撃でも貰えば致命傷になりかねない。唯一の取り柄である速さも、ようやく大人に対抗できる程度だ。

それでも知恵と魔術でそれを補い、感情を制御できる胆力で同等以上の敵に打ち勝ってきた。

アリアなら出来る。この子には魔術だけでなく、私が百年以上戦場で鍛え上げてきた〝戦鬼〟の技を少しずつ叩き込んでいる。今はまだものにできていないが、アリアの技量がランク3に達すれば、接近戦だけなら私とも戦えるようになるはずさ。

私は心臓の魔石のせいで体技を極めることができなかった。だが、アリアがこのまま成長できれば、私の理想とする、高レベルの魔術と体技を両立させた、本物の〝戦鬼〟になれるはずだ。

そして、私ではついに叶わなかった、〝光〟と〝闇〟を合わせることさえ出来るかもしれない。

「……無愛想弟子」

「なに？」

「そんなに見つめても、魔狼の肉は持って帰らないよ」

「……わかった」

そんなまったく子どもらしくない野良猫のようなアリアも、随分とここの生活に慣れてきた。野生動物に餌付けができた気分だよ。最初は熟睡なんてしなかったのに、最近ではやっと安心できたのか、私がいるときは熟睡するようになってきた。

私は寝ているアリアに近づいて、ベッドの脇に腰を下ろした。子どもらしくない子どもだが、それでもやっぱり子どもさ。

本当ならまだ親に甘えている歳で、アリアはその寂しさを心の奥底に押し込め、〝知識〟で蓋を閉めて生きてきた。アリアの同類というお姫様もそうだが、貴族社会は子どもに厳しい世界だよ。

私は眠っているアリアの髪をそっと撫でる。するとアリアは、目を覚ますことはなかったけど、髪を撫でる私の手に縋りついた。

「…………」

私に子どもは望めない。でも……娘を持つ母親はこんな気持ちなのかもしれないね……。

こんな気持ちは、アリアの本当の母親には申し訳ないけど……今くらいは許してくれるかい？

「ゆっくりお休み……ここにいる間は、私が誰にもお前を傷つけさせたりしないから」

あとがき

乙女ゲームのヒロインで最強サバイバル第二巻をお届けいたします！

初めましての方、お久しぶりの方、春の日びより、でございます。

実を申しますと、この作品は息抜きで書き始めたもので、自分と同じ趣味の方がいれば良いなぁと思っていたのですが、思ったよりも反響があって驚いていました。

その反響が一気に増えたのが、今回、皆様にお届けしている『第三章・灰かぶりの暗殺者』となります。

私は物語を書き始めるとき、最終回のシーンを決めて書き始めるので、そのシーンを書きたい気持ちが小説を書くモチベーションとなっているのですが、この第三章はそこへ辿り着くために必要な内容なので、こんな殺伐としていて、書いているときは受け入れてもらえるか、かなりドキドキしていました。それでも沢山の応援をいただき、やっぱり一番重要なモチベーションは、読者様の応援なのだと理解した次第です。

今回は、一巻のエレーナに引き続いて、物語の重要な登場人物である二人が登場しました。

一人は、魔術の師匠枠のセレジュラで、第一巻からその存在だけは示唆されていたので、ようやく出せたことを喜んでおります。はすっぱお姉さんです。

そして、人気としては主人公のアリアと二分する、超危険人物、カルラです。サイコパス感が存分に漂う彼女ですが、ウェブ版では登場するごとに反響が増えるのがカルラでした。

私も好きなキャラの一人で、アリアとの会話シーンは一番のお気に入りなので必見です。

ああいう奇妙な雰囲気の会話は、読むのも書くのも大好物です。

なぜでしょうね……。私の書く悪役令嬢って、どう見ても性格破綻者が多いのですが、酷いほどに人気が出るような気がします（笑）

そんなわけで特典SSは、当然のようにセレジュラとカルラの話です。基本的に本編の一人称はアリアだけなので、珍しい彼女たちの心情をお楽しみください。

エレーナの様子が気になっている方は出番がなくて申し訳ありません！


イラストは引き続き、ひたきゆう先生です！　表紙を見ていただけた方はおわかりになると思いますが、今回も素敵な絵を描いてくださいました。

それと、コミカライズもスタートしました。あの可愛らしくもカッコ良いアリアを書いてくださったのは、わかさこばと先生です！

第二巻を出せましたのも、読んでくださる読者様と置いてくださった書店様、拙い私をフォローしてくださったTOブックス様と関係各社の皆様のおかげです。ありがとうございます！

第三巻もあまりお待たせしないよう頑張りますので、皆様ご声援お願いします。

それでは、第三巻でお会いいたしましょう。

春の日びより

キャラクター設定集

アーリシア（冒険者用衣装）

外見は十二歳まで成長。ドワーフの防具屋ゲルフがアリアに仕立てたワンピース。

characters

カルラ・レスター

王太子の婚約者の一人。
魔術の名門レスター伯爵家の
令嬢。最悪最強の悪役令嬢。

characters

コミカライズ第1話

漫画 **わかさこばと**

原作 **春の日びより**

キャラクター原案 **ひたきゆう**

ビクッ
見いつけたぁぁあぁあっ
私が
その女に
出会ったのは
ドサッ
ニタァア…
路地裏でひとり
途方に暮れていた
時だった
ダッ
ひっ!?

!?
わぁっ
やあっ返してっ
うるさい!!
コロ…
アハ…

アハハハハッ
やっぱりそう！
もう間違いないっ!!
ここは『※※※※』の世界だったのよ!!
アハハハハハハハハ
…どうしてこんなことになってしまったんだろう
お父さんとお母さんがいたあの頃までは
本当に幸せだったのに――……

3年前のあの日
私たちの街をたくさんの魔物がおそってきて
すべてが変わってしまった
お父さんもお母さんも
私を守るために
………
その後孤児院に入れられた私は
そこでも世界の厳しさを知ることになった

年上の孤児たちは仕事を下の子に押しつけて
少ない食べ物をうばい
お腹をすかせて食料庫の芋をかじった子が
次の日には冷たくなっていたこともあった
町の大人は助けてくれない
殺される……
こんなところにいたくない!!
でも——
心から悪い人なんていないんだ
だからお前は笑って許せる人になるんだぞ

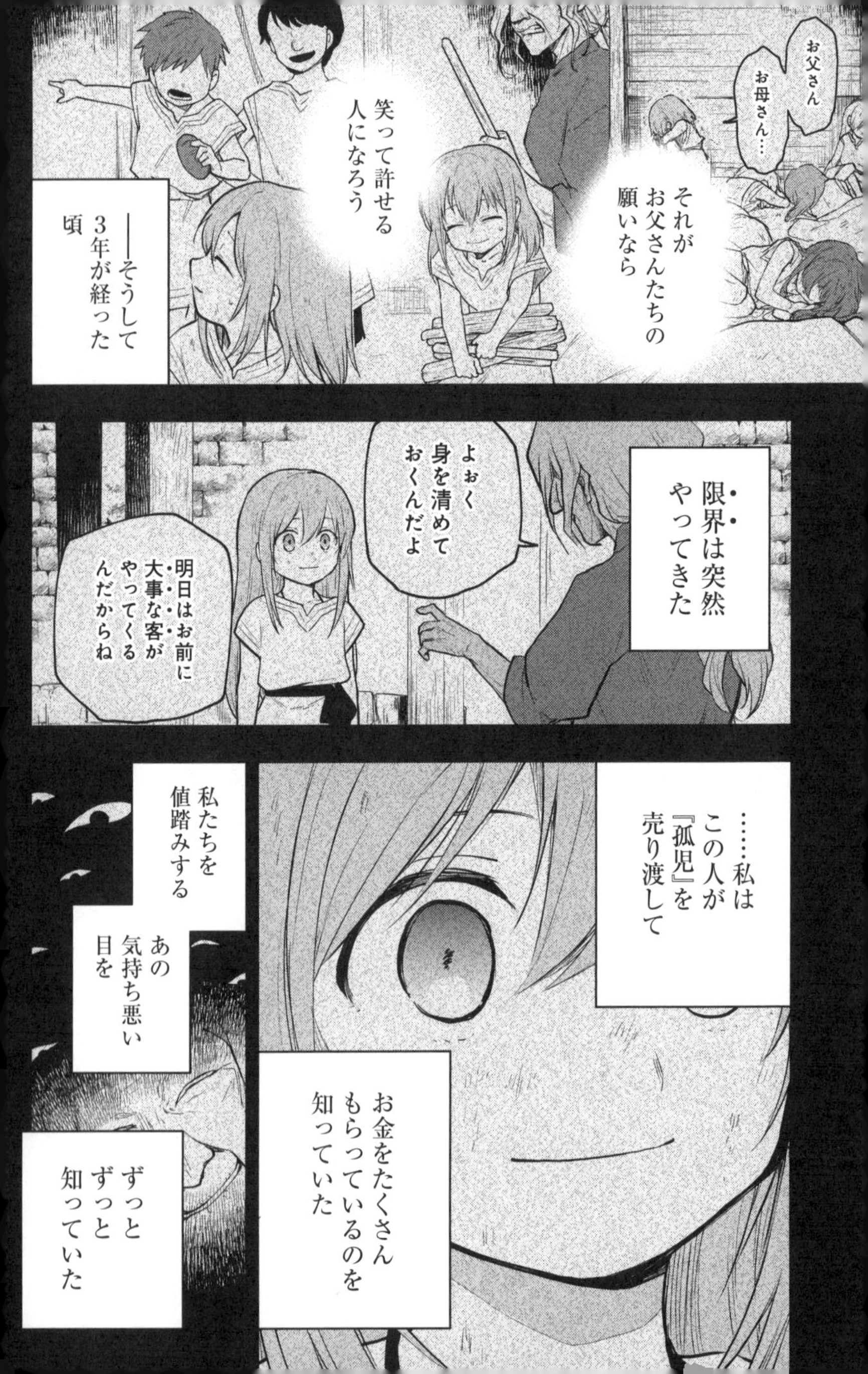
お父さん
お母さん…
それがお父さんたちの願いなら
笑って許せる人になろう
――そうして3年が経った頃
限界は突然やってきた
よぉく身を清めておくんだよ
明日はお前に大事な客がやってくるんだからね
……私はこの人が『孤児』を売り渡して
お金をたくさんもらっているのを知っていた
私たちを値踏みする
あの気持ち悪い目を
ずっとずっと知っていた

その日
私は
とうとう
孤児院から
逃げ出した
……
あの
『お守り袋』は
家族《すべて》を
失った私に
唯一残されて
いたもの
お母さんから
あれは絶対に
開けちゃダメだって
言われてたのに──
ふふっ…
怯えなくて
いいのよ
……
『アーリシア』
!?

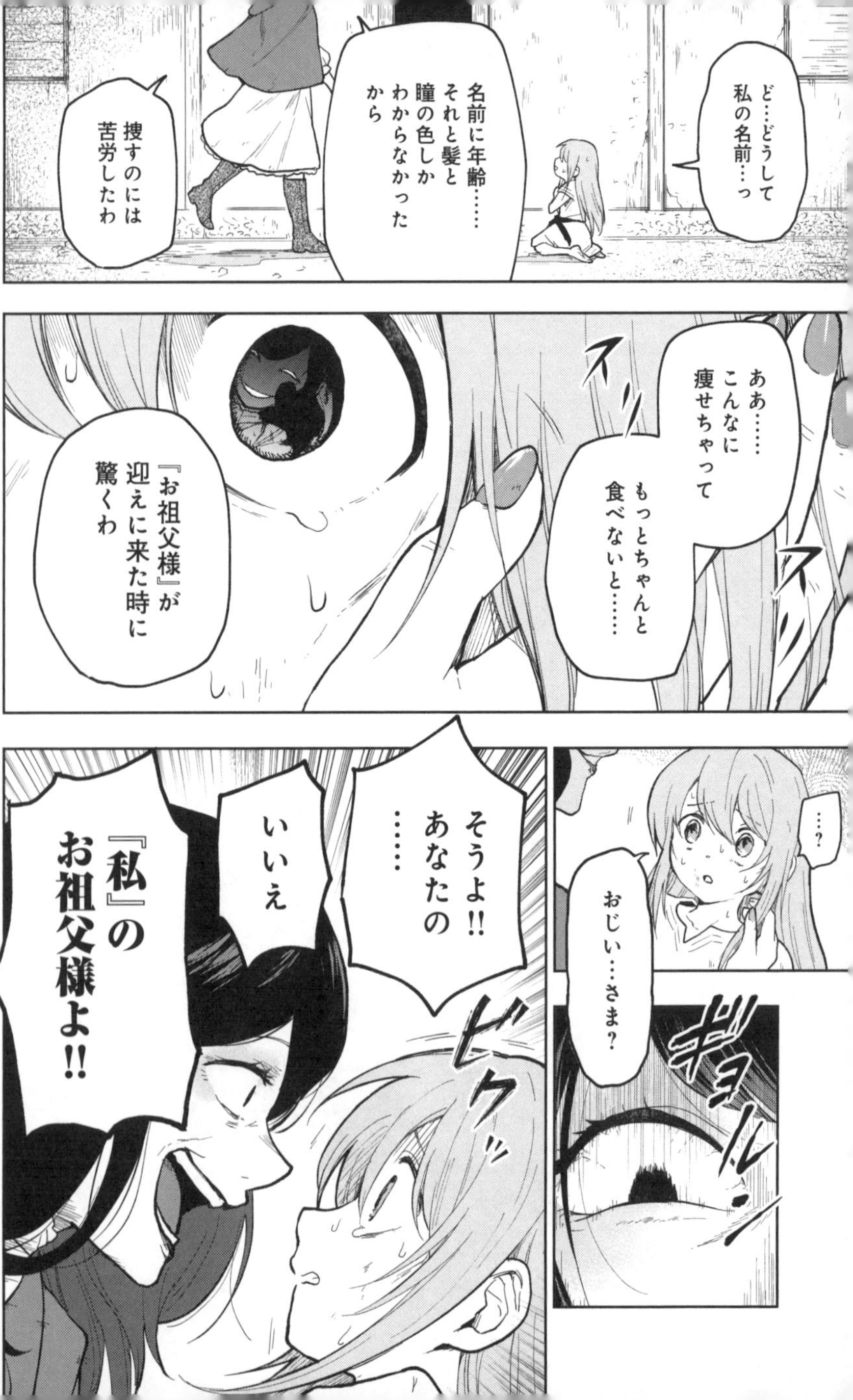
ど…どうして
私の名前…っ
名前に年齢……
それと髪と
瞳の色しか
わからなかった
から
捜すのには
苦労したわ
ああ……
こんなに
痩せちゃって
もっとちゃんと
食べないと……
スッ
スッ
『お祖父様』が
迎えに来た時に
驚くわ
…？
おじい…さま？
そうよ!!
あなたの
……
いいえ
『私』の
お祖父様よ!!
ギョル
ビクッ

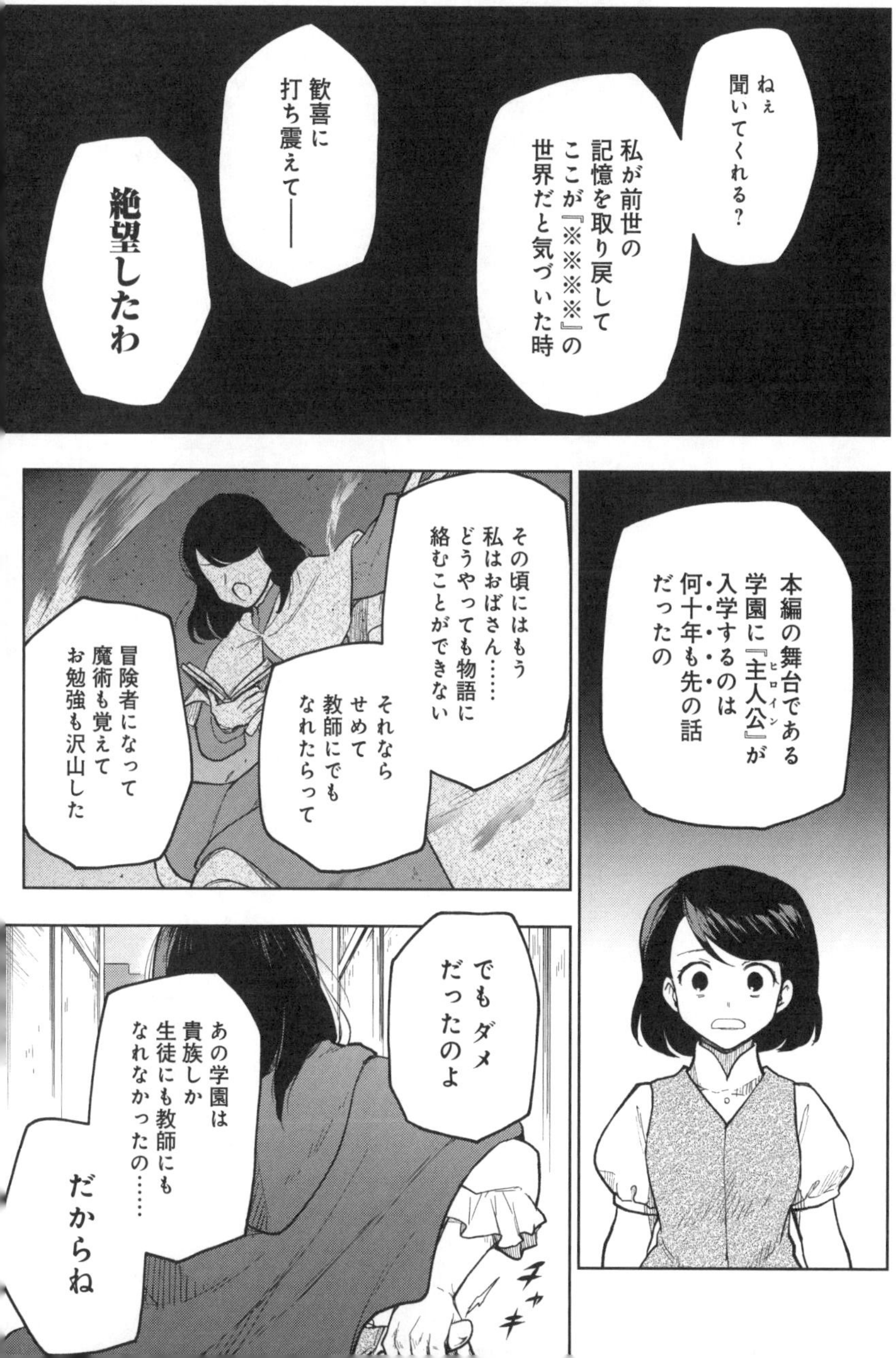
ねぇ
聞いてくれる？
私が前世の記憶を取り戻して
ここが『※※※※』の世界だと気づいた時
歓喜に打ち震えて――
絶望したわ
本編の舞台である学園に『主人公《ヒロイン》』が入学するのは・・・何十年も先の話だったの
その頃にはもう私はおばさん……どうやっても物語に絡むことができない
それならせめて教師にでもなれたらって
冒険者になって魔術も覚えてお勉強も沢山した
でもダメだったのよ
あの学園は貴族しか生徒にも教師にもなれなかったの……
だからね

ガッ
私は『主人公《あなた》』になることにしたの……
ひっ
『魔石』って知ってる？
一定以上の魔素を取り込んだ生き物はね
体内の血液を媒介にして心臓に魔石という石が生まれるのよ
魔石は高純度の魔力を蓄積するだけじゃなくて
元になった生き物の性質をわずかに残しているの
フフ……この方法を見つけた時は興奮したわ

だってこれを使えば
私の『記憶』と『人格』を
他人《あなた》に移すことが
できるのだから!!
その研究を
してた
魔術師は
動物実験《カエル》で
止めてたけど
私なら完成
できるわ!!
私は何度も何度も
自分の血を抜いて
自分の魔力で
発生する凝固成分を
根気よく集めて
5年もかけて
ようやく
私の魔石を
完成させたのっっ

つらかったわ……
苦しかったわ……
でも
この魔石をあなたの心臓に埋め込めば
ビクッ
ひっ!!
私は『主人公《あなた》』になることができるっ!!

ばた
大丈夫よ すぐ 終わるから
いやっ
ばた
いやああっ!!
ばた
ズ
ダ
あっ!
ズダッ
ズダ

なに？
私・・・？
これは――
違う

気持ち悪い
いや!!
バチッ

ああもう！
大人しく——
コン
コン…

ガ…
ゴロ
ギャアアアア
痛いっ
痛いいい
カラン
カラ…
よろ
うう…
このガキぃー!!
ズ

……え？
じわぁ‥
…はッ……？
な
なんで

あんた……
ドポッ
グイ
ぐぐぐぉ
ドシャ
フーー……
今
理解した

私に流れ込んできたのは
この女の断片的な記憶 ――
〝知識〟だ
この女が何を思ってこんなことをしようとしたかはわからない
それでもこの女は『乙女ゲーム』とやらのために
何十年も血の滲むような努力をしてきたことだけは理解できた

剣と魔法の世界
シエル
ここは
その中にある
サース大陸
最大の大国
クレイデール
地理と歴史
ガン
ガッ
ガッ
魔法と魔術
戦闘の技術
ドボン
サァァ
この世界の
常識……
専門的すぎて
私には まだ
理解できない
ことも多いけど
この世界で生きる
最低限の〝知識〟は
得ることができた

あとは――……
あの娘はまだ見つからないのかい!?
大体なんでちゃんと見張ってなかったんだ!!
ガサ…
…………
ゴロン

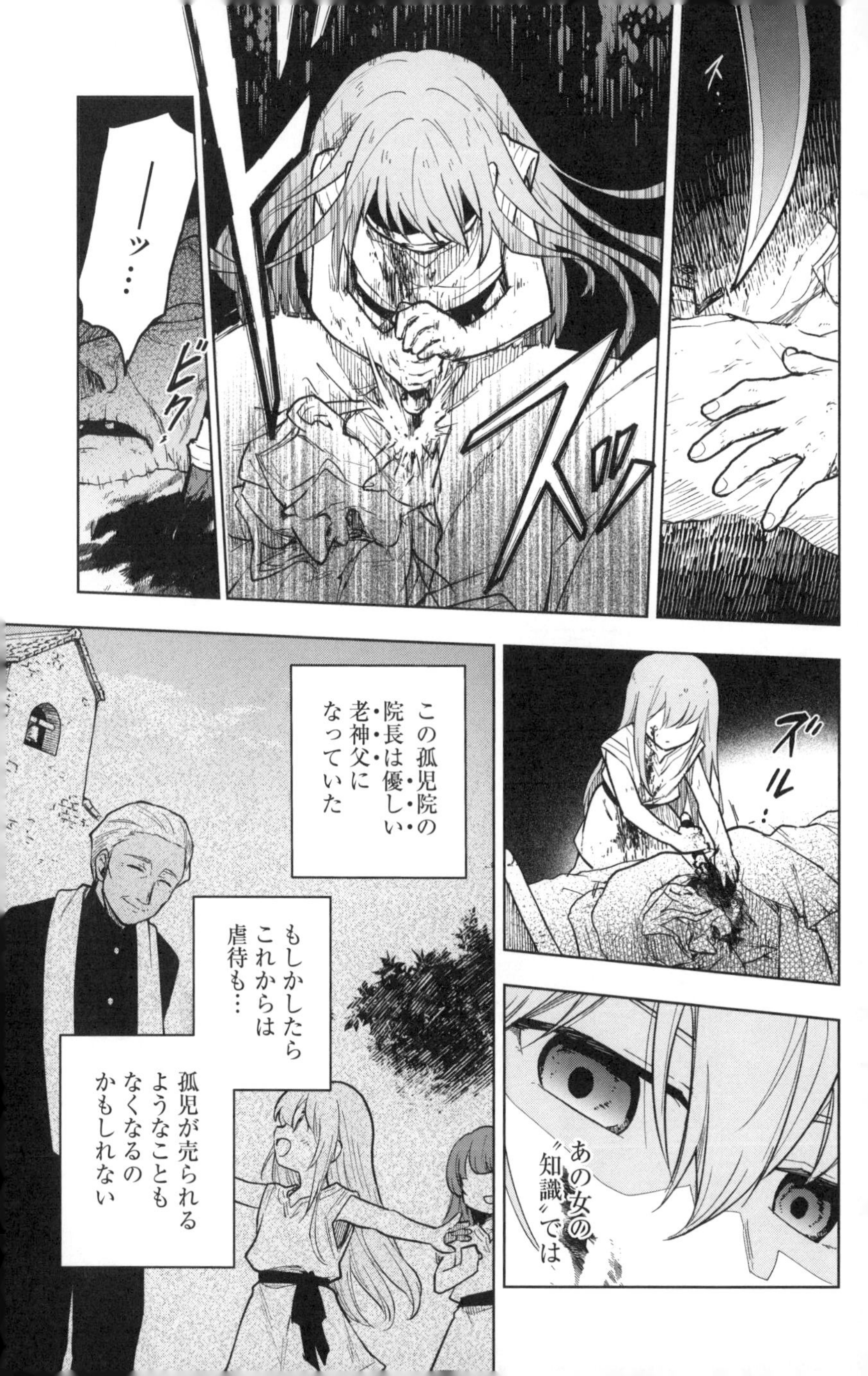

ス…
スッ
――ッ…
ビクッ
ズル…
あの女の〝知識〟では
この孤児院の院長は優しい老神父になっていた
もしかしたらこれからは虐待も…
孤児が売られるようなこともなくなるのかもしれない

でも――
くだらない……
こんな孤児院も 小賢しい 孤児たちも 強欲なだけの 老婆も
虐待を 知りながら 目を背ける 町の人間も
あの女が 抱えていた 想いも
その『乙女ゲーム』とやらも
すべて くだらない

『遊戯《ゲーム》』のためにーー
そんな物のために
私が生まれたとでも言いたいの？

そんなくだらないことのために
お父さんとお母さんは死んだとでも言いたいのか!!

私は『乙女ゲーム』を拒絶する
私は ひとりでも生き抜いてやる

二年ぶりの故郷——師匠との再会、そして
グレイブとの対決へ!?
帰ってくる頃だと
思ってたよ、
無愛想弟子
逃げない。
コミカライズ
絶賛連載中！
ニコニコ漫画
にて！
漫画：わかさこばと

Harunohi Biyori
春の日びより
illust.ひたきゆう
乙女ゲームのヒロインで
最強サバイバル
—otome game no heroine de saikyo survival—
III
もう
覚悟はできた。
2022年
初春発売！

サンクランド王国編
クライマックスへ！
ミーア様の
お召し物が…!?

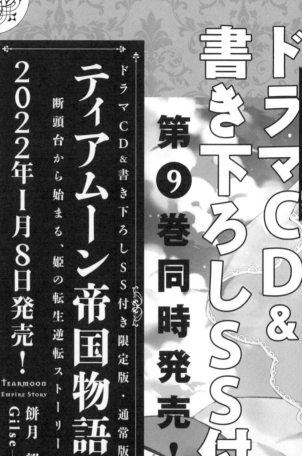

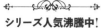

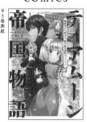

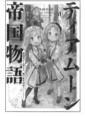

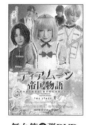

原作小説
狙われた子龍の命を
守り抜けるのか!?
第19巻2021年12月20日発売!
くおいしい「おかしな転生」世界!

乙女ゲームのヒロインで最強サバイバルⅡ

2021年11月1日　第1刷発行

著　者　春の日びより

発行者　本田武市

発行所　TOブックス
〒150-0002
東京都渋谷区渋谷三丁目1番1号　PMO渋谷Ⅱ　11階
TEL 0120-933-772（営業フリーダイヤル）
FAX 050-3156-0508

印刷・製本　中央精版印刷株式会社

ISBN978-4-86699-354-6